Amanda Frost

Göttliche Verführung

Buch:
Gott wird mit einem nicht zu unterschätzenden Problem konfrontiert: Ein mächtiges Wesen scheint das Ende der Menschheit heraufzubeschwören. Als er in Erfahrung bringt, dass eine dunkle Göttin hierfür verantwortlich sein könnte, holt er sich gezwungenermaßen Hilfe bei dem Mann, der sich am besten mit teuflischen Machenschaften auskennt: Luzifer.

Wird es diesem außergewöhnlichen Duo gelingen, die Menschheit zu retten? Und warum muss ausgerechnet diese Göttin so unsagbar sexy sein, dass Gott in ihrer Nähe unentwegt in Versuchung gerät?

Packende Fantasy, prickelnde Leidenschaft und eine Liebe, die alle irdischen Grenzen sprengt.

Das Buch ist in sich abgeschlossen. Beliebte Charaktere aus Amanda Frosts Tod-Reihe tauchen hin und wieder auf. Kenntnisse dieser Serie sind jedoch keine Voraussetzung.

Autorin:

Anfang 2013 startete Amanda Frost die erfolgreiche Sternen-Trilogie, die es prompt in die Bestsellerlisten schaffte. Zuvor war Amanda viele Jahre international im Marketing und der Logistik großer Unternehmen tätig und lebte lange in der Schweiz, bevor es sie nach München zog. Als Tochter eines Rennfahrers liebt sie schnelle Autos und Motorräder genauso sehr wie Reisen in ferne Länder.

Mit „Göttliche Verführung" erschien im Februar 2019 ihr sechzehntes Buch. In ihren Geschichten geht es grundsätzlich um die große Liebe, gewürzt mit einem guten Schuss Erotik.

Göttliche Verführung

von

Amanda Frost

Roman

Vor langer, langer Zeit erschuf Gott den Menschen.
Heute weiß er, dass das nicht seine beste Idee war ...

Kapitel 1

„Sie werden jetzt die Passagiere anweisen, sich in dem großen Ballsaal einzufinden!“, befahl Kylie dem Kapitän des gigantischen Kreuzfahrtschiffes.

Irritiert fuhr der Mann in weißer Uniform herum. „Wie zum Teufel sind Sie hier hereingekommen? Fahrgästen ist der Zutritt zur Kommandobrücke strengstens untersagt.“ Kraftvoll schallte seine dunkle Stimme durch den Raum.

Zeitgleich erwachte auch die restliche Crew zum Leben. Zwei Offiziere sprangen von ihren Stühlen auf und eilten auf Kylie zu.

Ihre goldenen Armbänder klirrten, als sie blitzschnell eine Hand hob. Von einer Sekunde auf die nächste verharrten die Crewmitglieder allesamt in der Bewegung, als hätte man bei einem Film die Stopptaste gedrückt.

Sie näherte sich dem Kapitän und schaute ihm direkt in seine blauen Augen. *Eigentlich ein hübscher Kerl, hätte er sich nur mal einen vernünftigen Beruf ausgesucht.* „Auf was warten Sie denn noch? Los, ich will die Passagiere versammelt haben! Rufen Sie irgendeinen Notfall aus. Danach bewegen Sie sich erst wieder, wenn ich Ihnen weitere Anweisungen erteile.“

Ein Schmunzeln zuckte um ihre Mundwinkel, als er sich prompt über sein Panel beugte, das Mikrofon anschaltete und ihren Anordnungen Folge leistete. Rasch versetzte sie sich per Gedankenkraft ebenfalls in den Ballsaal.

Dort angekommen, positionierte sie sich auf einer

unbeleuchteten Empore und beobachtete das Eintreffen der Kreuzfahrtgäste. Manche wirkten panisch, andere genervt. Kleine Kinder rannten pausenlos umher, während ein aufgeregtes Stimmenwirrwarr durch den Raum waberte.

Nachdem der Saal sich gefüllt hatte, löschte sie mit einem Fingerschnippen die Lichter der riesigen Kronleuchter und setzte zeitgleich Handys und Kameras außer Kraft. Prompt erklangen angsterfüllte Schreie. Rufe nach der Mannschaft wurden laut. Irgendwo plärrte ein Kleinkind wie am Spieß.

Die ausbrechende Panik trat ein Gefühl der Genugtuung in Kylies Innerem los. Sie schloss die Augen und konzentrierte sich. Wie ein Geisterfinger durchschnitt in dieser Sekunde ein heller Lichtstrahl die Dunkelheit und erfasste sie.

„Meine Damen und Herren, ich bitte um Ruhe!" Ähnlich einem Donnergrollen hallte ihre Stimme durch den Raum. Zum Glück konnten mächtige Götter wie Kylie nicht nur in jeder Sprache kommunizieren, sondern wurden auch von jedem Menschen verstanden.

Abrupt versiegten die Schreie und das Gemurmel, einzig das brüllende Baby zeigte sich wenig beeindruckt von ihrem Auftritt. Rasch widmete sie ihre Aufmerksamkeit dem kleinen Störenfried und versetzte ihn binnen Sekunden in einen friedvollen Schlaf.

„Ist Ihnen eigentlich bewusst, dass Kreuzfahrtschiffe mit zu den größten Umweltverschmutzern der heutigen Zeit gehören?", eröffnete sie ihre Rede. „Diese Ausgeburten der Hölle pusten mehr Schadstoffe in die Luft als Millionen von Fahrzeugen." Kylie legte eine theatralische Pause ein, während in dem Saal unter ihr erneut Geflüster einsetzte.

„Daher habe ich es mir zur Aufgabe gemacht, Mutter Natur vor Menschen wie Ihnen zu beschützen. Sie dürfen dieses Schiff unversehrt verlassen: unter einer Bedingung!" Sie machte eine kurze Atempause und erhob ihre Stimme. „Betreten Sie niemals wieder ein Kreuzfahrtschiff! Sie töten die Umwelt, die Ozeane und die Meeresbewohner. Haben Sie mich verstanden? Niemals wieder!"

Sekundenlang herrschte eine fast schon gespenstige Stille, dann vernahm sie erste Stimmen. *„Wer spricht da?" „Was ist hier los?" „Gehört das etwa zum Bordprogramm? „Echt coole Showeinlage!"*

Kylie verdrehte die Augen.

War der Menschheit noch zu helfen? Wohl eher nicht.

„Glauben Sie mir, diese Ansage ist keineswegs zu Ihrer Unterhaltung gedacht. Sie wollen leben? Dann tun Sie, was ich Ihnen sage! Und damit Sie sich auch für alle Zeit daran erinnern, werden Sie beim Verlassen dieses Saales mit Ihrem eigenen Blut unterschreiben. Sollten Sie jemals wieder auch nur einen Fuß auf ein Kreuzfahrtschiff setzen, sind Sie dem Tod geweiht."

Ein erschrockenes Raunen ging jetzt durch den Raum, was Kylie ein Grinsen entlockte. Bluffen gehörte einfach zum Geschäft. Denn der Fluch, den sie den Menschen auferlegte, würde bei der nächsten Kreuzfahrt einzig ein heftiges Übelkeitsgefühl hervorrufen. Die Erfahrung hatte sie jedoch gelehrt, dass ein Teil der anwesenden Passagiere so schnell keine Schiffsreise mehr antreten würde, und das kam dann zumindest einem kleinen Erfolg gleich.

Der aus dem Nichts kommende Lichtstrahl begleitete sie, während sie über die Personen hinwegschwebte, bevor sie neben der großen Ausgangstür sanft mit den Füßen auf der Erde aufsetzte. Sie zog eine Schriftrolle aus einer Seitentasche ihres Overalls und hob das Papier in die Luft. Mit einem Schnippen ihrer Finger erhellte sich der Raum. „Hierauf werden Sie sich jetzt mit Ihrem Blut verewigen."

Wortlos glotzten die Menschen in ihrer Nähe sie an, was sicher auch dem Umstand geschuldet war, dass Kylies Outfit wie üblich ein wenig gewöhnungsbedürftig anmutete. Der silberne Anzug verlieh ihr eine nahezu überirdische Ausstrahlung. Farblich passende Stiefel mit mörderischen Absätzen und eine glitzernde Augenmaske, die genug von ihrem Gesicht verdeckte, um nicht erkannt zu werden, rundeten das Gesamtbild ab. Sie verspürte nämlich nicht die geringste Lust, Phantombilder von sich im Internet zu entdecken. Nur wenige Götter konnten ihr Aussehen nach Lust und Laune verändern und sie gehörte leider nicht zu diesem erlauchten Kreis.

„Hach, Süße, ich wusste doch von Anfang an, dass du Teil der Show bist!", durchbrach eine männliche Stimme plötzlich die vorherrschende Stille. Ein schlaksiger dunkelhaariger Typ in Jeans und Polohemd marschierte grinsend auf sie zu. Die Hände lässig in den Hosentaschen vergraben, musterte er sie von oben bis unten, bevor er einen anerkennenden Pfiff ausstieß.

Ehe er sie jedoch erreichte, hob sie die rechte Hand. Als wäre er gegen eine imaginäre Wand gelaufen, verharrte der Mann in der Bewegung. Der Fingernagel ihres Zeigefingers wuchs plötzlich. Die Spitze verengte sich und wirkte rasch wie ein gefährliches Mordinstrument. Diese außergewöhnliche Gabe war ihr in die Wiege gelegt worden. Der eine oder andere ihrer Liebhaber hatte allerdings bereits schmerzhaft zu spüren bekommen, dass ihr die Kontrolle über ihre Krallen gelegentlich entglitt.

Kylie griff nach der Hand des Kerls, der nach wie vor erstarrt war, pikste ihm mit dem Fingernagel in den Daumen und presste seinen Finger auf das Papier der Schriftrolle, wo sich sogleich ein blutiger Abdruck bildete.

„Verschwinde!“, hauchte sie dem Typen zu. „Und wage es nicht, eine dir unbekannte Frau jemals wieder Süße zu nennen.“ Wie in Trance stiefelte der Mann aus dem Raum.

Mit einem zuckersüßen Lächeln auf dem Gesicht schenkte sie ihre Aufmerksamkeit wieder den restlichen Passagieren. „So, jetzt einer nach dem anderen, bitte! Die Kinder werden verschont.“

Doch nun wirkten die Anwesenden erst recht schockgefrostet.

„Na, los!“, stieß sie ungeduldig aus.

„Ich habe jetzt genug von diesem Blödsinn!“, verkündete in diesem Moment ein Mann im maßgeschneiderten schwarzen Anzug, der mit großen Schritten die Ausgangstür ansteuerte. „Ihr findet mich an der Bar.“

Rasch richtete Kylie ihre Konzentration auf ihn.

Als würde er von unsichtbaren Fäden nach oben gezogen, hob der Anzugträger urplötzlich ab. Ihm entfuhr ein gurgelndes Geräusch, während er panisch mit Armen und Beinen in der Luft umherruderte. Gemächlich stieg er höher und höher, ähnlich einem mit Helium gefüllten Luftballon. Erst als seine Füße etwa drei Meter über dem Boden schwebten, gab Kylie sich zufrieden und brach den Blickkontakt zu dem Mann ab.

Dieser kreischte angsterfüllt auf, als er ungebremst in die Tiefe stürzte, bevor er krachend auf dem Parkett aufschlug. Mit schmerzverzerrter Miene blieb er röchelnd liegen.

Sie schaute erneut in die Menge, während sie mit einer Hand auf den Typen deutete. „Was ist jetzt? Bekomme ich freiwillig Ihr Blut, oder wollen Sie alle so enden?“

Keine Sekunde später hasteten die Ersten auf sie zu und reckten ihr fieberhaft die Finger entgegen, wobei manche skrupellos über den am Boden liegenden Mann hinwegstapften.

Kyle schüttelte ungläubig den Kopf. *Menschen konnten solche Ungeheuer sein!*

Ohne einen weiteren Augenblick zu zögern, begann sie ihr Werk. Schon bald war die Schriftrolle über und über mit roten Tupfen verziert.

„Äh, können bei diesem Vorgehen nicht gefährliche Viren übertragen werden?“, erkundigte sich eine beleibte Frau im Batiklook mit angewidertem Blick auf Kylies Fingernagel.

Kylie verdrehte die Augen. „Keine Sorge, ich werde auf die Personen achten, die nach Ihnen drankommen.“ Bevor die Frau noch etwas erwidern konnte, hatte Kylie bereits zugestochen und sich von ihr abgewandt.

Nach einiger Zeit hatte sich der Ballsaal bis auf wenige Passagiere geleert. Gänzlich unverhofft wurde Kylie von einigen jungen Kerlen umringt, die den anderen Leuten offenbar mit voller Absicht den Vortritt gelassen hatten. Dem langweiligen Golf Outfit nach zu urteilen, handelte es sich um verzogene Söhne reicher Eltern.

Provozierend kreisten sie sie ein, näherten sich ihr ähnlich Raubtieren auf der Pirsch. Der Geruch teuren Rasierwassers legte sich wie ein dichter Vorhang über Kylie.

Forsch beugte sich ein blonder Schönling zu ihr nach vorne und griff mit einer Hand in ihr Haar. Sein alkoholisierter Atem prickelte unangenehm über ihre Gesichtshaut hinweg und widerte sie an. „Das ist ja mal eine geile Show“, flüsterte er ihr mit rauer Stimme ins Ohr, wobei er sich eine ihrer schimmernden schwarzen Haarsträhnen um den Zeigefinger wickelte. „Gerne würde ich mit dir weitere Körperflüssigkeiten austauschen.“

Die Hand eines rothaarigen Kerls umfasste währenddessen ihren Po. „Du bist echt heiß, Silver Lady“, raunte er. „Soll ich dir verraten, was mir gerade vorschwebt? Du, unter mir! Nackt! Die Maske darfst du gerne aufbehalten.“

Kylie schüttelte innerlich den Kopf. Offensichtlich hatten diese arroganten Spinner den Ernst der Lage immer noch nicht verstanden. Doch dem würde sie jetzt ein Ende setzen.

Mit einer schnellen Bewegung reckte sie erneut eine Hand in die Luft. Prompt flogen die Typen kreuz und quer durch den Raum, bevor sie ächzend auf dem Boden landeten und noch ein gutes Stück über das polierte Parkett schlitterten. Eine Zeit lang blickten sie verdutzt drein, ehe sie sich aufrappelten. Zähneknirschend schlurften sie wieder auf Kylie zu und gaben gehorsam ihre Blutprobe ab.

Na also, es ging doch!

Nachdem sich auch noch der letzte Gast auf dem Papier verewigt hatte, versetzte Kylie sich auf die Brücke zurück.

Da manche dieser minderbemittelten Idioten ihren Auftritt immer noch für eine Showeinlage zu halten schienen, blieb ihr nichts anderes übrig, als noch einmal nachzulegen.

Ihr Blick flog über die Lagunenstadt Venedig hinweg, die einige hundert Meter entfernt inmitten des grünblauen Wassers fast schon märchenhaft erschien. Was aufgrund des vorherrschenden Massentourismus sicher nicht mehr lange der Fall sein würde, denn bereits jetzt stand die Stadt kurz vor dem Untergang. Venedig erstickte im Müll, die historischen Gebäude und Brücken litten unter den Millionen Besuchern und die Luft war geradezu verpestet.

Kylies Augen fixierten den weithin sichtbaren Markusturm.

Okay, die Menschheit benötigte anscheinend mal wieder einen kleinen Denkzettel.

Sie wandte sich dem nach wie vor versteinert wirkenden Kapitän zu. „Steuern Sie das Schiff direkt auf den Markusplatz! Aber bitte so, dass diese geplagte Stadt nicht vollends zerfällt.“

Ohne auch nur eine Miene zu verziehen, griff er nach einem vor ihm angebrachten Joystick. Nachdem er noch mehrere Schalter umgelegt hatte, setzte der Ozeanriese sich gemächlich in Bewegung. Sanft neigte sich das Schiff zur Seite, während es den Kurs änderte – genau auf Tausende von arglosen Touristen zu.

Kapitel 2

Als ein Schatten über ihn fiel, schob Gott sich missmutig die Sonnenbrille nach oben aufs Haar und legte den Krimi beiseite. Er setzte sich auf, griff nach einem Cocktailglas, das auf einem kleinen Basttisch zu seiner Rechten stand, und nahm einen tiefen Zug aus dem Röhrchen. Da er verhältnismäßig selten Alkohol trank, verursachte der scharfe Rum ein leichtes Brennen in seiner Kehle. Doch das spielte für den Moment keine Rolle, er sah keine andere Möglichkeit mehr, als sich diese verrückte Welt schön zu trinken.

Gemächlich lehnte er sich wieder in dem Liegestuhl zurück, der im weißen Sandstrand von Gottes kleiner Privatinsel in der Karibik stand. Sein Rückzugsort, wenn ihm die Menschheit mal wieder dermaßen auf den Geist ging, dass er eine Auszeit benötigte. Einzig sein Stellvertreter Gabriel wusste, wo er sich aufhielt, und dieser hatte Anweisung ihn nur im äußersten Notfall zu kontaktieren.

Was offenbar jetzt der Fall war, denn keinen Meter von ihm entfernt stand wie aus dem Boden gewachsen ein Mann im maßgeschneiderten weißen Anzug. Der Wind wehte ihm einzelne Strähnen seiner blonden Lockenpracht um das braun gebrannte Gesicht, das von beeindruckenden hellblauen Augen dominiert wurde.

Alles in allem war dieser Kerl der personifizierte Engel, der an Schönheit kaum zu überbieten war.

Doch Engel hin oder her!

Gott hatte jetzt kein Interesse an Besuch, und

schon gar nicht wollte er mit weiteren Problemen konfrontiert werden.

Wofür hatte er sich denn bereits vor Tausenden von Jahren ebendiesen Stellvertreter zugelegt?

Erschrocken über Gabriels unverhofftes Auftauchen erklomm der kleine Koala, der im weichen Sand mit einem leeren Pizzakarton gespielt hatte, hastig den Liegestuhl.

Gott griff nach ihm, hob ihn auf seinen Arm und strich ihm sanft über das Köpfchen. Zitternd schmiegte sich das Kerlchen an ihn. „Ist ja gut, mein Kleiner“, hauchte er in sein samtweiches Fell. „Beruhige dich, er tut dir nichts“, äußerte er mit einem Seitenblick in Gabriels Richtung. „Außerdem wird er in wenigen Sekunden wieder verschwunden sein. Das verspreche ich dir.“

Vor einigen Tagen hatte Gott das Bärchen aus dem australischen Dschungel gerettet. Da dort zurzeit eine extreme Dürreperiode herrschte, hatte er sich vor Ort ein Bild über die Lage machen wollen. Zu seinem Leidwesen hatte er während dieses Trips mit ansehen müssen, wie die Mutter des kleinen Bären von einem Wilderer erschossen worden war.

Schon vor Tausenden von Jahren hatte er entschieden, nur in Ausnahmefällen in den Lauf der Geschichte einzugreifen, folglich hatte er der Mutter nicht helfen können. Doch das Bärenbaby wirkte so verloren, dass er nicht umhingekommen war, es mitzunehmen.

Da Gabriel nach wie vor keine Anstalten machte, das Weite zu suchen, widmete Gott ihm widerwillig seine Aufmerksamkeit. „Was hast du nicht verstanden an der Anweisung: *Einzig stören, wenn die Welt untergeht?*“, knurrte er.

Gabriel kam einen Schritt näher. „Du musst auf der Stelle mit mir in den Himmel kommen und dir ansehen, was geschehen ist.“

Gott stieß ein zynisches Lachen aus. „Als ob es irgendetwas gäbe, was ich noch nicht zu Gesicht bekommen habe. Lass mich raten: New York versinkt im Meer, ausgelöst durch eine Flutwelle oder einen hinterhältigen Terroranschlag. Und alle Welt macht sich lediglich darüber Sorgen, was mit den Goldreserven der Federal Reserve Bank geschieht.“ Er schnippte mit den Fingern einer Hand in die Luft. „Ach nein, jetzt habe ich es: Es handelt sich um den Massenselbstmord von Sektenmitgliedern. Oder waren es doch eher Lemminge? Aber eigentlich ist das alles nicht von Belang, denn ich will es gar nicht mehr wissen. Meine Geduld mit diesem undankbaren Menschenvolk ist erschöpft.“

Gabriel zerrte sein Skyphone aus der Innentasche seines Jacketts. „Weit gefehlt! Hier, schau dir das an!“ Penetrant hielt er Gott das Teil unter die Nase.

Dieser Griff danach und feuerte es in hohem Bogen ins Meer. Spielerisch umspülten die Wellen es, bevor sie es in die Tiefe zogen.

Der Engel verzog verärgert das Gesicht. „Das glaube ich jetzt nicht! Ist dir klar, dass es das brandneue Modell war? Nun muss ich mich erneut tagelang in diesem blöden Shop im Himmel anstellen, um wieder eins zu bekommen.“

Gott lehnte sich zurück und schob sich demonstrativ die Sonnenbrille wieder auf die Nase. „Na, wenn du sonst keine Probleme hast … Und jetzt geh mir endlich aus der Sonne!“

Doch Gabriel schien gar nicht daran zu denken. Er verschränkte die Arme vor der Brust und verharrte an Ort und Stelle, wobei er ungeduldig mit einem Fuß auf den Boden tippte.

Gott seufzte, während er den nervösen Koalabären unentwegt davon abhalten musste, ihm die Brille von der Nase zu reißen. „War sonst noch was?“, fragte er in gelangweiltem Tonfall an Gabriel gewandt.

„Ich werde diese Insel ganz sicher nicht ohne dich verlassen. Glaube mir, die Welt dreht gerade völlig am Rad.“

„Erzähl mir etwas Neues!“

Gabriel gab ein wütendes Schnauben von sich. „Soll ich dir was sagen? Ich habe jetzt so langsam genug von deinen Eskapaden. Zugegeben, das, was sich zurzeit auf der Erde abspielt, ist übel. Aber der Einzige, der dieses Elend beenden könnte, brät hier lieber in der Sonne und betrinkt sich, anstatt seinem Job nachzugehen. Obendrein lädt er alle Probleme auf meinen Schultern ab.“ Zornig stampfte er mit einem Fuß auf. „Weißt du was? Entweder du kommst jetzt auf der Stelle mit mir oder ich erzähle jedem im Himmel, was du hier gerade treibst.“

„Das würdest du nicht wagen!“

„Worauf du dich verlassen kannst!“

Entnervt richtete Gott sich wieder auf. „Also gut, dieses Mal hast du gewonnen. Aber nur, weil ich keine Lust auf weitere Diskussionen mit dir habe. Doch eins garantiere ich dir: Solltest du mich völlig umsonst gestört haben, kannst du dich auf ein mächtiges Donnerwetter gefasst machen!“

Keine Stunde später hatte Gott sich in einem bequemen weißen Ledersessel seines lichtdurchfluteten Lofts niedergelassen und verfolgte mit gerunzelter Stirn auf einem raumhohen Bildschirm die Vorkommnisse auf der Erde.

Gabriel sollte recht behalten. In seinem langen Leben waren ihm bereits viele skurrile Dinge unter die Augen gekommen, aber manches konnte selbst ihn noch verwundern. Wie zum Beispiel das gigantische Kreuzfahrtschiff, das sich ein Stück weit in den Markusplatz von Venedig hineingebohrt hatte.

Wenn man sich in Erinnerung rief, dass der Markusturm eine Höhe von fast einhundert Metern aufwies, war das ein erschreckendes Bild, denn das Schiff war nur unwesentlich niedriger. All die anderen Gebäude im Umfeld verblassten und wirkten wie Spielzeug.

Zu seinem Erstaunen waren bislang jedoch keinerlei Todesopfer zu beklagen, da der Dampfer senkrecht in den Asphalt gejagt und dort mit erheblicher Schlagseite stecken geblieben war. In Anbetracht der Größe und des Gewichts des Schiffes schien es wundersamerweise der Schwerkraft zu trotzen. Jetzt half einzig beten, dass es sich nicht doch noch zur Seite neigte, denn dann wäre ein Großteil von Venedig vermutlich Geschichte.

Die Ursache des Unglücks war bislang unbekannt, da die Crew unter Schock stand und nur unzusammenhängendes Zeug faselte. Die Passagiere hingegen berichteten von einer in Silber gekleideten, maskierten Frau mit übermenschlichen Kräften. Groß und schlank sei sie gewesen, doch schon bei ihrer Haarfarbe und der Sprache, die sie gesprochen hatte, gingen die Meinungen auseinander. Darüber hinaus erzählten manche von einem blutigen Gemetzel, wohingegen andere einen Fluch erwähnten, der sie treffen würde, sobald sie erneut ein Kreuzfahrtschiff besteigen sollten.

Ungläubig schüttelte Gott den Kopf. Man könnte meinen, die Besatzung und die Fahrgäste wären allesamt unter Drogen gesetzt worden. In letzter Zeit traten derart merkwürdige Ereignisse allerdings gehäuft auf, daher schwante ihm, dass die Aussagen ein Körnchen Wahrheit enthielten.

Auch wenn er das niemals laut sagen würde, verschafften ihm die Bilder eine innere Genugtuung, denn er hasste diese stadtgleichen Ozeanriesen, die zurzeit wie Pilze aus dem Boden schossen und die ohnehin schon geplagte Erde um ein Weiteres belasteten.

Versonnen ließ er die Finger durch das Fell des Koalas fahren, der ihm wie ein Schatten folgte und es sich sofort nach ihrer Ankunft im Himmel auf einer Armlehne des Sessels bequem gemacht hatte. Zurzeit döste der kleine Kerl selig vor sich hin. Ein Glück, denn im Gegensatz zu seinen Artgenossen neigte das Tier hin und wieder zu Hyperaktivität.

Aber was sollte er eigentlich mit dem Bärchen anfangen? Lebende Tiere hatten für gewöhnlich nichts im Himmel zu suchen. Die einzige Ausnahme bildeten die himmlischen Katzen, die alles bevölkerten und Gott ab und an den letzten Nerv raubten. Denn aufgrund ihrer sieben Leben kamen und gingen sie, wie es ihnen beliebte. Doch mit diesem Thema würde er sich zu gegebener Zeit beschäftigen; momentan hatte er fürwahr andere Probleme.

Per Gedankenkraft zappte er durch die Fernsehkanäle, die ihm die neusten Vorkommnisse auf der Erde zeigten. Vollkommen gleich, welchen Kontinent er auch ins Visier nahm, überall bot sich ihm ein besorgniserregendes Bild: Die Umweltverschmutzung schritt unausweichlich voran, trieb die Erderwärmung in nie da gewesene Dimensionen und ließ letztendlich die Polkappen schmelzen. Die Verkehrswege der Welt waren rund um den Globus verstopft. Da die Menschen den Fortschritt in ökologischer Hinsicht jedoch verschlafen oder sogar bewusst gestoppt hatten, um verschiedenen Industriezweigen weitere Milliarden zu bescheren, war auch keine Besserung in Sicht.

Doch dem nicht genug: Wohin er auch schaute, weltweit tobten Kriege, Naturkatastrophen oder Hungersnöte. Was an sich nichts Außergewöhnliches war, zurzeit jedoch weit über das gewünschte Ausmaß an Unglücken und Kampfhandlungen hinausging.

Da die Erdbevölkerung zahlentechnisch auf einem Niveau gehalten werden musste, das der Blaue Planet verkraftete, hatte Gott schon vor Jahrtausenden eine Maschine konstruiert, die durch seinen ureigenen Willen angetrieben wurde und diese unschöne Aufgabe für ihn übernahm. Denn mit dem Anstieg der Weltbevölkerung war ihm der Überblick über die Individuen verloren gegangen.

Das mittlerweile komplexe Computernetzwerk entschied anhand ausgereifter Algorithmen über Leben, Tod und Krankheit jedes Individuums und ordnete darüber hinaus die Seelen der Verstorbenen dem Himmel oder der Hölle zu. Und sollte der Rechner in Ausnahmefällen zu keiner Entscheidung kommen, gab es immer noch die Zwischenwelt, für die Thanatos, der Gott des Todes, zuständig war. Denn dort befand sich die erste Anlaufstelle aller Seelen.

Überstieg die Bevölkerungszahl der Erde ein bestimmtes Level, verordnete der Computer der Welt Naturkatastrophen oder Kriege. Alles war perfekt organisiert und funktionierte in der Regel reibungslos. Doch seit einigen Jahren schien der Wurm drin zu sein. Ohne Unterlass ereigneten sich Tragödien, für die die Maschine nicht die Verantwortung trug. Hierfür gab es nur eine einleuchtende Erklärung: Irgendeine übergeordnete Macht musste ihre Finger im Spiel haben.

Auch waren die Politiker, die zurzeit die Erde steuerten, aus rätselhaften Gründen völlig neben der Spur. Wenn man überhaupt noch von steuern reden konnte. Samt und sonders Hohlköpfe, die ihr eigenes Ego über das Wohl ihres Volkes stellten. Zugegeben, derartige Idioten waren ihm im Lauf der Geschichte immer wieder begegnet, nur hatte es damals noch keine Nuklearwaffen gegeben, sonst wäre die Erde längst nicht mehr bewohnbar.

Klar, er könnte die gefährlichsten dieser Staatsoberhäupter in einen Unfall verwickeln, einen verrückten Attentäter auf sie hetzen, oder noch einfacher, ihnen einen Herzinfarkt bescheren. Aber wäre das die Lösung des Problems? Vermutlich kämen Nachfolger, die ebenfalls in die Fußstapfen der Zerstörung treten würden und das Spiel würde von Neuem beginnen.

Gott entfuhr ein leises Seufzen. Keineswegs stand ihm der Sinn danach, die gesamte Evolutionsgeschichte einmal mehr zu durchlaufen. Denn an wem bliebe es letztendlich hängen, das ganze Chaos zu beseitigen?

Einzig an ihm!

Er würde sich in der Verantwortung sehen, einen neuen Planeten zu erschaffen. Und natürlich Menschen, die sich fortpflanzten. Wenn er nur daran dachte, wie schändlich er schon bei Adam und Eva gescheitert war, graute es ihm davor.

Hatte er Eva doch tatsächlich eines Nachts in Luzifers Bett vorgefunden. Um die beiden zu trennen, war er damals nicht umhingekommen, die Hölle aus dem Boden zu stampfen. Glücklicherweise hätte er die Leitung derselbigen allerdings keiner besseren Person als Luzifer übertragen können. Denn wenngleich dieser hin und wieder über die Stränge schlug, hatte er sein dunkles Reich im Griff.

Gedankenverloren zupfte Gott an seinem grauen Pferdeschwanz herum. Gabriel lag leider richtig. So langsam aber sicher war sein Eingreifen vonnöten, bevor auf dem Blauen Planeten noch alles aus dem Ruder lief.

Lange genug hatte er sich rausgehalten, denn den Menschen gelang es immer wieder, ihn bis aufs Blut zu reizen. Am liebsten würde er sie blind in ihr Elend rennen lassen, da sie es einfach nicht anders verdienten. Wenn er nur an das Dilemma mit seinem Sohn Jesus dachte, zog eine dunkle Wolke in seinem Kopf auf. Da hatte dieser arme Tropf schon die Sünden aller auf sich genommen, doch anstatt danach in Frieden miteinander zu leben, führten die Erdenbewohner Kreuzzüge, traten Weltkriege los und verbrachten ihre Tage mit dem Bau von Atombomben.

Letztendlich hatte Gott resigniert und sich die Zeit lieber mit Golfen, Segeln und Schach spielen vertrieben. Auch las er für sein Leben gerne Krimis oder besuchte Rockkonzerte in einer der himmlischen Freiluftarenen. Immerhin hatte die Maschine die Seelen einiger brillanter Musiker dem Himmel zugeordnet. Bereits seit Wochen fieberte er dem nächsten David Bowie Konzert entgegen.

Doch ihm schwante, dass er seine Hobbys recht bald auf Eis legen musste. Denn so langsam führte kein Weg mehr daran vorbei, diesem Treiben auf der Erde ein Ende zu setzen. Für den Moment hatte er jedoch nicht den Hauch einer Ahnung, wie er das bewerkstelligen sollte.

Der Drang, sich still und leise wieder in die Karibik abzusetzen, machte sich in ihm breit. In diesem Augenblick erschütterte eine heftige Explosion den Himmel. Kurzzeitig bebten die Wände und der Boden. Bilder krachten scheppernd zu Boden und Gläser klirrten. Der Koala schoss erschrocken hoch, hüpfte von der Sessellehne und jagte auf ein weißes Sofa zu, unter dem er sich verschanzte.

Intuitiv hielt Gott die Luft an. Als wieder Ruhe eintrat, schüttelte er erbost den Kopf. Das konnte doch nur wieder ein unterirdischer Nukleartest gewesen sein, wo er doch so gehofft hatte, die Menschheit wäre endlich zur Besinnung gekommen.

Nein, so hatten sie nicht gewettet. Jetzt war Schluss mit lustig!

Er würde diesen Würstchen auf der Erde zeigen, wer der eigentliche Herrscher war. Viel zu lange hatte er sich zurückgehalten.

Er sprang auf, fischte den zitternden Koala unter dem Sofa hervor und sprach tröstend auf ihn ein. Mit dem kleinen Kerl auf dem Arm marschierte er aus seinem Loft durch einen von Tageslicht gefluteten Gang in eine riesige Halle. Zu allererst würde er jetzt die Engel zusammenrufen, um sie zu beruhigen, denn für gewöhnlich waren diese gefühlsduseligen Wesen nach solchen Detonationen völlig durch den Wind. Sobald sie sich von dem Schrecken erholt hatten, konnten sie dann der restlichen Himmelsbevölkerung erklären, was geschehen war.

Er hingegen würde das weitere Vorgehen schnellstmöglich mit seinen drei engsten Vertrauten besprechen, die er allesamt zu Beginn der Entstehungsgeschichte erschaffen hatte. Zwar benahmen sich diese jahrtausendealten Männer manchmal wie kleine Kinder. Aber hatte er eine Wahl?

Einige Zeit später fand Gott sich in einem Raum ein, der mit seiner spärlichen Beleuchtung an eine Höhle erinnerte. In der Mitte thronte ein langer marmorner Besprechungstisch, umgeben von Stühlen. Da Luzifer und Thanatos den Himmel nicht betreten durften, wurden ihre Treffen prinzipiell in der Zwischenwelt abgehalten.

Auch in diesem Raum wurde eine Wand von einem gigantischen Bildschirm dominiert. Dieser jedoch hatte eine gänzlich andere Aufgabe. Er spiegelte nicht die Geschehnisse auf der Erde wider, sondern bedeutete den Tod. Zahlenkolonnen und Namen ratterten unaufhörlich darüber hinweg. Hier, in der Zwischenwelt, befand sich der Standort besagter Maschine, die tagtäglich über das Schicksal von Millionen Menschen entschied.

Zu seiner Überraschung fand Gott allerdings einzig Gabriel dort vor. Dieser hatte es sich auf einem Stuhl bequem gemacht und tippte hektisch auf ein vor ihm liegendes Tablet ein. In seinem weißen Anzug wirkte der Blondschopf in dieser düsteren Umgebung grundsätzlich so fehl am Platz wie eine Braut auf einer Beerdigung.

Gottes Blick heftete sich auf den mopsähnlichen Höllenhund, der hinter Gabriels Stuhl hervorspähte. Die kleinen Hörner auf seinem Kopf ließen ihn gefährlich wirken. Was Thor mitnichten war. Eher konnte man ihn der Kategorie Feigling zuordnen. Blöderweise reagierte das Tier allergisch auf Luzifer. Folglich konnte Gott nur hoffen, dass der Herrscher der Hölle dem Hund heute keinen Niesanfall bescheren würde, denn dann spuckte dieser Feuer wie ein kleiner Drache.

Er wandte sich Gabriel zu. „Wo stecken Thanatos und Luzifer?“

Der Engel seufzte. „Thanatos ist im Urlaub, und Luzifer …“ Er zuckte mit den Schultern. „Wer weiß schon, wo der sich wieder herumtreibt.“ Gabriel schaute in Richtung des Höllenhundes, der sich gerade an sein Bein schmiegte und mit großen bettelnden Kulleraugen zu ihm aufblickte. „Na, komm halt her, aber wehe, du verkohlst mir wieder meinen Anzug.“ Er griff nach dem Hündchen und platzierte es auf seinem Schoß. Sofort ließ es die rosa Zunge aus dem Maul hängen und hechelte zufrieden.

Gott räusperte sich. „Entschuldige, dass ich euer kleines Stelldichein störe, aber sagtest du gerade Urlaub?“

„Jep, was meinst du wohl, warum ich hier Hundesitter für diesen mobilen Brandsatz spiele?“ Er kraulte den Höllenhund im Nacken. „Thanatos hat sich eine Auszeit genommen und tingelt mit seiner Katharina durch die Staaten.“

Gott sank stöhnend auf einen Stuhl und ließ den Kopf in den Nacken fallen. „Na herrlich!“

Er hatte doch schon immer gewusst, dass Frauen nichts als Ärger bedeuteten.

Verdrossen schnippte er mit einem Finger ein paar Flusen von seinem schwarzen Anzug, der für ihn im Laufe der Zeit zu so einer Art Markenzeichen geworden war.

Seit jeher war er in der Position, sein Erscheinungsbild nach Belieben zu verändern. Meistens trat er als etwas kleinwüchsiger älterer Herr im dunklen Anzug auf, was Autorität ausstrahlte, ohne dabei zu beängstigend zu wirken. Doch wie der Zufall es wollte, tauchte vor einigen Jahren ein schräger Modeschöpfer auf, der ihm ähnelte. Seitdem dachte Gott darüber nach, sein Äußeres grundlegend zu verändern.

Aber das war ein anderes Thema.

Er zerrte sein Skyphone aus der Jackentasche und wählte Luzifers Nummer. Zum Glück hatten sie vor Kurzem eine Lösung gefunden, die eine problemlose Kommunikation zwischen den Welten ermöglichte.

„Du hast mir heute gerade noch gefehlt!“, erklang Sekunden später die dunkle Stimme des Herrschers der Hölle. Im Hintergrund vernahm Gott einen Heidenlärm.

„Wo steckst du? Du weißt doch, dass ich ein Meeting anberaumt habe. Benötigst du mal wieder eine Extraeinladung?“

„Sorry, aber ich bin in Venedig und kann hier gerade nicht weg. Ursprünglich wollte ich mir mit meiner Süßen ein aufregendes Wochenende an der Amalfi-Küste machen, doch als die Nachricht von diesem Kreuzfahrtschiff durch die Medien ging, war Delilah nicht mehr zu bremsen.“ Luzifer entfuhr ein leises Seufzen. „Was musste ich auch ausgerechnet eine Ärztin heiraten?“

Hätte Gott nicht gerade eine mächtige Wut im Bauch gehabt, hätte Luzifers Gejammer ihm vermutlich ein Schmunzeln aufs Gesicht gezaubert. „Ach sieh mal einer an!“, stichelte er stattdessen. „Du befindest dich also ebenfalls im Urlaub. Bin ich hier eigentlich der Einzige, der die Stellung hält?“ Sein Blick kollidierte mit Gabriels. Sollte dieser jetzt auch nur ein Sterbenswörtchen über Gottes Ausflug in die Karibik verlauten lassen, könnte er sich warm anziehen.

In weiser Voraussicht wandte sich Gabriel wieder stillschweigend seinem Tablet zu.

„Glaube mir, ich habe mir den Aufenthalt in Italien auch anders vorgestellt“, knurrte Luzifer.

Gott trommelte mit den Fingern einer Hand ungeduldig auf die Tischplatte ein. „Ich kann also in nächster Zeit nicht mit deiner Anwesenheit rechnen?“

„Hast du dir diesen Dampfer einmal genauer angesehen? Es kommt einem Wunder gleich, dass er noch nicht halb Venedig unter sich begraben hat. Unter diesen Umständen werde ich Delilah hier ganz sicher nicht alleine lassen.“

Gott kratzte sich gedankenverloren am Kinn. *Hm, er war also nicht der Einzige, dem die Sache spanisch vorkam.* „Also gut, wie heißt es so schön? Wenn der Prophet nicht zum Berg kommt … Dann werde ich mich halt ebenfalls nach Venedig begeben. So kann ich mir zumindest vor Ort ein Bild über die Lage verschaffen.“

Er beendete das Gespräch und wandte sich erneut Gabriel zu. „Wir müssen vertagen. Ich bin dann nämlich auch mal in Italien.“ Mit diesen Worten löste er sich in Luft auf und ließ einen verdutzten Erzengel zurück.

In Venedig herrschte ein unvorstellbares Chaos. Der Markusplatz sowie alle Zufahrtsstraßen waren weiträumig abgesperrt. Einzig Ärzte, Sanitäter und die Carabinieri hatten Zutritt. Tausende von neugierigen Touristen drängelten sich hinter den Absperrungen. Smartphones und Videokameras filmten um die Wette.

Gott verzog verärgert das Gesicht. *Dieses sensationsgeile Pack!* Während er sich durch die Menge schob, setzte er per Gedankenkraft alle Handys und Kameras um sich herum außer Gefecht. Das offensichtliche Entsetzen der Menschen ignorierte er. Viele starrten ungläubig auf ihre Telefone, andere klopften wild darauf ein. Wahrscheinlich konnte es sich nur noch um Minuten handeln, bis eine handfeste Panik ausbrach. Doch das war ihm gerade gleich.

Ein Blick in die Augen eines Polizisten genügte und schon wurde ihm der Zutritt zum Markusplatz gewährt. Die Sonne brutzelte unbarmherzig vom Himmel, während der Geruch von Diesel schwer in der Luft lag und Gott zum Husten brachte. Die Piazza war in eine Art Krankenlager verwandelt worden. An mehreren Stellen hockten oder lagen blutende Personen. Unauffällig tippte er beim Passieren den einen oder anderen an, dessen Blutung sogleich versiegte.

Ein ums andere Mal schielte er unterdessen in Richtung des gigantischen Schiffes.

Schien außer ihm und Luzifer denn niemandem aufzufallen, dass der Dampfer aufgrund seines Neigungswinkels längst hätte zur Seite kippen müssen?

Zwar war die Feuerwehr damit beschäftigt, den stählernen Koloss zu sichern. Doch er bezweifelte, dass ein paar dünne Taue ausreichen würden, sollten Hunderttausende Tonnen erst einmal in Bewegung geraten.

Bereits nach kurzer Zeit entdeckte er Luzifer. Dessen frisch angetraute Ehefrau - eine zierliche Blondine - fegte einige Meter entfernt von ihm durch die Gegend und verarztete mit routinierten Handgriffen die Verletzten. Der Fürst der Hölle lehnte gelangweilt an einer Hauswand. Sein kinnlanges pechschwarzes Haar und das schwarze Lederoutfit verliehen ihm etwas Bedrohliches.

„Was denkst du?“, erkundigte Gott sich, nachdem er neben ihm Position bezogen hatte.

Luzifer zog an einer Zigarette und pustete nachdenklich den Rauch in die Luft. „Eigentlich finde ich das ja ganz spaßig, auch wenn ich der Meinung bin, dass hier etwas gewaltig zum Himmel stinkt.“ Er schnippte die Asche zu Boden. „Entschuldige den Ausdruck“, fügte er schulterzuckend hinzu. „Aber es erschien mir irgendwie passend.“

Gott ignorierte Luzifers Worte, dem es grundsätzlich Freude bereitete, den Allmächtigen zu brüskieren. „Hm, im Gegensatz zu dir kann ich dem hier leider nichts Unterhaltsames abgewinnen.“ Mit dem Arm vollführte er eine Bewegung in Richtung des haushohen Kreuzfahrtschiffes, das wie eine weiße Steilwand neben ihnen aufragte. „Aber was den Rest betrifft, bin ich voll und ganz deiner Meinung. Irgendetwas geht hier nicht mit rechten Dingen zu.“ Er warf Luzifer einen herausfordernden Blick zu. „Bist du oder einer deiner Vasallen für die vielen Katastrophen der letzten Jahre verantwortlich?“

Luzifer schüttelte den Kopf. „Natürlich nicht. Delilah hält mich derartig auf Trab, da habe ich schlichtweg keine Zeit, um die Welt aufzumischen. Außerdem würde mir das bloß Ärger mit meiner Frau einbringen.“

Gott nickte gedankenverloren. Ausnahmsweise kaufte er seinem Erzrivalen das ab. Nachdem dieser endlich eine Partnerin gefunden hatte, wirkte er so zufrieden und ausgeglichen wie seit Jahrtausenden nicht mehr.

Einem Instinkt folgend schaute Gott um sich. Seine feinen Antennen hatten ihm soeben signalisiert, dass sich irgendwo in der Nähe eine weitere Gottheit aufhielt. Suchend ließ er seinen Blick über die Umgebung schweifen. Doch er konnte sich noch so bemühen, er war nicht in der Lage, diese Person auszumachen.

Ein leises Knirschen ließ ihn aufblicken. Seine Befürchtung bewahrheitete sich: Das Schiff war aus dem Gleichgewicht geraten und neigte sich im Zeitlupentempo weiter zur Seite. Im Bruchteil einer Sekunde nahm er eine Einschätzung der Situation vor. Sollte dieses stählerne Monstrum wirklich umkippen, würde es Hunderte von Menschen mit in den sicheren Tod reißen. Warum bloß hatten die italienischen Behörden nicht weiträumiger abgesperrt oder sogar die ganze Stadt evakuiert?

Doch jetzt war nicht die Zeit, sich über Behördenversagen Gedanken zu machen. Er musste handeln.

„Delilah!“, vernahm er in dieser Sekunde Luzifers entsetzten Ausruf, dem ebenfalls nicht verborgen blieb, welche Katastrophe ihnen bevorstand.

„Warte!“, befahl er Luzifer, der gerade losstürzen wollte, um seine Frau in Sicherheit zu bringen. Sein eindringlicher Ton ließ den Herrscher der Hölle tatsächlich gehorchen.

Gott schloss die Augen und in der nächsten Sekunde verharrte das Schiff in der Bewegung.

„Spielverderber“, bekundete Luzifer, als er begriffen hatte, dass Delilah in keinerlei Gefahr mehr schwebte. „Ich ging bisher davon aus, du würdest nicht in den Lauf der Geschichte eingreifen."

„Für gewöhnlich tue ich das auch nicht. Aber du weißt genauso gut wie ich, dass hier irgendeine Gottheit ihre Finger im Spiel hat. Demzufolge greife nicht *ich* in den Lauf der Geschichte ein, sondern diese Person." Suchend schaute er sich erneut um. „Erkennst du irgendjemanden?"

Auch Luzifer ließ seine Blicke jetzt über die Umgebung gleiten, ehe er den Kopf schüttelte. „Nope."

Gott legte nachdenklich die Stirn in Falten. „Das gefällt mir gar nicht."

„Lou!", rief in diesem Moment eine Frauenstimme. „Ich bräuchte mal deine Hilfe."

Luzifer schnaubte. „Diese Frau treibt mich noch in den Wahnsinn! Andauernd will sie, dass ich ihr beim Versorgen der Verletzten unter die Arme greife. Was für ein sinnloses Unterfangen, einige von ihnen werden ohnehin in nächster Zeit bei mir landen."

Gott unterdrückte ein Schmunzeln. Dass dieses süße blonde Persönchen mit einem düsteren Gesellen wie Luzifer fertigwurde, verwunderte ihn stets aufs Neue. „Recht hat sie. Na, komm schon! Und überlass die Arbeit einfach mir, wenn es dir zu sehr widerstrebt, den Menschen etwas Gutes zu tun. Ich kriege das hier schneller hin, als die ganzen Sanitäter zusammen." Mit diesen Worten packte er Luzifer am Ärmel und zog ihn mit sich auf mehrere Personen zu, die mit leichten Schnittverletzungen neben dem Schiffsrumpf ausharrten.

Weder er noch Luzifer wurden der hochgewachsenen schwarzhaarigen Frau gewahr, die mit raschen

Schritten den Markusplatz verließ, bevor sie in der Menschenmenge untertauchte.

Als Gott sich am darauf folgenden Tag erneut in der Zwischenwelt einfand, waren Luzifer und Gabriel bereits zugegen. Dass Thanatos sich immer noch auf Weltreise befand, missfiel ihm. Nach dessen Rückkehr würde er mal ein ernstes Wörtchen mit dem Gott des Todes reden, der sich in letzter Zeit einen extrem lauen Lenz machte.

Versonnen musterte er seine beiden Gesprächspartner, die nicht unterschiedlicher hätten sein können. Sie wirkten wie die Verkörperung von Tag und Nacht. „Ich habe das Gefühl, wir sind einmal mehr gezwungen, in den Lauf der Geschichte einzugreifen", eröffnete er letztendlich das Gespräch.

Wie üblich lag Luzifer mehr auf seinem Stuhl, als dass er saß. „Nicht dein Ernst, oder? Endlich herrscht mal wieder Endzeitstimmung. Ich habe in letzter Zeit meine wahre Freude an den täglichen Nachrichten."

Gott stöhnte. „Das glaube ich dir aufs Wort. Ich gehe davon aus, dass irgendeine mächtige Gottheit hinter alledem steckt. Wir müssen schnellstmöglich herausfinden, wer daran Interesse haben könnte, die Welt zu zerstören."

Gabriel beugte sich nach vorne. „Sehe ich genauso. Zu allererst sollten wir mit einigen dieser durchgeknallten Diktatoren und Politiker reden. Sie müssen endlich zur Vernunft gebracht werden. Vielleicht erfahren wir ja dabei mehr."

Luzifer entfuhr ein verächtliches Lachen. „Ja, am besten laden wir sie alle auf einen Kaffee ein, reichen dazu Plätzchen und süße Stückchen."

„Geht es auch etwas sachlicher?", unterbrach Gott die fruchtlose Konversation. „Sieht ganz danach aus, als ob ich mich dieses Mal höchstpersönlich darum kümmern müsste." Er nahm Luzifer ins Visier. „Dich zu involvieren, würde die Situation eher eskalieren lassen. Und Gabriel …" Er verstummte.

Luzifer lachte leise. „Danach wäre jeder Panzer mit rosa Blümchen bestückt und die Raketen mit einem Regenbogenbanner versehen."

„Das wäre sicher nicht das Schlechteste", giftete Gabriel zurück.

Luzifer zog spöttisch eine Augenbraue hoch „Du und der amerikanische Präsident, ihr würdet euch sicher gut verstehen. Von der Frisur her ähnelt ihr euch ja schon. Besucht ihr eigentlich auch das gleiche Sonnenstudio?"

„Pah!", grummelte Gabriel. „Im Grunde genommen finde ich ja den russischen Präsidenten viel heißer."

„Igitt", brachte Luzifer nahezu würgend hervor. „Das will ich mir jetzt lieber nicht vorstellen."

„Luzifer! Gabriel!", schaltete Gott sich erneut mit fester Stimme ein. „Könnten wir den Kindergarten jetzt schließen? Das hier ist ein ernstes Thema." Er holte tief Luft. „Gabriel, du kannst diese Aufgabe nicht übernehmen. Wir haben erstzunehmende Probleme in der arabischen Welt, dafür bist du nicht geeignet."

Luzifer nickte. „Korrekt, die verhandeln nämlich nur mit richtigen Männern."

„Idiot", zischte Gabriel, der eine beleidigte Schnute zog.

Gott schielte an sich hinab. „Aber wenn ich auf der Erde auftauche, werden mich wieder alle für diesen schrägen Modeschöpfer halten. Vermutlich nicht die beste Voraussetzung, um ernst genommen zu werden.“ Er zupfte an seinem Pferdeschwanz herum. „Offensichtlich ist es mal wieder an der Zeit, mein Aussehen einem Wandel zu unterziehen.“ Er schaute in die Runde. „Vorschläge?“

Ein paar Sekunden lang herrschte nachdenkliche Stille.

„Chris Hemsworth!“, schrie Gabriel urplötzlich. „Verwandle dich in Chris Hemsworth!“

Gott blickte verdattert drein. „Bitte wer?“

„Scarlett Johansson“, legte Luzifer nach. „Das fände ich wesentlich ästhetischer. Und einen blond gelockten Typen, der mit einem Hammer um sich wirft, würde ohnehin keiner für voll nehmen. Da können wir auch Gabriel mit Wattebällchen als Waffe schicken.“

Gott runzelte die Stirn. „Was redet ihr da bloß wieder für einen Blödsinn?“

Wie in der Schule hob Gabriel eine Hand. „Ich würde mich gerne als dein persönlicher Stilberater zur Verfügung stellen.“

Luzifer grinste. „Na, das kann ja heiter werden.“ Er schenkte Gott seine Aufmerksamkeit. „Aber sag uns doch zuerst einmal, was du überhaupt auf der Erde anstellen willst.“

Gott zuckte mit den Schultern. „Was weiß denn ich! Dafür habe ich doch euch, meine Freunde. Lasst uns einen Notfallplan erstellen!“

Kapitel 3

Gott saß mit seinem neu erschaffenen Aussehen in einer Strandbar auf Mallorca und schaute über einen der berühmtesten Partystrände der Welt hinweg - auch bekannt als Ballermann. An seiner rechten Hand prangte einer der Ringe, die ein Magier einst gegossen hatte, und der Gott für die Menschen auf der Erde sichtbar machte. Zwar war er schon immer in der Lage gewesen, mit den Erdenbürgern in Kontakt zu treten, aber das hatte stetige Konzentration erfordert. Da machte es ihm der Ring doch um ein Vielfaches leichter.

Halbnackte Sonnenanbeter aalten sich eng aneinandergepresst wie Sardinen in einer Dose am Strand. Der Alkohol floss in rauen Mengen und unablässig drang lautes Gegröle an sein Ohr. Viele der Urlauber hatten mit Sicherheit bereits ihren eigenen Namen vergessen. Ein paar Meter von ihm entfernt übergab sich gerade ein rothaariger Kerl gruselig würgend in eine Ecke.

Gott schüttelte missbilligend den Kopf, während er interessiert zwei wohlgeformte Frauen beäugte, die in einen Hauch von nichts gehüllt waren, ungeachtet des extremen Sonnenbrandes, der sie von Kopf bis Fuß überzog. Im Hintergrund stibitzte unterdessen ein Junge die Tasche einer Urlauberin, da sie diese sekundenlang unbeobachtet gelassen hatte.

Gott seufzte abgrundtief, bevor er einen großen Schluck von seiner Sangria nahm. *Echt lecker, das Zeug!* Vielleicht sollte er sich noch eine gönnen. Die Gegebenheiten hier widerten ihn an und er hegte im

Grunde genommen nicht die geringste Lust, dieses Chaos zu beseitigen, das die Menschheit sich eingebrockt hatte.

Was hatte er nur falsch gemacht, dass etwas derart Sündiges wie dieser Ballermann hatte entstehen können? Profitgier und Schamlosigkeit waren offenbar das Einzige, was heutzutage noch zählte.

Er blickte gen Himmel und ließ die Götter in seinem Kopf Revue passieren, die im Laufe der Zeit auf der Bildfläche erschienen waren. Einige von ihnen hatte er selbst erschaffen. Doch sie hatten sich vermehrt wie die Karnickel und so waren Unmengen von Halbgöttern geboren worden. Folglich hatte er irgendwann den Überblick verloren. Auch waren manche Götter in der Lage, ihre Gestalt zu verändern, weswegen er sie häufig nicht einmal auf Anhieb erkannte.

Er kam einfach zu keinem Ergebnis, wer für die verheerenden Ereignisse der letzten Jahre verantwortlich sein könnte. Götter waren durch die Bank weg Egozentriker, es konnte also jeder von ihnen sein. Aller Voraussicht nach blieb ihm nichts anderes übrig, als die Wirtschaftsbosse und Politiker der Erde eine Zeit lang zu observieren, vielleicht würde er ja dann herausfinden, welches mächtige Wesen einen derart schlechten Einfluss auf sie ausübte.

Seufzend erhob er sich. Er würde sich jetzt in eine ruhige Ecke begeben, um sich zu dematerialisieren, denn er sehnte sich nach der friedlichen Atmosphäre im Himmel. Oder sollte er doch lieber wieder auf seine Insel in der Karibik verschwinden und die Menschheit ihrem Schicksal überlassen?

Leider konnte es sich lediglich um Stunden handeln, bis Gabriel ihm dort erneut auf die Nerven fallen würde. Warum war er bloß so dumm gewesen, diesem den Aufenthaltsort seines Verstecks zu verraten? Ob er sich einfach eine neue Insel zulegen sollte?

Den Kopf voller wirrer Gedanken schlurfte er leicht torkelnd die überlaufene Strandpromenade entlang.

Holla, dieser Rotwein hatte es echt in sich!

„Sag mal, bist du nicht Chris Hemsworth?“, sprach ihn da eine junge Frau an. Lasziv schob sie einen Träger ihres Tops über die Schulter, während sie ihm mit einem Finger über die Wange strich, bevor sie in seine blonde Lockenmähne griff. „Echt süß“, hauchte sie, wobei ihr alkoholisierter Atem Gott nach Luft schnappen ließ.

Sein Blick glitt über ihre prächtigen Brüste hinweg. Durchaus ein Augenschmaus. *Aber nein!* Er hatte nichts gegen Sex einzuwenden und gönnte sich auch im Himmel hin und wieder ein kleines Abenteuer. Wunderschöne Frauen gab es dort nämlich zuhauf. Doch auf diese Schnapsdrossel hier war er ganz sicher nicht erpicht.

Zudem fühlte er sich in seinem neuen Outfit unwohl. Er kam sich vor wie ein australischer Surferboy, dem sowohl die Männer als auch die Damen anzügliche Blicke zuwarfen. Warum hatte er bezüglich seines Aussehens bloß auf Gabriel gehört? Vielleicht hätte er ausnahmsweise doch einmal Luzifer um Rat fragen sollen.

„Nein, nein“, winkte er ab. „Dieser Schauspieler

hat lediglich entfernte Ähnlichkeit mit mir."

Ehe die Frau noch zu einer Antwort ansetzen konnte, eilte er hastig davon, versteckte sich hinter einer Palme und teleportierte sich in sein gemütliches Loft im Himmel.

Nachdem Gott wochenlang die grausamsten und mächtigsten Diktatoren, Politiker und Industriebosse der Welt unter die Lupe genommen hatte, wurde er auf dem Weltwirtschaftsforum in Davos auf eine junge Frau aufmerksam, die während dieser Recherche bereits einmal seinen Weg gekreuzt hatte. Konstant befand sie sich im Gespräch mit ranghohen Persönlichkeiten. Ihr einladendes Äußeres erleichterte ihr das, denn sie war schlicht und ergreifend perfekt.

Seine Augen flogen über den Körper der Lady hinweg. Groß, langbeinig und mit einer atemberaubenden Figur gesegnet, die in einem engen knallroten Kostüm steckte, verdrehte sie der Männerwelt unablässig den Kopf. Ihr seidiges schwarzes Haar, das ein bildhübsches Gesicht umrahmte, schimmerte im Licht der Deckenlampen, die die Besprechungsräume beleuchteten. Die leicht mandelförmigen dunklen Augen vollendeten dieses faszinierende Gesamtbild. Ein Hauch Orient oder Asien haftete ihr an, doch er konnte ihre Herkunft nicht eindeutig benennen. Aber genau diese exotische Ausstrahlung ließ sie noch aufregender erscheinen.

So war es nicht verwunderlich, dass ihre Gesprächspartner sich manchmal mit einem geradezu debilen Grinsen um die Mundwinkel von ihr verabschiedeten. Die Aura der Macht, die sie umgab, signalisierte ihm, dass es sich bei ihr um eine Göttin handelte. Wie bei den meisten Göttern schien der Alterungsprozess in der Blüte ihrer Jahre ausgesetzt zu haben, denn sie wirkte wie eine Frau um die dreißig.

Zu seiner Verwunderung war er jedoch nicht in der Lage, in ihr Herz oder ihre Seele zu blicken - normalerweise eine seiner einfachsten Übungen. Obendrein war sie auf der Erde sichtbar, was nicht bei allen Göttern und Erzengeln der Fall war.

Ein ungutes Gefühl überkam ihn. Wer auch immer sie war, sie musste über eine immense Macht verfügen. Es verstand sich von selbst, dass er sie nicht mehr aus den Augen lassen würde. Gerne hätte er sie angesprochen, doch zuerst wollte er sich eine Taktik zurechtlegen. Folglich hielt er sich dezent im Hintergrund, zückte unauffällig sein Skyphone und schoss mehrere Aufnahmen von ihr. Über eine hochmoderne Gesichtserkennungssoftware im Himmel sollte er problemlos in der Lage sein, dieses außergewöhnliche Wesen wiederzufinden.

Am Abend hatte er noch nicht richtig den Himmel betreten, als ihn bereits die Nachricht ereilte, dass sich in Davos ein schrecklicher Unfall ereignet hatte. Ein einflussreicher Führer der arabischen Welt war mit seinem Helikopter gegen eine Bergwand geprallt und tödlich verunglückt.

Argwöhnisch griff Gott nach seinem Skyphone und vergewisserte sich in der Zwischenwelt, ob es sich in der Tat um einen Unfall handelte. Rasch wurde ihm bestätigt, dass seine Bedenken angebracht waren, denn die Maschine hatte den Tod des Scheichs definitiv nicht angeordnet. Offenbar hatte dieser mit seiner liberalen und westlichen Einstellung irgendjemandem nicht ins Konzept gepasst.

Spätestens beim Überprüfen der Unfallursache würden auch die Schweizer Behörden in Erfahrung bringen, dass ein Attentat verübt worden war, was gewiss weiteren Hass in der Welt schüren würde.

Seine Gedanken schweiften zu der unbekannten Göttin ab, die sich in Davos aufgehalten hatte. Ein Zufall war das sicher nicht. Immerhin schien er sich auf der richtigen Spur zu befinden.

Er betrat sein Büro, rutschte auf den Stuhl hinter seinem alabasterfarbenen Schreibtisch und übertrug mit ein paar flinken Handgriffen die Fotos, die er mit seinem Skyphone gemacht hatte, an einen Rechner. Per Knopfdruck startete er die Gesichtserkennungssoftware und lehnte sich gemütlich zurück. Sollte die junge Frau sich nicht tief unter der Erde aufhalten, würde er sie bald gefunden haben.

Tatsächlich ortete er die schwarzhaarige Schönheit keinen Tag später in einer trendigen Cocktailbar in Miami. Offenbar hatte sie Davos mit fliegenden Fahnen verlassen. *Tja, wer täte das nicht, sollte er die Verantwortung für einen Terroranschlag tragen?*

Über den Bildschirm seines Lofts beobachtete er sie. Die Unmengen von Goldketten, mit denen sie behängt war, glitzerten im Licht der bunten Deckenstrahler. Ihr auffälliges bordeauxrotes Paillettenkleid und die hohen Pumps wirkten sexy und extravagant zugleich.

Schnell hatte er auch herausgefunden, wer der Mann an ihrer Seite war: einer der mächtigsten Wirtschaftsbosse der westlichen Welt. Während die beiden Cocktails schlürften, amüsierten sie sich prächtig.

Einem Instinkt folgend versetzte Gott sich ebenfalls nach Miami, hielt sich dort aber erneut im Hintergrund auf und begnügte sich damit, seine Zielperson zu observieren. Ihr Aussehen faszinierte ihn ebenso wie ihre göttliche Ausstrahlung. Auch ihr Begleiter fraß ihr geradezu aus der Hand. Der Kerl war eindeutig scharf auf sie.

Doch wenngleich die sexy Göttin diesem Manager unentwegt mit Blicken und Gesten den Eindruck vermittelte, er wäre der aufregendste Mann der Welt, stolzierte sie zu später Stunde allein auf den Hotelfahrstuhl zu.

Um körperliche Befriedigung ging es ihr also nicht. Sie zog in Gegenwart der Männer lediglich eine Riesenshow ab, um irgendein andersgeartetes Ziel zu erreichen.

Nachdenklich starrte Gott ihr hinterher. Er war nicht wirklich klüger als zuvor. *Was nun?*

Sich in unsichtbarem Zustand in ihr Hotelzimmer zu versetzen, erschien ihm zu gefährlich. Denn viele Götter waren mit außergewöhnlichen Fähigkeiten gesegnet, daher bestand die Möglichkeit, dass sie ihn dennoch entdeckte. So verharrte er doch lieber an der neonblau beleuchteten Hotelbar und schlürfte eine Piña Colada nach der nächsten.

Auch nicht übel!

Allmählich fand er Geschmack am Alkohol. Das durfte natürlich im Himmel niemand erfahren - und schon gar nicht Luzifer.

Ein Typ, der ihn an Freddy Mercury erinnerte, machte ihm von der anderen Seite der Bar aus eindeutige Avancen. Erneut wurde ihm klar, dass die Idee als bildhübscher, blond gelockter Jüngling aufzutreten, nicht der Weisheit letzter Schluss war. Selbst im Himmel wurde er seitdem mit befremdlichen Blicken bedacht, obwohl die Menschen dort für gewöhnlich einen Heidenrespekt vor ihm an den Tag legten.

In dieser Sekunde entschied er, sein Aussehen einem erneuten Wandel zu unterziehen. Wenn er jetzt noch wüsste, auf welchen Typ Mann diese Göttin stand, könnte ihm das sein Vorhaben womöglich erleichtern.

Seufzend bestellte er sich eine weitere Piňa Colada, denn soeben war ihm klar geworden, dass es nur eine einzige Person in seinem Umfeld gab, die ihm dabei behilflich sein konnte.

Kapitel 4

Was würden die Menschen wohl sagen, wenn unablässig Bagger durch ihre Vorgärten oder Häuser rollen würden? Aller Voraussicht nach gingen sie mit Heerscharen von Anwälten dagegen vor. Doch diese Möglichkeit eröffnete sich hilflosen Tieren leider nicht. Ungeachtet der Tatsache, dass die propellergetriebenen Sumpfboote denselben ohrenbetäubenden Lärm verursachten wie eine Baumaschine, wurden jährlich Millionen von Touristen durch die Everglades transportiert. Warum bloß konnten die Urlauber dieses naturbelassene Gebiet nicht einfach meiden?

In der Nähe einer der unzähligen Bootsstationen hatte Kylie sich auf der hölzernen Terrasse einer Imbissbude niedergelassen und beobachtete mit verbissenem Gesichtsausdruck die Reisebusse, die gerade die nächsten Touristenhorden ankarrten. Als gäbe es mitten im Sumpfgebiet ein *All you can eat Büfett* stürzten die Menschen aus den Bussen und auf die Boote zu. Vielleicht sollte sie dafür Sorge tragen, dass es wirklich ein Festmahl gäbe, allerdings für die Alligatoren.

Oftmals beschwerten sich diese geistig umnachteten Besucher dann am Ende der Schiffsfahrt noch, dass sie kaum Tiere zu Gesicht bekommen hatten. *Wie denn?* Wenn diese bedauernswerten Reptilien aufgrund des Lärms voller Panik die Flucht ergriffen, was ihren natürlichen Lebensraum von Jahr zu Jahr weiter einschränkte.

Erzürnt versetzte Kylie sich zum nahe gelegenen Marco Island Airport, wo sie einen Helikopter charterte und den Piloten anwies, im Tiefflug über die Everglades zu jagen. Zwar weigerte dieser sich anfänglich, doch ihr mentaler Befehl brachte den grauhaarigen Vietnam-Veteranen rasch dazu, ihren Wünschen zu entsprechen.

Wie bei einem Computerspiel schoss der Hubschrauber Minuten später mit gesenkter Nase über das Sumpfgebiet hinweg. Dem Boden so nahe, dass Kylie hin und wieder nach den Mangroven und Farnen hätte greifen können. Sobald eins der Sumpfboote in ihrem Blickfeld erschien, setzte sie mit einem Fingerschnippen den Motor des Bootes außer Kraft und amüsierte sich köstlich über die verängstigten Gesichter der Touristen, die nun mitten im Nirgendwo gestrandet waren.

„Hallo, meine Süßen“, hauchte sie beim Überfliegen einer Alligatorenfamilie, die sich in einem Wasserloch zusammengefunden hatte. „Wenn ihr hungrig seid, wüsste ich da was für euch. Ich hoffe, ihr könnt die Ruhe der nächsten Tage ein wenig genießen.“ Denn zweifellos würde die Reparatur der Boote einige Zeit in Anspruch nehmen.

Mit einem Glas Champagner in der Hand genoss sie am Abend in ihrer vornehmen Hotelsuite die Berichterstattungen, die über den riesigen Flachbildschirm flimmerten. In einen weichen Bademantel gehüllt, lag sie auf dem bequemen Kingsize-Bett und grinste zufrieden vor sich hin.

Die Rettungsaktion war aber auch zu amüsant, nicht zuletzt, da einige Personen in wilder Verzweiflung ins Wasser gehüpft waren. Zudem waren verschiedene Boote gekentert, da Panik ausgebrochen war. Alles in allem hatte es ein paar Leichtverletzte gegeben. Kollateralschäden, die nicht zu vermeiden waren, aber mit ein wenig Glück zusätzliche Touristen abschreckten.

Allerdings war Kylies Mission noch lange nicht erfüllt. In den nächsten Tagen würde sie dafür Sorge tragen, dass baldmöglichst die Abholzung der brasilianischen Regenwälder gestoppt wurde. Diese verfluchten Kapitalisten und Politiker mussten endlich zur Rechenschaft gezogen werden. So konnte es nicht weitergehen!

Sie war gerade im Begriff, sich im Geiste einen Schlachtplan zurechtzulegen, als es an der Zimmertür läutete. Prompt sprang sie freudig auf, denn sie hatte beim Roomservice die eine oder andere Leckerei bestellt.

Nachdem Gott den Klingelknopf betätigt hatte, straffte er die Schultern und nahm all seinen Mut zusammen. Ihm war bewusst, die folgende Diskussion würde kein Kinderspiel werden. Doch da musste er jetzt wohl durch.

Bereits Sekunden später wurde die Eingangstür geöffnet. Luzifer zog überrascht eine Augenbraue hoch, als er den Mann erblickte, der im Vorgarten des Häuschens stand, das er vor einiger Zeit mit Delilah bezogen hatte. Angesiedelt war das Gebäude in einer Art Gemeinde in England, die für normale Personen unsichtbar war. Daher konnten sich Wesen der Unterwelt oder des Himmels hier bedenkenlos bewegen. Aufgrund eines speziellen Ringes war Delilah ebenfalls in der Lage, hier zu leben. Das war bei Weitem die einfachste Lösung gewesen, denn Luzifers Süße hatte sich hartnäckig geweigert, in die Hölle einzuziehen.

Betont lässig lehnte der Fürst der Finsternis sich mit einer Schulter gegen den Türrahmen. Wie üblich war er von Kopf bis Fuß in schwarzes Leder gekleidet. „Beim Fegefeuer, sag mir, dass du wirklich Chris Hemsworth bist und nicht mein jahrtausendealter Erzrivale!“, begrüßte er Gott mit einem unverschämten Grinsen im Gesicht.

„Lass den Blödsinn! Du weißt haargenau, wer ich bin.“

„Ich hab’s befürchtet.“ Luzifer begutachtete ihn von oben bis unten, bevor er einen leisen Pfiff ausstieß. „Da hat der gute Gabriel aber ganze Arbeit geleistet“, spottete er. „Was verschafft mir die Ehre deines Besuchs?“

„Ich würde gerne etwas Persönliches mit dir besprechen. Darf ich eintreten?“

Der Hausherr sprang beiseite und vollführte mit dem Arm eine übertrieben einladende Geste. „Wie könnte ich dir diesen Wunsch abschlagen?“

Verwundert blickte Gott sich in dem hell möblierten Gebäude um, nachdem er es betreten hatte. Das passte so gar nicht zu einem dunklen Zeitgenossen wie Luzifer. Die Vermutung lag nahe, dass seine Gattin bei der Innenausstattung den Ton angegeben hatte.

In dieser Sekunde segelte Delilah ins Wohnzimmer. Ihre blonden Haare wogten um ihr hübsches Gesicht. Verdutzt blieb sie stehen und musterte den unerwarteten Besucher. „Lou, willst du mir den Herrn nicht vorstellen?“ Sie runzelte die Stirn. „Sie sind aber nicht Chris Hemsworth, oder?“

Gott seufzte.

„Du kennst ihn bereits“, brachte Luzifer sich ein. „Er hat lediglich sein Aussehen diesem Schauspieler angepasst.“ Er räusperte sich. „Mein guter Freund, Gott.“ Zynismus triefte aus seiner Stimme.

Delilah schluckte einen Kommentar hinunter, stolperte hastig auf ihren Ehemann zu und schlang ihm einen Arm um die Taille. „Lou hat nichts Verbotenes getan!“, verkündete sie im Brustton der Überzeugung, was Gott ein Schmunzeln entlockte.

„Delilah, lass das! Ich kann mich schon selbst verteidigen“, brummte Luzifer und wandte sich mit einem aufgesetzten Lächeln wieder Gott zu. „Also, Chrissi, Schätzchen, womit kann ich dienen?“

„Ich würde gerne unter vier Augen mit dir reden – eine Männersache.“

Delilah warf Luzifer einen fragenden Blick zu. Erst als dieser nickte, löste sie sich von ihm. „Also gut. Darf ich den *Herren* der Schöpfung vielleicht etwas zu trinken anbieten?“ Ihr Tonfall machte deutlich, dass sie verschnupft war.

„Ein Bier und eine warme Milch“, äußerte Luzifer trocken.

Gott verzog das Gesicht. „Ich würde ausnahmsweise auch zu einem Bier greifen.“

Luzifer musterte ihn mit einem Ausdruck der Verwunderung, ehe er ihn bat, im Wohnzimmer Platz zu nehmen.

Nachdem Delilah die Getränke serviert und den

Raum verlassen hatte, entschied Gott, in die Vollen zu gehen. „Luzifer, ich hätte eine Bitte: Könntest du mir verraten, wie ich heutzutage am wirkungsvollsten eine Frau verführe? Ich habe mich seit einer Ewigkeit um keine Verabredung mehr bemüht, und mir ist durchaus bewusst, dass die Zeiten des Briefeschreibens und der Kutschfahrten der Vergangenheit angehören."

Luzifer verschluckte sich an seinem Bier und hustete. „Du solltest zu allererst aufhören, dir irgendwelche Pillen einzuwerfen."

„Das sagt gerade der Richtige. Aber lassen wir das jetzt. Folgendes: Ich habe die Vermutung, dass eine Göttin für das Chaos auf Erden verantwortlich sein könnte. Da ich aber weder weiß, wer sie ist, noch über welche Gaben sie verfügt, muss ich sehr vorsichtig vorgehen. Daher dachte ich, wenn ich schon über die Möglichkeit verfüge, wie der fleischgewordene Traum so mancher Frau auszusehen, warum diesen Vorteil nicht nutzen."

Luzifer betrachtete ihn versonnen. „Keine schlechte Idee. Einen derartigen Vorstoß hätte ich dir gar nicht zugetraut. Aber hattest du dich nicht irgendwann fürs Zölibat entschieden?"

„Nein, nicht wirklich. Hin und wieder habe ich durchaus Sex. Aber es geht mir doch nicht ums Körperliche. Ich will ihr Vertrauen gewinnen, um herauszufinden, mit wem ich es zu tun habe."

„Dann genehmige dir doch einfach einen Blick in ihren Kopf."

„Als ob ich das nicht bereits versucht hätte. Aber wundersamerweise funktioniert es nicht. Sie scheint über eine große Macht zu verfügen. Womöglich könnte ich sie per Gedankenkraft dazu bewegen, mir die Wahrheit zu offenbaren." Gott kratzte sich am Kinn. „Fakt ist jedoch, ich finde sie hochinteressant und auf ihre Art faszinierend, daher will ich es mir nicht unnötigerweise mit ihr verderben."

Luzifer zog eine seiner dunklen Augenbrauen hoch. „Oha! So langsam wird die Sache interessant." Grinsend stellte er die Bierflasche auf dem Tisch vor sich ab. „Möglicherweise wärst du ja ein wenig erträglicher, wenn du dich wirklich mal auf eine heiße Göttin einlassen würdest." Er nahm Gott versonnen in Augenschein. „Ich sehe nur ein Problem Die Frauen stehen heutzutage auf Bad Boys. Und mit deinem Aussehen und Verhalten bist du um Welten davon entfernt. Auch verführt man Frauen nicht mehr, man nimmt sie sich einfach."

„Mensch Luzifer, jetzt stell mich doch nicht hin, als wäre ich durch und durch verblödet!", entfuhr Gott der ruppige Kommentar. „Dass Frauen heute wesentlich aufgeschlossener sind als früher, ist ja wohl kein Geheimnis. Nicht nur dir werfen sich die jungen Dinger an den Hals, um in deiner Gunst zu steigen. Dieses Phänomen gibt es auch in meiner Welt. Ich musste mich nie groß ins Zeug legen, um eine Frau zu beeindrucken, denn wer will es sich schon mit dem Allmächtigen verscherzen." Er nahm einen großen Schluck von seinem Bier. „Aus diesem Grund könnte ich ein paar Tipps benötigen. Also was ist jetzt, hilfst du mir?"

Luzifer taxierte ihn sekundenlang aus seinen dunklen Augen. „Dann musst du mir aber auch einen

Gefallen erweisen."

Gott seufzte. „Woher wusste ich bloß, dass du das sagen würdest. Also los, raus mit der Sprache! Was willst du?"

„Oh, die Frage ist schnell beantwortet. Ich möchte, dass du Delilah endlich Unsterblichkeit verleihst."

„Dir ist schon klar, dass das Erpressung ist, oder?"

Sein Gegenüber zuckte mit den Schultern. „Hast du etwa vergessen, wen du gerade um einen Gefallen gebeten hast? Ich war noch nie für Nächstenliebe oder Herzlichkeit bekannt. Das solltest du doch am allerbesten wissen."

„Ich muss dir sicher nicht erst erklären, dass das gegen alle Regeln verstoßen würde, die ich vor Urzeiten festgelegt habe, oder?"

„Ach, komm schon! Erstens willst du gar nicht erleben, was geschehen wird, falls du Delilah weiterhin altern lässt. Und zweitens sind Regeln einzig da, um gebrochen zu werden."

Gott warf stöhnend den Kopf in den Nacken. „Also gut, einverstanden. Vorher wirst du ohnehin keine Ruhe geben. Aber das muss eine Ausnahme bleiben. Und ich verspreche dir, ich werde es auf der Stelle rückgängig machen, solltest du irgendwann erneut über die Stränge schlagen."

Luzifer grinste. „Keine Sorge, das wird nicht passieren." Er schlug sich triumphierend mit einer Hand auf den Oberschenkel. „Prima, dann hätten wir das ja auch endlich geklärt. Zwar widerstrebt es mir ein wenig, dass ausgerechnet ich dabei helfen soll, die Welt zu retten, aber ich kann mich einmal in der Hölle umhören. Womöglich finde ich dort ja etwas über deine Gegenspielerin heraus. Und jetzt erzähl mir zu allererst, was du über sie weißt. Hast du zufälligerweise ein Foto von ihr?“

„Durchaus. Doch ich habe eine bessere Idee. Ich weiß, wo sie sich zurzeit aufhält. In einem Luxushotel in Miami Beach. Dort könntest du sie leibhaftig sehen. Du kennst so viele schräge Vögel, vielleicht hast du ja eine Ahnung, um wen es sich bei ihr handelt.“

Luzifer hob fragend eine Hand in die Luft. „Na, dann los! Auf was warten wir denn noch? Dort können wir dir auch gleich ein paar coole Klamotten verpassen, denn dieser helle Anzug ist gruselig. Sobald du nicht mehr wirkst wie ein Mädchen, könnte dein Vorhaben gelingen.“

„Ich stimme dir zu, daher habe ich entschieden, mein Aussehen erneut zu verändern.“ Er bedachte Luzifer mit einem herausfordernden Blick. „Verbesserungsvorschläge werden gerne entgegengenommen.“

Luzifer stöhnte. „Womöglich wäre es einfacher, wenn *ich* diese Göttin aufreiße.“

„Ist dir entfallen, dass du vor einigen Monaten geheiratet hast?“

„Ach richtig, da war ja noch was. Schon gut, lass uns mit deiner Frisur anfangen. Schwarz!“

„Ein Kurzhaarschnitt?“

„Nicht zu kurz, das verleiht dir etwas Verwegenes.“

Gott schloss die Augen und konzentrierte sich. In Sekundenschnelle nahm sein Haar einen kräftigen dunklen Farbton an und die langen Locken verschwanden.

„Perfekt“, äußerte Luzifer. „Jetzt höhere Wangenknochen, und am besten noch einen Dreitagebart. Das ist gerade der letzte Schrei.“

Rasch war auch das umgesetzt. Gott öffnete die Augen. „Sonst noch was?“

Luzifer musterte ihn von oben bis unten. „Die Figur ist astrein, die blauen Augen auch. Nun siehst du fast aus wie Hugh Jackman in seinen besten Jahren. Das sollte funktionieren. Verpass dir noch ein paar Tattoos, damit wirkst du cooler. Aber das kriegst du sicher ohne mich hin.“ Er sprang auf. „Denn zuerst muss ich jetzt Delilah verkünden, dass ich das Problem mit ihrer Sterblichkeit ein für alle Mal gelöst habe.“ Mit geschwellter Brust marschierte er aus dem Wohnzimmer.

Gott lehnte sich nachdenklich zurück. *Wenn das mal gut ging!* Mit dem Teufel gemeinsame Sache zu machen, war womöglich nicht seine beste Idee gewesen.

Er runzelte die Stirn.

Was hatte Luzifer da gesagt? Tattoos! Aber welche Motive sollte er wählen?

Kapitel 5

„Sitzt die Jeans nicht ein wenig eng?" Gott zupfte verstohlen an seinem Schritt herum. „Die drückt mir ja alles ab."

Luzifer lehnte lässig mit der Schulter an einem Pfosten der kleinen Boutique, in einer Seitenstraße von Miami South Beach. „Wo ist das Problem? Du benutzt das Teil doch ohnehin kaum."

Gott verzog das Gesicht. „Na, du musst es ja wissen. Und in der Lederjacke fühle ich mich auch irgendwie unwohl."

„Irgendwann solltest du dich entscheiden, ob du mit den coolen Jungs spielen willst oder nicht. Außerdem hast du um meine Hilfe gebeten. Falls dir meine Methoden nicht zusagen, frag einfach wieder Gabriel."

Gott wandte sich der Verkäuferin zu, die ihn unablässig anschmachtete. „Also gut, wir nehmen das Zeug." Er fixierte Luzifer. „Können wir uns jetzt endlich auf unsere Zielperson konzentrieren?"

Luzifer stieß sich lässig von dem Pfosten ab. „Sobald wir uns eine Harley zugelegt haben, denn wie du ja glücklicherweise schon begriffen hast, sind Kutschen out. Um eine solche Frau zu beeindrucken, benötigst du einen fahrbaren Untersatz. Ach, und ändere das Katzen Tattoo auf deinem Oberarm bitte in etwas Aggressiveres ab. Wie wäre es mit einem Tiger?"

„Er zahlt", behauptete Luzifer einige Zeit später mit einem Blick in Gottes Richtung, nachdem er in einem riesigen Motorradsalon außerhalb von Miami zwei nagelneue Harleys ausgewählt hatte.

Gott schüttelte ungläubig den Kopf. „Na, ganz toll!“

„In zwei Stunden sind die Maschinen angemeldet, dann können Sie sie abholen“, informierte der Verkäufer sie, der strahlend die Platinum-Kreditkarte entgegennahm, die Gott ihm aushändigte.

Luzifer schmunzelte. „Hervorragend, das reicht genau für einen Drink.“ Er packte seinen Begleiter am Arm und zog ihn aus dem Laden.

Minuten später befanden sie sich wieder in South Beach, in der exklusiven Rooftopbar des 1 Hotel. Palmen umrahmten den Swimmingpool und verliehen der Location mit den weißen Sitzmöbeln den unvergleichlichen Miami-Touch. Leicht bekleidete Schönheiten tanzten ausgelassen zu lauter Technomusik und machten es Gott immens schwer, nicht hin und wieder ein Auge zu riskieren.

Für Luzifer schien die zur Schau gestellte nackte Haut allerdings nichts Außergewöhnliches zu sein, denn er musterte stattdessen Gott. „Jetzt siehst du endlich aus wie ein Mann“, bekundete der Herrscher der Hölle schließlich. „Nun nimm die Beine beim Sitzen noch ein wenig auseinander und zieh den Stock aus dem Arsch. Dann könnte dein Plan aufgehen.“ Er legte gedankenverloren den Kopf schief. „Besitzt du überhaupt einen Namen? Die Bezeichnung Gott sollten wir fürs Erste einmal ablegen.“

Gott nickte. „Nathanial. Diesen Namen gab ich mir vor sehr langer Zeit. Er bedeutet so viel wie Gottesgeschenk.“

„Perfekt. Ab sofort bist du Nathan und ich Lou, die meisten Personen nennen mich ohnehin so. Wir sollten das konsequent durchziehen, bevor wir noch einen Fehler begehen. Nur noch Lou und Nathan, einverstanden?“

Nathan nickte.

„Hattest du eigentlich jemals eine richtig verdorbene Braut in deinem Bett? Ich denke dabei an eine Frau, die nicht zuerst das Ave-Maria betet und das Licht löscht, ehe sie sich ihrem Mann am Samstagabend in der Missionarsstellung hingibt.“

„Du wirst es nicht glauben, aber auch im Himmel gibt es heiße Frauen. Und ja, hatte ich, doch das ist Jahrtausende her. Hin und wieder amüsierte ich mich damals mit einer der vielen Göttinnen. Allerdings waren diese Damen so gar nicht mein Fall. Es ging ihnen einzig um Reichtum, Luxus und Vergnügen.“

„Das nennt man Spaß. Aber lassen wir das jetzt. Ich denke, unter diesen Umständen könnte eine Auffrischung deiner sündhaften Ader sicher nicht schaden.“ Lou schaute um sich. „Die kleine Blonde da drüben, die ist perfekt. Los, mach sie klar!“

„Ich soll was tun?“

Lou beugte sich zu ihm nach vorne. „Schaff sie in dein Bett! Du siehst hammermäßig aus, das sollte ein Kinderspiel für dich sein.“

Nathan zögerte, nahm dann jedoch all seinen Mut zusammen und machte Anstalten, sich zu erheben.

Augenblicklich packte Lou ihn am Arm und drückte ihn auf den Sitz zurück. „Nicht, lauf ihr nicht hinterher! Glaub mir, dein Aussehen wird sie anlocken.“

Voller Zweifel begutachtete Nathan die braun gebrannte Blondine, die in einem kurzen weißen Kleid neben einer der Bars tanzte. Als sie auf ihn aufmerksam wurde, ließ sie sich prompt auf den Blickkontakt ein. Sie grinste und zwinkerte ihm anzüglich zu, was ihn dazu veranlasste, sie mit einer Hand herbeizuwinken.

Er war selbst überrascht, als sie mit wogenden Hüften auf ihn zu stolzierte. Das Facelifting, das Lou ihm verpasst hatte, schien zu wirken.

„Ähm, darf ich Sie auf einen Drink einladen?", erkundigte er sich, nachdem die junge Frau neben dem Tisch stehen geblieben war und ihn erwartungsvoll ansah.

Die Blicke der Kleinen flogen zwischen ihm und Lou hin und her. „Klar doch!" Unbefangen fiel sie auf eins der Sofas, wobei ihr kurzer Rock sich ein gutes Stück ihre Schenkel hinaufstahl. „Seid ihr schwul?", wollte sie wissen.

Nathan riss erschüttert die Augen auf. „Natürlich nicht!"

Sie zuckte mit den Schultern. „Ich dachte nur. Ihr seht einfach zu gut aus, um hetero zu sein."

Lou grinste und lehnte sich zu ihr nach vorne. „Hör mal, Süße, mein Kumpel hier …" Er nickte in Nathans Richtung. „Kommt gerade aus dem Knast und hat es mal wieder so richtig nötig." Er zwinkerte ihr zu. „Du weißt schon, was ich meine. Was denkst du, wäre das was für dich?"

Nathan verschluckte sich an seinem Drink und hustete.

Die junge Frau wirkte jedoch kein Stück schockiert. Im Gegenteil: Sie lächelte anzüglich. „Ein Dreier?“

Lou winkte ab. „Liebend gerne, aber ich bin vergeben.“

Sie zog eine Schnute. „Zu schade.“ Interessiert fixierte sie Nathan. „Einverstanden“, hauchte sie letztendlich. „Du bist echt heiß.“

Ehe er noch etwas erwidern konnte, sprang Lou auf. „Bin gleich zurück“, verkündete er.

Nathan schoss ebenfalls hoch, packte ihn am Arm und zog ihn beiseite. „Wo willst du hin?“

„Dir einen Zimmerschlüssel besorgen. Vertrau mir, ein paar heiße Nummern mit einer Frau, die es faustdick hinter den Ohren hat, können sicher nicht schaden, bevor du es mit einer waschechten Göttin aufnimmst.“

„Aber …“

„Kein aber, nimm dir die Kleine! Ich garantiere dir, das ist etwas anderes, als es mit einem dieser züchtigen Engelchen im Himmel zu treiben.“

Etwa eine Stunde später kehrte Nathan in die Rooftopbar zurück und sank gegenüber von Lou auf das Sofa. Dieser telefonierte, beendete jedoch postwendend das Gespräch und ließ das Hellphone in der Innentasche seiner Lederjacke verschwinden. Er warf Nathan einen schelmischen Blick zu und schnalzte herausfordernd mit der Zunge. „Und?“

„Der Zimmerservice in diesem Hotel serviert exzellente Burger.“

Lou musterte ihn verdutzt. „Hat dich der Sex hungrig gemacht?“

Nathan schüttelte den Kopf. „Warum tun sich hübsche junge Frauen so etwas eigentlich an?“

Jetzt blickte Lou irritiert drein. „Verrätst du mir, wovon genau du sprichst?“

„Die Kleine hätte alles mit sich machen lassen. Da sie keinen vernünftigen Job hat, treibt sie sich in Hotelbars herum, auf der Suche nach wohlhabenden Männern, die sie aushalten. Woher wusstest du es?“

„Lass es mich so sagen: ein geschultes Auge. Aber heißt das etwa, du hast die Chance nicht genutzt?“

„Korrekt, wir haben geredet. Sie sucht sich jetzt eine Arbeitsstelle und ich werde sie dabei unterstützen.“

Lou warf stöhnend den Kopf in den Nacken und fuhr sich mit den Händen übers Gesicht. „Ich fasse es nicht, du hast sie nicht gevögelt, sondern bekehrt! Was für eine Meisterleistung! Das wird dir sicher eine große Hilfe sein, wenn du erst einmal vor der Herausforderung stehst, die unbekannte Göttin zu beglücken.“

Nathan winkte ab. „Entschuldige, aber ich bin Tausende von Jahren alt und habe in diesen Dingen vermutlich mehr Erfahrung, als du denkst. Das wird schon werden.“

Lou zog süffisant eine Augenbraue hoch. „Wenn du dich da mal nicht täuschst. Aber einverstanden, Planänderung. Lass mich dich in einen Swingerclub bringen. Dort kannst du dir zumindest einmal anschauen, was heutzutage sexuell so alles auf der Tagesordnung steht.“

Abwehrend hob Nathan eine Hand. „Keine Chance, ein solches Etablissement werde ich gewiss nicht betreten."

Lou grinste und warf ein paar Dollarscheine auf den Tisch. Danach sprang er auf. „Du hast doch sicher irgendeinen Pfaffen im Himmel, der dir hinterher die Beichte abnehmen kann. Zur Not leihe ich dir einen aus. Bei mir tummeln sich nämlich viel zu viele von denen, die sich für ihr Leben gern an kleinen Jungs vergehen. Aber jetzt komm!" Er packte Nathan am Oberarm, zog ihn hoch und schubste ihn in eine dunkle Ecke. „Lass uns die Motorräder abholen und dann zeigst du mir das Püppchen, das offenbar drauf und dran ist, die Welt zu vernichten."

„Äh, es gibt da ein kleines Problem. Du wirst es vielleicht nicht glauben, aber ich saß noch nie auf einem Motorrad."

Lou schüttelte ungläubig den Kopf. „Mir bleibt aber auch nichts erspart. Also gut. Ich bring's dir bei."

Feurige Salsamusik drang an Nathans Ohren, als sie die Harleys vor einer angesagten Bar in Miami Beach abstellten. Lou ein wenig cooler als Nathan, der immer noch nicht so recht wusste, wie man mit einer solchen Maschine umging.

Dutzende von hübschen, leicht bekleideten Frauen lungerten vor dem Eingang herum und rauchten. Ihren Mienen nach zu urteilen, waren sie auf Anhieb von den zwei hochgewachsenen schwarzhaarigen Männern begeistert.

Nachdem die beiden die neonfarben beleuchtete Bar betreten hatten, ließ Nathan seine Blicke über die

Gäste schweifen - und entdeckte *sie*. Wie jedes Mal, wenn er sie sah, konnte er die Augen kaum mehr von ihr abwenden. Diese Frau übte eine unerklärliche Anziehungskraft auf ihn aus. Womöglich weil er nicht in ihr Inneres schauen konnte; sie stellte ein einziges Mysterium für ihn dar.

Er wandte sich Lou zu. „Siehst du die hübsche Dunkelhaarige neben der Säule, in dem knallroten Minikleid?“

Unauffällig schaute Lou in die Richtung. Seine Gesichtszüge verhärteten sich. „Nicht dein Ernst, oder?“

„Jetzt sag aber nicht, du kennst die Dame?“

„Dame? Oh, nein, davon ist sie um Welten entfernt. Du kennst sie übrigens auch. Allerdings hat sie ihr Erscheinungsbild zu ihrem Vorteil verändert. Sie hat uns vor Tausenden von Jahren schon Probleme bereitet, da sie von einer nicht zu stoppenden Wildheit und Mordlust besessen war. Damals trug sie ein wildes Tohuwabohu auf ihrem Kopf, war viel zu schrill geschminkt und wirkte alles andere als damenhaft.“ Er holte vernehmlich Luft. „Aber eins kann ich dir sagen, wenn sie diejenige ist, die die Weltordnung aufmischt, dann hast du definitiv ein Problem.“

„Nun spann mich nicht länger auf die Folter. Wer ist sie?“

„Sie ist auf der ganzen Welt zu Hause. Ursprünglich kommt sie jedoch aus Indien. Seit mehreren Jahren verbringt sie ihre Zeit mit dem Betreiben von Hotelketten, Restaurants und Bars. Es handelt sich dabei in erster Linie um düstere, aber luxuriöse Locations. Ich kann nicht leugnen, dass auch einige meiner Lieblingsplätze dazugehören.“ Er legte eine theatralische Pause ein. „Sie selbst nennt sich seit einer Ewigkeit Kylie Noir. Kylie ähnelt ihrem richtigen Namen. Und Noir ist das französische Wort für schwarz. Klingelt es jetzt bei dir?“

Nathan riss die Augen auf. „Die Schwarze Göttin? Kali?“

„Exakt. Die Göttin der Zerstörung und des Todes. Einzig durch Zufall habe ich ihre wahre Identität in Erfahrung gebracht. Sie lässt uns Unsterbliche in dem Glauben, eine ganz stinknormale indische Gottheit zu sein.“

Er sinnierte sekundenlang. „Ich kann sie dir gerne vorstellen, aber lass unter gar keinen Umständen durchblicken, wer du bist. Denn sollte sie wirklich für all die Ereignisse verantwortlich sein, wird sie dir schneller durch die Finger gleiten, als du wieder auf deine Harley steigen kannst.“ Er schnalzte mit der Zunge. „Wie du diese Frau besiegen willst, ist mir ein Rätsel.“

„Im äußersten Notfall werde ich sie eliminieren müssen.“

„Vergiss es! Sie ist zu mächtig. Ihr Tod würde Indien in Schutt und Asche legen. Du musst sie auf irgendeine Art und Weise besänftigen; sie dazu bringen, ihre Aktivitäten einzustellen. Sonst sehe ich im wahrsten Sinne des Wortes Schwarz.“ Er wandte sich Nathan zu. „Bist du bereit, ihr gegenüberzutreten oder sollen wir den Abend doch lieber in einem Swingerclub ausklingen lassen?“

„So bereit, wie man nur sein kann.“

Lou grinste. „Dein Wort in Gottes Ohren. Dann, auf in den Kampf!“

Kapitel 6

Gelangweilt schlürfte Kylie einen Cocktail. Per Gedankenmanipulation hatte sie den brasilianischen Politiker an ihrer Seite letztendlich dazu gebracht, die Abholzung des Regenwaldes einzudämmen. Lange hatte sie es mit gutem Zureden versucht, bis ihr schlussendlich der Geduldsfaden gerissen war. Häufig reichte noch nicht einmal mehr ihr weiblicher Charme aus, um diese verbohrten Kerle zur Besinnung zu bringen. Was war bloß mit dieser Welt geschehen?

Mittlerweile ging ihr der Typ allerdings mächtig auf den Geist, denn er baggerte sie unentwegt an. Zwar stand ihr der Sinn durchaus nach Sex, aber ihr Begleiter mit der Adlernase und dem schütteren schwarzen Haar fiel dabei nicht in die engere Auswahl.

Kurz zog sie in Erwägung, ihm den mentalen Befehl zu erteilen, sich draußen vor ein Auto zu werfen. Doch dann verwarf sie den Gedanken. Dieses erbärmliche Würstchen war es nicht wert, sich seinetwegen die Finger schmutzig zu machen. Vor Hunderten von Jahren wäre sie weniger skrupellos gewesen; eben ganz die Göttin der Zerstörung und des Todes. Doch inzwischen hatte sich ihre Lebenseinstellung geändert. Sie wollte die Erde wieder in einen Ort verwandeln, an dem Mensch und Tier in trauter Eintracht zusammenleben konnten.

Allerdings waren hierfür einschneidende Veränderungen nötig. So hatte sie vor einigen Jahren entschieden, in die Weltgeschichte einzugreifen. Ausschlaggebend war der Tag gewesen, an dem sie das Liebste verloren hatte, was sie jemals besessen hatte: ihren heiligen Elefanten Kiran. Jahrtausende hatte er an ihrer Seite verbracht, bis er nach einem Bad im Ganges verstorben war - verursacht durch die katastrophale Umweltverschmutzung.

Weder seine Unsterblichkeit hatte ihn vor dem Gift und den Plastikpartikeln beschützen können, die er verschluckt hatte, noch Kylies Schwester. Ganga war die Göttin des Flusses Ganges, hatte sich aber in den letzten Jahren mit einer faustdicken Depression in den indischen Regenwald zurückgezogen. Dort fristete sie in einer Holzhütte ihr Dasein, hörte den lieben langen Tag Musik und vertraute auf die Legende der Selbstreinigungskraft des Flusses.

Insgeheim hasste Kylie sie für ihre Schwäche, denn wenn eine Person die Macht hätte, der gequälten Umwelt in Indien Erleichterung zu verschaffen, dann wäre das Ganga. Doch diese leckte lediglich ihre Wunden und war nicht bereit, jemals wieder in die Zivilisation zurückzukehren.

Kylie und Ganga waren in Saus und Braus aufgewachsen und hatten sich in ihrer Jugend niemals mit schwerwiegenden Problemen auseinandersetzen müssen. Ihre Eltern, die Götter des Himalaja-Gebirges, verfügten über unsagbaren Reichtum und große Macht. Da sie jedoch ständig auf Achse gewesen waren, hatten die Mädchen auf ein geregeltes Familienleben und Zuwendung verzichten müssen. Ein Schicksal, das viele Götter mit ihnen teilten.

Nichtsdestotrotz war es Kylie gelungen, sich zu einer starken Persönlichkeit zu entwickeln, die sich auf dieser Welt nahm, was sie begehrte. Ganga hingegen war immer noch das Küken, das sich niemals richtig aus dem Nest herausgetraut hatte. Und sollte nicht ein Wunder geschehen, würde das auch nicht mehr passieren.

Zugegeben, auch Kylie hatte lange tatenlos zugesehen, wie die Menschen die Erde zugrunde richteten, doch Kirans Tod hatte sie verändert. Inzwischen tat sie alles in ihrer Macht Stehende, um den Planeten zu seiner früheren Blüte zurückzuführen.

Erst vor wenigen Wochen hatte sie den verantwortungslosen Manager einer Chemiefabrik dazu gebracht, sein komplettes Privatvermögen einzusetzen, um endlich den Ganges reinigen zu lassen. Klar, das würde ihr Kiran nicht zurückbringen, aber vielleicht ein paar anderen bedauernswerten Tieren das Leben retten.

Leider gab es so viele Baustellen auf dieser Erde. Sie wusste oft gar nicht, wo sie ansetzen sollte. Seit Monaten versuchte sie bereits, diesen widerlichen Walfängern in Japan das Handwerk zu legen. Doch die gaben einfach nicht auf. Aber sie würde nicht ruhen, ehe alle Schiffe zerstört waren und die Wale endlich wieder in Frieden ihr Dasein genießen konnten.

„Hallo, Schönheit, lange nicht gesehen“, riss sie in dieser Sekunde eine dunkle Stimme aus ihren Gedanken.

Verdutzt blickte sie auf. Ein Lächeln zauberte sich prompt auf ihr Gesicht. „Lou, was für eine schöne Überraschung!“ Sie schoss hoch und fiel dem dunkelhaarigen Mann in der maßgeschneiderten schwarzen Lederkluft, die seinen muskulösen Körper perfekt zur Geltung brachte, um den Hals.

Sie war sich sehr wohl bewusst, wem sie gegenüberstand: keinem Geringeren als dem Herrscher der Hölle höchstpersönlich. Schlagartig verbesserte sich ihre Laune. Mit diesem Mann konnte man in jeder Hinsicht Spaß haben, das wusste sie aus Erfahrung.

Zu ihrer Verwunderung entwand sich Lou jedoch aus ihrer innigen Umarmung. „Nicht so stürmisch", flüsterte er ihr mit schelmischem Unterton zu. „Ich versichere dir, ich würde dich jetzt am liebsten sofort über einen der Tische werfen und vögeln, aber ich bin seit Neuestem vergeben."

Ungläubig riss sie die Augen auf. „Du? Im Ernst? Die Frau würde ich gerne einmal kennenlernen, die es zustande gebracht hat, den Fürsten der Finsternis zu zähmen. Auch wenn ich im Moment echt nicht weiß, ob ich diese Nachricht gut oder schlecht finden soll."

Lou strich ihr spielerisch mit einem Finger über die Wange. „Keine Sorge, Kleines, zwischen uns bleibt fast alles wie bisher. Doch ich habe mir geschworen, meine Frau niemals zu betrügen. Ich bin mir sicher, du kannst dafür Verständnis aufbringen."

Sie nickte. „Selbstverständlich, auch wenn ich es ein wenig bedaure. Aber ich freue mich für dich, Lou. Denn unterm Strich bist du ein echt anständiger Kerl." Ihr Blick schweifte zu dem Mann an Lous Seite und ihr stockte der Atem. Der Ausdruck in seinen himmlisch blauen Augen nahm sie von einer Sekunde auf die nächste gefangen. *Wow!* Luzifer sah ja schon unverschämt heiß aus, doch sein Begleiter toppte ihn noch. Und seinem Blick nach zu urteilen, schien er nicht minder beeindruckt von ihr zu sein als sie von ihm.

„Willst du mir deinen Kumpel nicht vorstellen?“, hauchte sie in Lous Richtung, ohne die Augen von dem Unbekannten abzuwenden.

Eine immense Aura der Macht umgab diesen Kerl und ließ alles um ihn herum verblassen. Er musterte sie, ohne auch nur ein einziges Mal mit der Wimper zu zucken. Doch weder Lüsternheit noch Verlangen lagen in seinem Blick, stattdessen überkam sie das Gefühl, einer Prüfung unterzogen zu werden.

Dieser intensive Augenkontakt versetzte sie in Verwirrung und brachte ihre Lider zum Flattern. *Unfassbar, diesem Mann gelang es allen Ernstes, sie aus der Bahn zu werfen!*

Ein Räuspern riss sie aus ihren Gedanken. Ihr Blick flog zu Lou, der sie und seinen Begleiter mit einem verschmitzten Schmunzeln um die Lippen beobachtete. „Das ist übrigens Nathan, einer meiner Stellvertreter“, bekundete er schließlich. „Ein echt cooler Typ.“

„Hallo, Nathan“, flötete Kylie, „schön dich kennenzulernen.“

Nathan zuckte zusammen, als Lou ihm einen Tritt verpasste. *Ach richtig! Nathan! Das war ja er.*

Er holte tief Luft. *Jetzt nur nichts vermasseln!* „Hallo, schöne Frau“, äußerte er betont lässig. „Verrätst du mir auch deinen Namen?“

„Aber sicher doch. Ich bin Kylie. Du bist also Lous Stellvertreter. Davon musst du mir mehr erzählen.“ Sie warf einen Blick über die Schulter zu dem

Politiker, der bereits ungeduldig dreinblickte. „Entschuldigt mich bitte kurz, ich muss hier noch etwas zu Ende bringen. Aber lauft nicht davon, in ein paar Minuten gehöre ich ganz euch!“

Während sie herumfuhr, wanderten Nathans Augen automatisch über ihren knackigen Hintern und ihm wurde heiß.

„Brauchst du frische Luft?“, flüsterte Lou ihm mit anzüglichem Unterton zu.

Nathan nickte. „Himmlische Katze, die Lady ist atemberaubend! Aber gibt es eigentlich irgendeine schöne Frau auf diesem Planeten, die du nicht in deinem Bett hattest?“

„Vergib mir Vater, ich habe gesündigt“, spottete Lou dreckig grinsend. „Bei dir im Himmel würde sich sicher noch das eine oder andere Zuckerpüppchen finden lassen, das meine Bekanntschaft bislang nicht gemacht hat.“

Er packte Nathan am Arm und zog ihn auf die Theke einer hypermodernen Bar zu. „Hör zu, du hast Kylie am Haken. Dein Outfit und dein Blick haben das Eis gebrochen. Einen derartigen Schlafzimmerblick hätte ich dir gar nicht zugetraut. Echt cool. Und jetzt vergeige es nicht! Ich werde mich später unter einem Vorwand zurückziehen. Mach einfach alles so, wie ich es dir gesagt habe. Und rede vor allem nicht von himmlischen Katzen oder ähnlichem Blödsinn, kapiert? Denk daran, du gehörst der Hölle an. Mit einem Engel kann Kylie definitiv nichts anfangen. Sie braucht einen Bad Boy.“

Nathan nickte. „Und du meinst, ich soll wirklich recht zügig … ähm, zur Sache kommen?“

„Absolut, diese Frau benötigt ständig einen Kick. Ich denke, das ist überhaupt ihr größtes Problem: die Langeweile. Das könnte ein Grund sein, warum sie die Erde aufmischt. Aber die genaue Ursache herauszufinden, ist deine Aufgabe. Bring sie dazu, Vertrauen zu dir zu fassen. Und was den Sex betrifft: Sie verfügt über eine recht dominante Ader. Also überlass die Führung am besten ihr, dann kannst du es schon nicht vergeigen."

„Du scheinst sie ja in der Tat recht gut zu kennen."

Lou winkte ab. „Das ist Jahrzehnte her. Zwei durch und durch dominante Personen harmonieren nicht sonderlich. Außer man steht auf wilde Kämpfe, was hin und wieder auch seinen Reiz haben kann. Ach, und nimm dich vor ihren Fingernägeln in Acht!"

„Könntest du mir das näher erklären?"

„Das wirst du schon selbst herausfinden."

Nathan runzelte verärgert die Stirn. „Danke schön aber auch, du bist wirklich eine große Hilfe! Doch ganz ehrlich, ich kann mir nicht vorstellen, dass man durch Sex Vertrauen zueinander aufbaut. Du hattest vermutlich Tausende von Frauen in deinem Bett. Hast du dich auch nur einer Einzigen von ihnen geöffnet?"

Lou stieß zischend die Atemluft aus. „Du weißt schon, dass das einzig und allein deine Schuld ist. Du hättest mir Eva damals nicht wegnehmen dürfen. Dieser Langweiler Adam hatte sie nicht verdient."

Nathan rollte mit den Augen. „Och, nicht schon wieder die alte Leier! Erzähl mir lieber, wie das bei dir und Delilah abgelaufen ist.“

„Das willst du gar nicht wissen.“

„Na los, jetzt rede schon!“

Lou verzog das Gesicht. „Sie hat mich so lange hingehalten, bis ich für den Rest meiner Tage auf jedwede Frau verzichtet hätte, nur um Delilah endlich unter mir zu haben.“

Nathan nickte. „Na, siehst du!“ Unauffällig spähte er über seine Schulter. Kylie verabschiedete sich gerade von ihrem Date. „Und falls ich einen Fehler begehe? Oder auffliege?“

Sein Gegenüber zuckte mit den Schultern. „Das ist doch kein Weltuntergang. Dann ändern wir eben dein Aussehen abermals und denken uns einen neuen Plan aus. Aber das wird schon. Benimm dich einfach nicht wie ein Moralapostel oder Heiliger. Erzähl ihr, du bist Hunderte von Jahren alt, dann schöpft sie auch keinen Verdacht, wenn dir hin und wieder ein etwas altbackener Ausdruck entfährt.“

Nathan schluckte. *Der hatte gut reden!*

„So, Jungs, da bin ich wieder“, verkündete Kylie vergnügt, als sie zurückkehrte und ihnen von hinten die Arme über die Schultern warf. Da sie für eine Frau relativ groß war, stellte das keinerlei Problem für sie dar. „Was haltet ihr von einem gemütlichen Abendessen?“

Lou nickte. „Erstklassige Idee.“

Das Mondlicht brachte den grünblauen Atlantik, der sich zu ihren Füßen erstreckte, zum Glitzern. Sie saßen in einem schicken Strandrestaurant, wo sie sündhaft teuren Champagner genossen, während

Nathan sich einen köstlichen Burger zu Gemüte führte. Sein Lieblingsgericht! *Zugegeben, nicht alles, was die Menschheit erschaffen hatte, war schlecht.*

Lou vertilgte unterdessen ein gigantisches Steak und Kylie stocherte in einem Risotto herum. Appetit schien sie nicht wirklich zu verspüren, was kein Beinbruch war, denn Götter waren nicht auf Mahlzeiten angewiesen.

Kylie und Lou schwelgten derweil in Erinnerungen an längst vergangene Zeiten. Doch Nathan hörte nur mit halbem Ohr zu, denn er konnte seine Augen kaum mehr von der Frau an seiner Seite abwenden. Ihr Lächeln und der unergründliche Ausdruck in den Tiefen ihrer dunklen Augen verzauberten ihn.

Keine Frage, im Himmel gab es Unmengen betörender Ladys, aber der Hauch Verruchtheit und Abgeklärtheit, der Kylie anhaftete, machte sie zu etwas ganz Besonderem. Zudem entfachte die Tatsache, dass er nicht den winzigsten Blick in ihr Herz oder ihren Kopf werfen konnte, in ihm den unbändigen Wunsch, mehr über sie in Erfahrung zu bringen.

Aber auch er schien Kylies Interesse geweckt zu haben, insofern er die Seitenblicke, die sie ihm unablässig zuwarf, richtig deutete. Wenngleich sie mit Lou scherzte und herumalberte, ruhte ihre Konzentration den Großteil des Abends auf Nathan. Unauffällig musterte sie ihn immer wieder. Seine Lippen, seine Hände, seine breiten Schultern.

Die sexuelle Spannung, die sich zwischen ihnen aufgebaut hatte, konnte kaum mehr ignoriert werden. Und obwohl Nathan Tausende von Jahren alt war, hatte er gerade nicht den Hauch einer Ahnung, wie er sich dieser aufregenden Frau gegenüber verhalten sollte. Unter gar keinen Umständen wollte er das hier vermasseln.

Nachdem Lou seinen Teller geleert hatte, sprang er unvermittelt auf. „Entschuldigt mich bitte, ich habe noch einen wichtigen Termin. Ihr kommt sicher ohne mich klar. Und macht nichts, was ich nicht auch tun würde.“ Er zwinkerte Nathan herausfordernd zu, küsste Kylie flüchtig auf beide Wangen und verschwand.

Nathan atmete tief durch. Jetzt war er auf sich gestellt. Eigentlich verursachte es ihm kein Problem, mit einer schönen Frau traute Zweisamkeit zu genießen. Doch dass er in Kylies Gegenwart nicht er selbst sein konnte und gezwungen war, eine riesengroße Show abzuziehen, hemmte ihn.

Eine Zeit lang übten sie sich in Small Talk, Kylies Blicke machten jedoch eindeutig klar, dass sie etwas anderes im Sinn hatte. Als sich ihre Hand letztendlich auf seinen Oberschenkel legte, zuckte er zusammen. Berührungsängsten unterlag diese Frau jedenfalls nicht.

Sie beugte sich zu ihm herüber und flüsterte verführerisch: „Was hältst du von einer kleinen Spritztour an der Küste entlang? Zu einem einsamen Strand, nur wir beide, auf deiner Harley.“

Er schluckte. *O Mann, die ging ja ran!* „Hört sich verlockend an.“

Kylie lächelte. „Na los, wir könnten schon dort sein!“ Sie erhob sich und zog ihn an der Hand hinter sich her.

Als sie einige Zeit später im weißen Sandstrand von Key Biscayne saßen und aufs offene Meer hinausblickten, fragte Nathan sich, wann er zum letzten Mal einen derart aufregenden Abend erlebt hatte. Das sanfte Rauschen des Atlantiks und das fahle Mondlicht verwandelten die Umgebung in ein wahres Paradies. Doch das Highlight war eindeutig seine Begleiterin. Das Gefühl, als sie sich auf der Harley an seinen Rücken geschmiegt hatte, war berauschend gewesen. Motorrad zu fahren mit einer heißen Frau als Sozia, hatte definitiv etwas. So langsam kam er auf den Geschmack. Lou wusste in der Tat, was Spaß bedeutete.

Mit der Vorstellung, Kylie könne von Grund auf bösartig sein, tat er sich schwer. Dennoch konnte er die Tatsache, dass sie die Göttin der Zerstörung war, nicht ignorieren. Allerdings war ihm auch bewusst, dass viele Götter ihre morbide Lebensweise im Lauf der Jahrtausende abgelegt hatten. Einfach weil ihnen die Lust an Grausamkeiten irgendwann vergangen war.

Als Kylie nach einiger Zeit den Kopf gegen seinen Oberarm sinken ließ, schob er ihr vorsichtig einen Arm um die Schultern. Als hätte sie nur darauf gewartet, schmiegte sie sich zufrieden lächelnd an ihn. Er unterdrückte ein wohliges Seufzen, denn die Nähe dieser Frau fühlte sich fantastisch an. Genüsslich sog er ihren Duft ein. Sie roch frisch und exotisch, erinnerte ihn an einen Tag im Regenwald, nach einem heftigen Schauer.

„Du weißt vermutlich, dass ich eine Göttin bin, oder?“, erkundigte sie sich nach einer Weile des gemeinsamen Schweigens.

„Mhm, Lou hat es mir verraten.“

„Dachte ich mir, sonst hätte ich es gar nicht erwähnt. Stört es dich?“

„Warum sollte es?“

Sie schaute auf und suchte nach seinem Blick. „Es jagt dir keine Angst oder Minderwertigkeitskomplexe ein?“

Er schüttelte den Kopf. „Nicht im Geringsten.“

„Und du wirst dich auch hinterher nicht in der Hölle damit rühmen, eine Göttin im Bett gehabt zu haben?“

Hoppla! Sie redete bereits von Sex! Von dieser Vorstellung war er noch um Welten entfernt.

„Mach dir keine Gedanken, Kylie. Alles, was mich interessiert, ist die Frau in dir.“ Sie hatte keinen Schimmer, wie gut er ihre Bedenken nachvollziehen konnte. Denn genau mit diesen Problemen wurde er seit jeher konfrontiert. Niemals konnte er mit Bestimmtheit sagen, ob die Damen im Himmel an ihm oder lediglich an seiner Gunst Interesse hegten.

Seine Worte entlockten ihr ein glückseliges Lächeln. „Das hast du schön gesagt. Verrätst du mir, warum du in der Hölle gelandet bist? Du machst auf mich nicht den Eindruck eines kriminellen oder bösartigen Menschen.“

So, jetzt hatte er den Salat! Lou und seine schrägen Ideen. Welches Märchen sollte er ihr auftischen?

„Darüber möchte ich lieber nicht reden, das würde dir nur die Laune verderben“, zog er sich aus der Affäre.

„Vertrau mir, das wird nicht passieren. Ich bin

weit davon entfernt, ein Engel zu sein. Mein Nachname Noir passt schon irgendwie."

„Nun ja, ich war in ein paar echt widerliche Dinge verwickelt. Schmuggel, Piraterie und vieles mehr", improvisierte er rasch. „Ich glaube nicht, dass eine Frau wie du dafür Verständnis hätte."

„Du hast ja keine Ahnung", murmelte sie, während sie ihn schamlos taxierte. „In der Tat, mit dem pechschwarzen Haar und dem braunen Teint kann ich mir dich problemlos als Freibeuter der Meere vorstellen. Bist du schon lange bei Lou?"

„Hunderte von Jahren."

„Wenn ich sterblich wäre, würde ich sicher auch längst in der Hölle schmoren."

Ihre Worte versetzten ihm einen Stich, denn im Geheimen hoffte er nach wie vor auf ihre Unschuld.

„Möchtest du mir erzählen, was dir in deinem Leben zugestoßen ist?", setzte er vorsichtig an.

„Irgendwann vielleicht. Ich vertraue mich ungern Personen an, die ich mehr schlecht als recht kenne."

„Mhm, das kann ich verstehen."

Sie legte ihm die flache Handfläche auf die Brust. Kurz darauf kratzten ihre Fingernägel über sein T-Shirt und fuhren die Muskelstränge seines Brustkorbs nach, was ihn erbeben ließ. „Bereitet es dir Freude, Menschen zu foltern?", wollte sie unterdessen wissen.

Die Frage vernichtete das Wohlbefinden in seinem Inneren in Sekundenschnelle. *Er? Menschen foltern? Der liebe Gott?*

„Wie kommst du denn jetzt darauf?"

Sie warf ihm einen überraschten Blick zu. „Na, als

Lous Stellvertreter!“

„Ach, das meinst du!“ Er winkte betont lässig ab. „Leider ist das hin und wieder unumgänglich. Und manche Kreaturen haben es in der Tat verdient.“

„Das kannst du laut sagen!“, entfuhr es ihr grollend.

Er musterte sie verdutzt. „Woher der Hass, den ein so schönes Geschöpf wie du in sich trägt?“

Erneut suchte sie nach seinem Blick und ließ ihn nicht mehr los. Ihre dunklen, nahezu schwarzen Augen nahmen ihn förmlich gefangen. Hitze stieg in ihm auf, während die Welt um ihn herum in den Hintergrund rückte.

Das, was hier gerade geschah, ging weit über seinen Verstand hinaus. Er kannte diese Frau kaum und dennoch bestand da eine Verbundenheit zwischen ihnen, wie er sie selten zuvor bei einer anderen Person verspürt hatte.

Erst nach einer gefühlten Ewigkeit riss sie sich von seinen Augen los. Ihr Blick wanderte zu seinen Lippen. „Darüber möchte ich jetzt nicht reden. Lass uns den Abend mit etwas Schönerem verbringen.“ Sie reckte den Hals und küsste ihn zärtlich auf den Mund.

Warm und weich legten sich ihre Lippen auf seine. Diese sinnliche Berührung in Verbindung mit ihrem heißen Atem, der über seine Haut hinwegtanzte, elektrisierte ihn und schien Stromstöße durch seinen Körper zu jagen. „Du lieber Himmel!“, entfuhr es ihm.

Kylie lachte an seinem Mund. „Im Ernst jetzt? Jemand wie du spricht vom Himmel?“, hauchte sie mit betont heiserer Stimme.

Nathan erschrak. *Oje, er musste sich zusammenreißen.* Um abzulenken und einer Antwort zu entgehen, erwiderte er ihren Kuss.

Als sie ihn in die Unterlippe biss, zuckte er zusammen. Keine der Frauen, mit denen er in den letzten Jahrhunderten zusammen gewesen war, hatte sich etwas Derartiges gewagt. Doch er konnte nicht leugnen, dass ihn diese Wildkatze antörnte. Es war aufregend, von einer Frau einmal als ganz normaler Mann angesehen zu werden, denn Demut vor dem Herrn war dieser Göttin völlig fremd. Nicht zuletzt, da sie nicht den Hauch einer Ahnung hatte, in wessen Fleisch sie ihre Zähne soeben geschlagen hatte.

Als ihre Zunge zielsicher den Weg in seinen Mund fand, kam er ihr bereitwillig entgegen. Die Berührung ihrer Zungenspitze ging ihm durch und durch und entlockte seiner Kehle ein heiseres Stöhnen. In diesem Augenblick konnte er nicht länger verhindern, dass er hart wurde. Er rang um Atem und unterdrückte ein Keuchen, denn seine Hose saß bereits ohne Erektion viel zu eng.

Aber eine Sache war ihm bewusst: Sollte die Frau in diesem Tempo weitermachen, würde er in wenigen Minuten ein kühlendes Bad im Meer benötigen.

Nichtsdestotrotz erwiderte er ihren Kuss. Er konnte gar nicht anders, ihre Lippen zogen ihn magisch an. Es war falsch, doch es fühlte sich zu gut an. Sekunden später vergaß er alles um sich herum. Er zog Kylie in seine Arme und genoss es, ihre Rundungen an seinem Körper zu spüren.

Himmel, die Frau war heiß!

Niemals zuvor hatte er etwas Schärferes gespürt. Doch auch wenn Lou ihm geraten hatte, sie sich schnellstmöglich zu nehmen, war ein Quickie am Strand nicht das, was ihm vorschwebte. Wer sagte ihm denn, dass ihr Interesse an ihm nicht erlosch, sollten sie erst Sex gehabt haben?

Er würde jetzt einfach auf seine jahrtausendelange Erfahrung mit Menschen vertrauen. Die meisten Individuen wollten immer genau das, was sie nicht haben konnten. Warum sollte sich Kylie von ihnen unterscheiden?

Schwer atmend löste er sich daher von ihr. „Meine Güte, Kylie“, hauchte er, „du raubst mir den Verstand.“

Sie grinste. „Warum hältst du dich dann derart zurück?“

Er zuckte mit den Schultern. „Ich will nichts überstürzen. Du scheinst etwas ganz Besonderes zu sein. Daher möchte ich dich zuerst näher kennenlernen.“

Kylie stutzte. *Was stimmte mit diesem Mann nicht?* Er wirkte wie der Draufgänger schlechthin, doch seine Küsse waren eher zurückhaltend. Sie spürte, dass er Feuer besaß, das bisher jedoch auf Sparflamme brannte. Ihre Hand wanderte über die fein definierten Konturen seiner Bauchmuskulatur hinab und legte sich auf die Wölbung in seiner Hose. Er war bretthart. An mangelndem Interesse lag es also nicht. Als sie ihn durch die Hose umfasste, zog er zischend die Luft ein.

„Kylie, ich …“, er brach ab und schien nach Worten zu suchen. Begierde, aber auch eine leichte Qual lagen in seinem Blick.

Sie unterdrückte ein siegessicheres Grinsen und genoss die Macht, die sie über ihn ausübte. „Was ist dein Problem? Gefalle ich dir etwa nicht?“ *Sollte er es jetzt wagen, diese Frage mit einem Ja zu beantworten, würde sie ihn postwendend im Meer ertränken.*

Zu ihrer Verwunderung schmunzelte er. Ein derart entwaffnendes und ehrliches Lächeln, dass sie ihn nur fasziniert anstarren konnte.

„Oh, Kylie, denkst du ernsthaft, in meinem hohen Alter würde ich noch auf solche Spielchen hereinfallen? Du weißt, dass du wunderschön bist.“

Okay, schon kapiert! So funktionierte es also nicht.

Ein Verdacht stieg in ihr auf. „Gibt es etwa eine Frau an deiner Seite?“

Er schüttelte den Kopf.

„Dann sag mir, warum du dich dagegen wehrst?“ Sie strich mit der Hand über die mörderische Erektion, die sie ihm beschert hatte, und brachte ihn zum Stöhnen. Ein kehliges Geräusch, das ihr direkt zwischen die Schenkel fuhr.

Zischend stieß er die Atemluft aus. „Du verdienst mehr als eine schnelle Nummer am Strand.“

Sie grinste. „Kein Problem, im Hotel wartet eine luxuriöse Suite mit Jacuzzi und Kingsize Bett auf uns.“ Sie legte ihm die Handflächen auf die Brust und drückte ihn mit dem Rücken in den Sand.

Bereitwillig ließ er es geschehen. Seine Augen schimmerten dunkel vor Lust, als sie sich über ihn beugte. Für ein paar Sekunden nahm sein Blick sie erneut gefangen, doch rasch riss sie sich davon los und legte ihre Lippen abermals auf seine.

Prompt versanken sie in einem weiteren innigen Kuss. Dieser Mann schmeckte so fantastisch, sie hätte ihn die ganze Nacht lang küssen können.

Nathans Atem ging mittlerweile schnell und abgehackt, während sein Brustkorb vor Erregung bebte. Seine kräftigen Hände glitten über ihren Rücken hinweg, legten sich um ihre Pobacken und pressten sie gegen die Härte in seiner Hose. Das Gefühl war derart überwältigend, dass beide laut aufkeuchten und vorübergehend den Kuss unterbrechen mussten.

„Kylie“, raunte er mit tiefer Stimme gegen ihre Lippen.

Sie bemerkte, wie er langsam die Kontrolle verlor. Daher glitt sie ein wenig zur Seite und ließ ihre Hand abermals zu seinem Schritt wandern, in dem Versuch, den Knopf seiner Hose zu öffnen.

Blitzschnell umfasste er ihr Handgelenk. „Tu das nicht, nicht heute!“

Ein verhangener Blick aus tiefblauen Augen traf sie, der ihr Herz kurzzeitig zum Stolpern brachte. *Seltsam!* Dem Aussehen nach wirkte Nathan, als ob er jeden Tag eine Braut flachlegte, doch sein Verhalten stand im krassen Gegensatz dazu. Sie würde schon noch herausfinden, was sein Problem war.

Selbstverständlich könnte sie ihn per Gedankenkraft dazu bewegen, jetzt Sex mit ihr zu haben. Aber irgendwie erschien es ihr reizvoller, seine Zurückhaltung auf die Probe zu stellen. Sie würde ihm derart den Verstand rauben, dass er schon recht bald um Erlösung bettelte.

Versonnen musterte sie ihn. „Jetzt sag aber nicht,

du willst es langsam angehen, weil du auf eine Beziehung aus bist."

„Natürlich nicht! Ist es so außergewöhnlich, dich heute einfach nur küssen zu wollen?"

„Hast du keine Angst, dir könnte dabei die Hose platzen?"

Er grinste, was ein leichtes Beben durch ihren Körper schickte. „Definitiv."

Gott, war der Mann süß! Doch seit wann stand sie auf süß?

Sie beugte sich wieder über ihn, ließ ihre Lippen zu seinem Ohrläppchen wandern und knabberte zärtlich daran.

Er erschauerte unter ihr. „Ahh! Himmel, Kylie!"

„Glaubst du wirklich, du stehst das lange durch?", hauchte sie ihm verheißungsvoll ins Ohr.

„Wenn ich das nur selbst wüsste", gab er zu. „Ich bin sehr alt und früher überstürzte man das mit dem Sex nicht. Eher zögerte man es hinaus, bis man es kaum mehr aushielt und die Lust auf den anderen einen beinahe zerriss. Daher werde ich heute auf gar keinen Fall mit dir schlafen."

„Wow, du willst uns also beide in den Wahnsinn treiben?"

„Ich versichere dir, du wirst es nicht bereuen."

Ehe sie noch begriff, wie ihr geschah, hatte Nathan sie an den Armen gepackt, auf den Rücken geworfen und sich über sie gebeugt.

Moment mal, so hatten sie nicht gewettet!

Sie hatte kein Interesse daran, einem Mann die Führung zu überlassen. *Nie wieder!*

Doch als sich seine Lippen warm und weich auf

ihre pressten, stellte sie die Gegenwehr ein, und ließ zu, dass seine Zunge erneut ihren Mund erkundete. Rasch wurde sein Kuss leidenschaftlicher. Als er voller Verlangen an ihren Lippen stöhnte, war es um sie geschehen. Ihr ganzer Körper prickelte, während sich ein dichter Schleier des Begehrens über sie legte. Ihre Finger krallten sich in Nathans Hintern und zogen ihn näher an sich.

Und plötzlich gab ihr die Vorstellung, diesen Mann heute nicht haben zu können, einen ganz besonderen Kick. Sie spürte seine harte Erektion an ihrem Becken und fand es bewundernswert, wie sehr er sich zügelte. Selten hatte es ein Typ geschafft, ihr zu widerstehen.

Doch die Stimme der jahrtausendelangen Erfahrung mit Männern flüsterte ihr unentwegt zu, dass mit diesem Kerl etwas nicht stimmte. Aber das würde sie ein anderes Mal herausfinden, nicht heute. Ihre Neugier war nun endgültig entfacht. Wohlig stöhnend gab sie sich seinen Küssen hin.

Kapitel 7

Lous Gesichtsausdruck sprach Bände, als er die Tür seines Hauses öffnete und Nathan erneut davorstand. „Oh, der Allmächtige mal wieder höchstpersönlich. Was verschafft mir abermals die Ehre deines Besuches?“, brummte er.

Nathan gab sich unbeeindruckt von dieser frostigen Begrüßung. „Darf ich reinkommen?“

Sein Gegenüber stöhnte. „Als ob ich eine Wahl hätte.“ Er geleitete Nathan ins Wohnzimmer und organisierte wortlos zwei Bierflaschen. Mit den Daumen drückte er gegen die Deckel, woraufhin diese wild durchs Zimmer schossen.

Ohne lange nachzudenken, griff Nathan nach einer Flasche und setzte sie an den Mund. „Ich bräuchte erneut deinen Rat. Diese Frau treibt mich in den Wahnsinn“, äußerte er, nachdem er ein paar große Schlucke inhaliert hatte.

„Inwiefern?“

„Sobald sie mich berührt, verwandelt sich mein Gehirn in eine nutzlose, schwammige Masse.“

Lou grinste. „Verstehe. Wenn ich mich recht entsinne, bläst sie wie der Teufel.“ Er zuckte mit den Schultern. „Selten dämliche Redewendung, ich weiß.“

Nathan winkte ab. „So weit ist es gar nicht gekommen.“ Er seufzte. „Irgendetwas belastet sie. Doch als ich den Versuch unternommen habe, ihren Problemen auf den Grund zu gehen, ist sie ausgewichen und hat mich geküsst. Danach war ich kaum mehr eines klaren Gedankens fähig. Ein Wunder, dass ich überhaupt in den Himmel zurückgefunden habe."

Mit Blicken hypnotisierte er seine Bierflasche. „Hast du eine Idee, was ich ihrer Anziehungskraft entgegensetzen könnte? Es liegt mir fern, sie mit Gewalt zum Reden zu bringen. Sollte sie bemerken, dass ich sie manipuliere, wird sie sich von mir zurückziehen. Und im Grunde genommen möchte ich die Sache doch lieber im Guten regeln."

„Ihr hattet also keinen Sex?"

Nathan schaute auf. „Lou, ich bin nicht derart abgeklärt und kaltschnäuzig wie du. Ich muss zuerst wissen, woran ich bei Kylie bin. Glaube mir mal, dass mein Unterleib mich dafür hasst. Doch noch hat mein Verstand die Vorherrschaft."

Lou hob entschuldigend die Hände in die Luft. „Ganz, wie es dir beliebt. Aber noch ist nicht aller Tage Abend. Vielleicht solltest du ihn wirklich vorerst in der Hose lassen, ehe du noch in Ekstase Interna ausplauderst. Wie seid ihr verblieben? Seht ihr euch wieder?"

„Selbstverständlich. Doch ich muss zuerst in mich gehen. Diese Frau entfacht Empfindungen in mir, die ich bis jetzt nicht kannte. Ich glaube, sie könnte so ziemlich alles mit mir anstellen."

„Oh, oh, du bist also endlich von den Toten auferstanden." Er schnalzte provozierend mit der Zunge. „Das wäre ja das Traumpaar schlechthin: der Allmächtige und die Göttin der Zerstörung. Eure Kids will ich mir lieber nicht vorstellen."

Nathan verzog das Gesicht. „Hauptsache du hast deinen Spaß."

„Am besten bringst du sie erst einmal wohin, wo sie dir nicht an die Wäsche gehen kann. Geh mit ihr unter Menschen, ins Kino, in ein Restaurant …“ Er hielt für einen Augenblick inne. „Ach, was weiß denn ich! Ich bin doch nicht dein Eventmanager. Irgendetwas wird dir schon einfallen. Und falls alle Stricke reißen sollten, schick mir eine SMS. Dann simuliere ich einen Notfall. Einverstanden?“

„Das hört sich an wie ein Plan.“

Lou musterte ihn versonnen. „Bist du der Meinung, sie könnte die Person sein, die die Welt ins Chaos stürzt?“

Nathan nickte. „So leid es mir tut, aber ja. Ich rechne eigentlich stündlich mit einer Horrormeldung aus Florida. Aus irgendeinem Grund trägt Kylie einen gewaltigen Hass in sich. Ich denke, es wird kein Leichtes werden, die Ursache dafür herauszufinden. Und auf gar keinen Fall darf ich mich zuvor von ihr um den Finger wickeln lassen.“ Er senkte den Blick zu Boden. „Aber etwas ganz anderes. Du hattest recht, sie ist die Abgebrühtheit in Person. Es wäre sicher kein Nachteil zu wissen, was auf mich zukommen könnte.“ Er holte vernehmlich Luft. „Steht dein Angebot mit dem Swingerclub noch?“

Argwöhnisch beäugte Nathan das beleuchtete Schlösschen in der Nähe von Berlin, zu dem Lou ihn geführt hatte. Zwar war ihm ein solches Etablissement immer noch suspekt, doch letztendlich hatte die Neugier gesiegt. Denn mittlerweile war ihm klar geworden, dass es kein Fehler sein konnte, seinen Horizont in sexueller Hinsicht zu erweitern, wenn er

Kylie in den Griff bekommen wollte.

Natürlich, er hätte sich in unsichtbarem Zustand in den Club versetzen oder sich über seinen Bildschirm im Himmel einen Blick ins Innere erlauben können, aber da wäre er sich vorgekommen wie ein Voyeur. Selbst wenn er hin und wieder Menschen ohne ihr Wissen beobachtete, machte er vor geschlossenen Räumen grundsätzlich halt. Jedes Individuum hatte seine Privatsphäre verdient.

Seine Bewegungen drückten Widerwillen aus, als er den nobel gestalteten Eingangsbereich des Clubs betrat. Spiegel mit goldenen Rahmen zierten die Wände, während altbackene Lämpchen und Kronleuchter die Vorhalle in ein gedämpftes Licht tauchten.

Eine rothaarige Frau mittleren Alters, gekleidet in nichts als Seidenunterwäsche, blickte im ersten Moment abweisend drein, als sie der beiden Männer in Lederjacken gewahr wurde. Doch sobald sie Lou erkannte, trat ein Strahlen auf ihr Gesicht.

So schnell, wie ihre High Heels es zuließen, stöckelte sie auf ihn zu und warf sich in seine Arme. „Lou, was für eine Überraschung! Dich habe ich ja seit einer Ewigkeit nicht gesehen.“

Er nickte. „Meine frisch gebackene Ehefrau weigert sich im Moment noch, deinen Club mit mir zu besuchen. Aber ich werde mich so schnell nicht geschlagen geben“, verkündete er mit verschmitztem Augenzwinkern.

„Du hast geheiratet? Glückwunsch!“, stieß die Rothaarige aus. Doch der bittere Unterton in ihrer Stimme ließ erkennen, dass die Worte nicht von Herzen kamen.

„Ich danke dir, Katja." Lou wies mit einer Hand in Nathans Richtung. „Ich weiß, du siehst hier lieber Paare, aber können wir heute einmal eine Ausnahme machen? Mein Kumpel war noch nie in einem Swingerclub und stirbt beinahe vor Neugierde."

Nathan schluckte einen gehässigen Kommentar hinunter.

Na, danke schön aber auch! Mit Lou an seiner Seite benötigte er wirklich keine weiteren Feinde.

Katja taxierte Nathan von Kopf bis Fuß. „Echt jetzt?" Die Verwunderung in ihrer Stimme machte deutlich, dass Personen, für die hemmungsloser Gruppensex nicht auf der Tagesordnung stand, einer aussterbenden Spezies angehören mussten.

Er räusperte sich. „Na ja, so ist das eben, wenn man sein halbes Leben im Knast verbracht hat", äußerte er betont emotionslos, während er Lou einen vernichtenden Seitenblick zuwarf.

Dieser grinste übers ganze Gesicht. Offenbar ging es ihm einzig darum, sich auf Kosten des lieben Gottes einen unterhaltsamen Abend zu machen.

Hatte Nathan noch im Stillen gehofft, Katja würde ihm nach dieser Aussage den Zutritt verwehren, wurde er rasch eines Besseren belehrt. Sie wandte sich Lou zu. „Geht klar, solange er hier keinen Ärger macht, ist alles in bester Ordnung."

Lou zwinkerte ihr zu. „Keine Panik, dafür werde ich schon sorgen. Vertrau mir!"

Nathan schüttelte innerlich den Kopf. Hätte Katja nur mal geahnt, wem sie hier gerade ihr Vertrauen schenkte, wäre sie vermutlich schreiend davongelaufen.

Doch da er kein Interesse an einer Diskussion mit Lou verspürte, entschied er, sich dem Unvermeidlichen zu stellen, und marschierte tapfer hinter dem Fürsten der Hölle her, der sich hier bestens auszukennen schien.

„Duschen und ausziehen?“, erkundigte er sich Sekunden später ungläubig. „Echt jetzt? Ich dachte, wir schauen uns das alles lediglich an.“

Lou winkte lässig ab. „Das gehört dazu. Ich hoffe, du trägst gesellschaftstaugliche Unterwäsche. Und vergiss ja die Socken nicht. Die sind hier nämlich ein absolutes No-Go.“

Mit einem Gefühl, als befände er sich im falschen Film, gehorchte Nathan. In nichts gekleidet als Boxershorts saß er kurz darauf neben Lou an einer vornehmen Bar und kam sich saublöd vor. Was wenn ihn jemand erkennen sollte? Sein Ruf wäre für alle Zeiten ruiniert. Erzengel sowie manche Wesen der Unterwelt konnten die Erde durchaus betreten. Viele zwar in unsichtbarer Gestalt, aber das spielte ja keine Rolle. Denn im Gegensatz zu ihm hatten diese Geschöpfe oft keine Aversion gegen Voyeurismus.

Hastig tat er sich an einem köstlichen Champagner gütlich. Möglicherweise wäre der Abend betrunken ja leichter zu ertragen.

Lou beobachtete ihn derweil aus dem Augenwinkel heraus. „Wie sieht es aus, Nathan, irgendeinen geheimen Wunsch, den du dir schon immer erfüllen wolltest?“

„Ein eigenes Burger-Restaurant.“

Lou schmunzelte. „Auch nicht schlecht. Aber ich

meinte in sexueller Hinsicht."

„Nicht, dass ich wüsste."

Sein Begleiter packte ihn am Arm. „Dann komm einfach mit, und sieh dir an, was heutzutage alles möglich ist. Vielleicht regt sich dein Interesse ja doch noch. Zuerst zeige ich dir die Spielwiese und hinterher die Themenzimmer."

Irritiert flog Nathans Blick kurz darauf über einige nackte Körper, die sich auf mehreren Matratzen tummelten. Am liebsten hätte er sich die Hand vor die Augen gehalten, denn das hier war definitiv nicht seine Welt. Auch die Themenzimmer konnten ihn nicht begeistern. Wer wollte es schon auf einem Gynäkologenstuhl treiben? Obendrein empfand er die Dark Rooms als unsachgemäß. *Weswegen hatte er den Menschen gleich noch mal ihr Augenlicht verliehen?* Als er eine Frau entdeckte, die an einem Andreaskreuz hing und sich auspeitschen und piesacken ließ, wandte er rasch den Blick ab. Das erinnerte ihn doch zu sehr an eins der unangenehmsten Erlebnisse seines langen Daseins.

Dennoch konnte er nicht leugnen, dass so mancher Anblick ihn erregte. Die Hingabe und Hemmungslosigkeit einer gefesselten Frau bescherten ihm in der Tat eine zu enge Hose. Selbst die Tatsache, dass sie mit verbunden Augen auf einer Art Altar lag, konnte seine Lust nicht eindämmen. Und obwohl er versuchte, seinen Ständer vor Lou zu verbergen, gelang ihm das nicht einmal ansatzweise, denn die verräterische Beule in seinen Shorts entlockte dem Herrscher der Hölle ein dreckiges Grinsen.

Ein ums andere Mal suchten leicht bekleidete

Damen den Kontakt zu ihnen. Für Nathan kam Sex in dieser Umgebung nicht infrage. Zu seiner Überraschung ließ sich allerdings auch Lou nicht auf die Avancen ein. Bedingungslose Treue hätte er Satan persönlich niemals zugetraut.

Nach einigen Stunden wusste Nathan dann nicht mehr, wo ihm der Kopf stand. Die viele nackte Haut, die hier präsentiert wurde, überstieg für ihn das Level des Erträglichen. Manches grenzte zudem an Blasphemie. Vor allem die hüfthohen Löcher in den Wänden, die sich Glory Holes nannten. Als er begriffen hatte, welchem Sinn und Zweck sie dienten, hatte seine schockierte Miene Lou in schallendes Gelächter ausbrechen lassen. Wofür er diesem am liebsten den Hals umgedreht hätte.

Nachdenklich kehrte er zu später Stunde in den Himmel zurück und fiel in sein weiches Bett. Doch er fand keinen Schlaf. Die Eindrücke des Abends verfolgten ihn und beflügelten gänzlich unbeabsichtigt seine Fantasie.

Lou sollte einmal mehr recht behalten, dieser kleine Ausflug in die Abgründe menschlicher Sexualität hatte Nathan vor Augen geführt, dass die Praktiken im Himmel nicht das Maß aller Dinge waren. Vielleicht sollte er seinem Erzrivalen tatsächlich für diese Bereicherung dankbar sein. Nichtsdestotrotz nahm er sich vor, weiterhin die Finger von Kylie zu lassen.

Doch als sie ihm ein paar Tage später in Miami zum Greifen nah gegenüberstand, kamen seine guten Vorsätze ins Wanken. In einem engen nudefarbenen

Kleid, das auf den ersten Blick den Eindruck vermittelte, sie wäre splitternackt, erschien ihm die Frau wie die pure Versuchung. Unauffällig begutachtete er den Silber- und Goldschmuck, den sie am Hals und an den Handgelenken trug, sowie die Designerhandtasche in ihren Händen.

Genügsamkeit war leider eine Tugend, die den meisten Göttern fremd war. Das hatte ihm schon früher den Spaß an jedweder Göttin verdorben, denn er war kein Fan von Personen, die ihren Reichtum derart offensichtlich zur Schau stellten. Und zu seinem Bedauern schien Kylie sich in dieser Hinsicht kein Stück von ihren Artgenossinnen zu unterscheiden.

Zur Begrüßung hauchte sie ihm ein sanftes Küsschen auf den Mund. „Wollen wir wieder an einen Strand?“, flüsterte sie ihm verheißungsvoll zu. „Oder steht dir der Sinn dieses Mal eher nach einem weichen Bett?“

Ihre Worte und die Berührung gingen ihm durch und durch. *Vollkommen gleich! Am liebsten wäre er an Ort und Stelle über sie hergefallen.*

Unauffällig rang er um Atem. Seine Gedanken schweiften zu dem Besuch im Swingerclub ab. Nach wie vor verfolgten ihn diese Eindrücke auf Schritt und Tritt. Seine Blicke flogen erneut über die Rundungen dieser aufregenden Frau und wanderten über ihre makellose Haut. Niemals könnte er ihr wehtun oder sie verletzen. Dennoch würde er die eine oder andere Variante, die ihm in dem Club vor Augen gekommen war, mal im Hinterkopf behalten. Man wusste ja nie, was die Zukunft noch so bereithielt.

Unter Aufbietung äußerster Willenskraft riss er sich zusammen und versuchte, die Lust, die in seinem Körper aufgestiegen war, zu unterdrücken. „Was hältst du von einem Spaziergang? Und danach würde ich dich gerne zum Essen ausführen."

Sie nickte. „Auch nicht schlecht. Der Abend ist ja noch jung. Welches Restaurant schwebt dir vor?"

Nathan fiel ein Stein vom Herzen. *Na also, so viel hatte sich im Gegensatz zu früher doch nicht geändert!*

„Kennst du das Hard Rock Cafe in Miami? Sie servieren die besten Burger, die man sich vorstellen kann. Obendrein sitzt man dort ganz nett, mit Blick auf die Marina."

Verwundert starrte sie ihn an. „Geld stellt doch für dich sicher kein Problem dar, oder?"

„Äh, nein, wieso?"

„Du möchtest mir imponieren und dennoch lädst du mich in eine Burgerbude ein? In einer Stadt, in der es Dutzende von Feinschmecker-Restaurants gibt."

Boah, er war ein solcher Trottel! Was für ein Fauxpas! „Entschuldige, so weit habe ich gar nicht gedacht. Du hast natürlich recht, lass uns woanders hingehen. Hast du einen Vorschlag?"

Sie schmunzelte. „Du bist irgendwie süß, denn du unterscheidest dich in allem von meinen sonstigen Dates, die stets versuchen, mich mit Reichtum und Macht zu beeindrucken. Ich denke, deinetwegen würde ich sogar die Burgerbude in Kauf nehmen."

„Nein, das ist wirklich nicht nötig", wehrte er ab.

Kylie hingegen griff nach seinem Arm und ehe er

sich versah, befanden sie sich in einer verwaisten Straße in der Nähe des Hard Rock Cafes.

„Hier am Bayside Marketplace kann man auch ganz nett bummeln, wenngleich die vielen Kreuzfahrttouristen einem manchmal den letzten Nerv rauben“, erklärte sie mit bitterem Unterton, während sie sich bei ihm unterhakte.

„Hört sich an, als ob du ein Problem mit Kreuzfahrtschiffen hättest“, griff er den Ball augenblicklich auf.

Doch Kylie winkte lediglich ab und zog ihn in Richtung eines Einkaufszentrums, das mit ausgefallenen Läden und Restaurants aufwartete. Aus den Bars drangen die Rhythmen fetziger Musik, die den Gästen durchweg gute Laune bescherten, denn viele klatschten vergnügt mit.

Sie passierten einen riesigen Disney Store, in dem Kinder aufgeregt umherschossen. Danach beäugten sie den Kitsch, den man in unzähligen Souvenirläden erstehen konnte.

Letztendlich nahmen sie auf einer Bank an der Marina Platz. Weiße Jachten tanzten auf dem Wasser. Hin und wieder tuckerte ein Touristenboot oder eine Fähre vorbei. Der Duft von Gegrilltem lag in der Luft und erinnerte Nathan an den köstlichen Burger, der auf ihn wartete. Was für ein Glück, dass er Kylie mit dieser absurden Idee nicht verärgert hatte.

Leise seufzend ließ sie den Kopf gegen seine Schulter sinken. Ohne auch nur eine Sekunde nachzudenken, zog er sie in seinen Arm.

Sie blickte zu ihm auf. Ein zufriedener Schimmer lag in ihren Augen und ließ sie wunderschön wirken.

„Mir war gar nicht mehr bewusst, dass man auch außerhalb des Schlafzimmers eine angenehme Zeit mit einem Mann verbringen kann. Ich danke dir, Nathan.“

„Nicht der Rede wert. Ich genieße deine Anwesenheit ebenso.“ Ihre Blicke versanken ineinander und es kostete ihn eine unbändige Kraft, sie nicht vom Fleck weg zu küssen.

Ein Klappern in der Nähe zerstörte den magischen Moment. Er schaute um sich und entdeckte ein kleines Mädchen, das unentwegt ein Absperrgitter des Hafenbeckens erklomm. Dahinter ging es mehrere Meter in die Tiefe. Von den Eltern fehlte jede Spur.

Ein unangenehmes Gefühl kroch seine Wirbelsäule hoch. Falls das Kind abrutschte und ins Wasser stürzte, käme vermutlich jegliche Hilfe zu spät. Und obwohl er in der Lage wäre einzugreifen, ergab das keinen Sinn. Denn sollte die Maschine in der Zwischenwelt den Tod des Kindes entschieden haben, hatte das für gewöhnlich einen guten Grund.

Er wandte den Blick ab. Trotz seines hohen Alters fiel es ihm grundsätzlich schwer, unschuldige Kinder oder Tiere sterben zu sehen.

„Was meinst du, Kylie, sollen wir rüber ins Restaurant gehen?“, forderte er seine Begleiterin auf, da er schnellstmöglich die Örtlichkeit wechseln wollte.

Sie nickte. „Liebend gerne. Von dort aus kann man den Hafen ja ebenfalls gut überblicken.“

Sie erhoben sich, während Nathan sich die allergrößte Mühe gab, nicht erneut in Richtung des Kindes zu schauen.

Das Klirren von Kylies Armreifen ließ ihn herumfahren. Blitzschnell hatte sie einen Arm ausgestreckt. „Nein, das wird nicht passieren!“, zischte sie, wobei ihn der Eindruck überkam, die Fingernägel ihrer Hand wären soeben leicht gewachsen.

Automatisch folgte er ihrem Blick und sah, wie das Mädchen, das offensichtlich von dem Gitter abgerutscht war, sekundenlang in der Luft schwebte, ehe es auf die Hafenmauer stürzte, anstatt in den sicheren Tod.

Ihm stockte der Atem. *Unfassbar!* Kylie hatte dem Kind soeben das Leben gerettet. Einerseits erfreute es ihn, dass sie offenbar doch ein Herz besaß. Andererseits wussten alle Götter, dass sie nicht über Tod und Leben der Menschen zu bestimmen hatten. Dummerweise hielten sich die wenigsten daran. Doch im Grunde genommen spielte das keine Rolle, denn der Entscheidung der Maschine entkam man nicht. Dafür sorgte Thanatos mit seinen Gehilfen, die durch eine einzige Berührung töten konnten. Einer von ihnen würde das Leben des Mädchens bei nächster Gelegenheit auslöschen.

„Was war denn los?“, erkundigte er sich mit Unschuldsmiene.

Sie setzte zu einer Antwort an, schluckte sie jedoch hinunter. „Nichts weiter“, erwiderte sie schließlich. „Ich bin einzig erschrocken, als das Kind stürzte. Wo befinden sich überhaupt die gottverdammten Eltern?“ Suchend nahm sie die Umgebung unter die Lupe.

Er packte sie am Ellbogen. „Vermutlich sitzen sie irgendwo und starren auf ihre Smartphones, anstatt sich um ihren Nachwuchs zu kümmern. Aber komm jetzt, Kylie, das ist nicht unser Problem!“ Mit sanfter Gewalt schob er sie in Richtung des Restaurants. Dass sie ihm währenddessen verwunderte Blicke zuwarf, entging ihm nicht.

„Erzähl mir, wie es sich anfühlt, eine waschechte Göttin zu sein“, eröffnete er das Gespräch, nachdem sie es sich an einem Tisch gemütlich gemacht hatten. Sein schlechtes Gewissen heulte auf. Ihm war nie bewusst gewesen, dass er ein solcher Heuchler sein konnte, doch irgendwie musste er Kylie ja zum Reden bewegen.

Sie zuckte mit den Schultern. „Ich versichere dir, es ist lange nicht so aufregend, wie es sich anhört. Unsterblichkeit kann manchmal zum Gähnen langweilig sein.“

„Wem sagst du das. Ich weiß, man fragt eine Dame nicht nach ihrem Alter, aber verrätst du mir deins trotzdem?“ Ihm entging nicht, dass sie sich versteifte.

„Sei mir nicht böse, doch ich möchte jetzt nicht über die Vergangenheit reden.“

Entschuldigend hob er beide Hände in die Luft. „Tut mir leid. Sagst du mir zumindest, wo du normalerweise lebst?“

„Überall und nirgendwo. Aber etwas ganz anderes: Das ist schon nobel von Lou, dass er dich unentwegt auf die Erde lässt, oder?“, versuchte sie abzulenken.

„Mhm, ich kann mich nicht beschweren. Im Laufe der Zeit sind wir so etwas wie Freunde geworden.“

Das Gespräch versiegte, als das Essen serviert wurde. Kylie hatte Gemüse bestellt, wohingegen

Nathan sich einen seiner geliebten Burger gönnte. Hin und wieder begab er sich einzig deswegen auf die Erde.

„Du isst gar kein Fleisch?“, erkundigte er sich nebenbei.

Sie schüttelte den Kopf. „Ich könnte mich niemals von einem Tier ernähren.“

Hm, aber Menschen in den Tod zu treiben, schien ihr kein Problem zu bereiten. Er wusste einfach nicht, wie er mehr aus ihr herauskitzeln sollte, da sie bei jeder Frage auswich oder abblockte. Seine Blicke richteten sich auf das Amulett an ihrem Hals. Es bestand aus antikem Silber, in das eine indische Göttin eingraviert war.

„Interessante Kette. Woher hast du sie?“, versuchte er es erneut.

„Oh, aus Indien. Ein Erbstück.“

„Du kommst ursprünglich aus Indien?“, fragte er mit gespielter Überraschung.

Sie nickte.

„Erzähl mir etwas von diesem Land, es erscheint mir sehr geheimnisvoll.“

Letztendlich setzte sie zögerlich an. „Nun ja, was soll ich sagen? Es ist sicher nicht das Paradies. Unmengen von Menschen, Slums, Armut, Gewalt, unterdrückte Frauen und vieles mehr. Aber es ist auch vielfältig und birgt faszinierende kulturelle Schätze, wunderschöne Strände, Tempel und beeindruckende Landschaften wie das Himalaja-Gebirge. Dieses Land verfügt zudem über die höchsten Straßen der Welt sowie mysteriöse buddhistische Klöster.“ Sie warf ihm einen herausfordernden Blick zu. „Nicht zu vergessen, das Tantra und Kamasutra."

Leise seufzend spießte sie eine Karotte auf ihre Gabel. „Doch was mich echt fertigmacht, ist die Umweltverschmutzung. In Bangalore zum Beispiel sind durch die vielen IT-Arbeiter Grundwasser und Luft über alle Maßen belastet. Die Fische sterben, auf den Seen treibt giftiger Schaum. In Mumbai gibt es blaue Hunde aufgrund chemischer Verschmutzung. Der Plastikmüll überschwemmt das Land. Und der Ganges erst! Unschuldige Tiere verenden …" Sie brach ab.

Nathan musterte sie interessiert. In ihren beeindruckenden Augen lag plötzlich ein leidender Ausdruck. „Das scheint dich sehr zu belasten. Hast du eine Idee, wie man diese Zerstörung stoppen könnte?"

„Tausende. Um dir nur ein paar davon zu nennen: Die Menschen dürfen sich nicht weiterhin in diesem Ausmaß vermehren. Die Kapitalisten dieser Welt sollten zur Rechenschaft gezogen werden. Die Korruption der Politiker muss gestoppt werden, die Klimaerwärmung darf keinesfalls voranschreiten."

„Wie wahr!", entfuhr es Nathan. „Aber wie soll das gehen?"

Sie zuckte mit den Schultern. „Vielleicht hilft uns die Menschheit ja sogar dabei. Durch Kriege, Drogen, Terrorismus. Es ist leider ein ungeschriebenes Gesetz: Bevor man etwas erneuern und verbessern kann, muss man zuerst etwas zerstören."

Hm, und wenn jemand ein wenig nachhelfen würde, ginge das alles noch viel schneller.

„Warum bedrückt dich das derart?"

„Die Tiere leiden am stärksten darunter“, hauchte sie. „Ich kann das nicht ertragen.“

Er sah ihr tief in die Augen. Sie erwiderte seinen Blick und wirkte in diesem Moment fast ein wenig hilflos. Offenbar hatte er soeben einen wunden Punkt getroffen, denn sie hatte sich ihm zum ersten Mal geöffnet und war angreifbar. Sein Feingefühl im Umgang mit Menschen empfahl ihm, jetzt schnellstmöglich das Thema zu wechseln. Doch wenn er Kylie näherkommen wollte, blieb ihm keine andere Wahl, als den Finger erneut in die Wunde zu legen. „Du hast ein geliebtes Tier verloren?“

Sie nickte. „Mehrere. Unter anderem einen Zwergelefanten. Kiran war das Wertvollste, was ich jemals besessen habe, und mein bester Freund. Tausende von Jahren hatte ich ihn an meiner Seite. Er war heilig, eigentlich unsterblich. Doch nach einem Bad im Ganges starb er einen furchtbaren Tod.“

Sie griff nach ihrem Weinglas und nahm einen tiefen Schluck. „Eines Abends kam er nicht nach Hause. Ich war in Sorge und habe stundenlang nach ihm gesucht, bis ich ihn letztendlich fand. Er hatte sich im Plastikmüll des Ganges verfangen und war nicht mehr imstande gewesen, den Fluss zu verlassen. Währenddessen hatte er viele Liter dieser giftigen Brühe sowie massenhaft Plastikteile geschluckt.“

Mit einem leisen Klirren stellte sie das Glas auf den Tisch zurück. „Es dauerte eine gefühlte Ewigkeit, bis ich ihn befreit hatte. Ich trug ihn nach Hause, während sein ganzer Körper unentwegt in meinen Armen vor Schmerz zuckte. Du musst wissen, er war gerade mal einen Meter groß und so ein süßes Geschöpf." Unauffällig wischte sie sich eine Träne von der Wange.

Der Anblick tat Nathan im Herzen weh. Er griff über den Tisch hinweg nach ihrer Hand und drückte sie.

Kylie räusperte sich. „Ich versuchte alles in meiner Macht Stehende, um ihn zu heilen. Doch es wollte mir nicht gelingen. Er starb in meinen Armen, erbärmlich wimmernd, den Rüssel fest um mich geschlungen. Erst Tage später erfuhr ich, dass eine Chemiefirma ein derart starkes Gift in den Fluss geleitet hatte, dass sogar Kirans Unsterblichkeit dadurch außer Kraft gesetzt worden war."

Dicke Tränen kullerten ihr jetzt über die Wangen. Mit dem Handrücken wischte sie diese weg und straffte die Schultern. „Es tut mir leid, ich wollte dich nicht mit meinen Problemen belasten, aber ich verabscheue das, was die Menschen dieser Welt antun. Und du lagst richtig, Kreuzfahrtschiffe hasse ich wie die Pest. Sie zerstören die Umwelt."

„Du brauchst dich nicht zu rechtfertigen. Komm her!" Er schob den Tisch ein wenig beiseite, rückte seinen Stuhl näher an sie heran und zog sie tröstend in die Arme. Schluchzend sank sie gegen seine Schulter und vergrub das Gesicht an seinem Hals. Wortlos hielt er sie fest und strich ihr besänftigend übers Haar.

Als eine Bedienung neben ihnen auftauchte, gab er ihr mit einer Handbewegung zu verstehen, dass sie gerade fehl am Platz war. Da die Blondine das jedoch nicht auf Anhieb kapierte, bedachte er sie mit einem Blick, der sie auf dem Absatz kehrtmachen und davonjagen ließ. Ein junges Paar am Nebentisch, das interessiert die weinende Frau in seinen Armen betrachtete, versetzte er per mentalem Befehl in eine vorübergehende Schockstarre. Gaffer und Neugierige hatte er schon immer verachtet. Außerdem wollte er sich jetzt ungestört Kylie widmen.

Während sie sich allmählich beruhigte, setzten sich in seinem Kopf verschiedene Puzzleteile zusammen. Eine Ahnung beschlich ihn, was Kylie antrieb und warum sie hin und wieder in den Lauf der Geschichte eingriff.

Nach einiger Zeit rückte sie ein Stück von ihm ab, zerrte ein Tuch aus ihrer Handtasche und putzte sich die Nase. „Ich weiß nicht, was heute mit mir los ist. Aber deine Nähe löst irgendetwas in mir aus, was bisher nur wenigen Männern gelungen ist. Fast habe ich das Gefühl, ich könnte dir vertrauen, wenngleich Vertrauen in meiner Welt schon lange nicht mehr angesagt ist. Ich wollte dich ganz sicher nicht mit meinem Weltschmerz belasten und dir den Abend verderben. Das ist mir jetzt echt peinlich."

Er fing ihren Blick ein. Die verweinten Augen ließen sie derart verletzlich wirken, dass er den Drang unterdrücken musste, augenblicklich die ganze Welt umzukrempeln, um jede Last von ihren Schultern zu nehmen. Das Leid, das sich in ihrem Gesicht abzeichnete, berührte sein Herz. „Kylie, du kannst mir alles erzählen, was dir Kummer bereitet. Ich werde immer für dich da sein, versprochen. Und das mit Kiran tut mir unendlich leid."

„Danke", hauchte sie, „aber jetzt lass uns zu Ende essen. Ich hoffe, ich habe dir den Appetit nicht verdorben."

„Nein, hast du nicht. Ich bin froh, dass du es mir erzählt hast. Eine Frage habe ich noch. Gibt es diese Chemiefirma nach wie vor?"

Sie blickte auf. „Warum willst du das wissen?"

„Ich könnte sie mir mal genauer ansehen?"

„Du bist ein Schatz, aber das ist nicht mehr nötig. Sie flog vor einigen Jahren in die Luft."

„Gab es Opfer?"

„Einzig den Geschäftsführer. Er stürzte sich aus einem Fenster, um dem sicheren Tod durch Verbrennen zu entgehen."

Nathan atmete vernehmlich aus. „Warst du dafür verantwortlich?"

Sie zögerte, ehe sie nickte. „Kannst du mein Handeln verstehen? Ich erwähnte ja bereits, dass ich weit davon entfernt bin, ein Engel zu sein."

„Irgendwie schon. Auch wenn ich kein Freund von Rache oder Selbstjustiz bin."

„Und diese Worte aus dem Mund von Luzifers Stellvertreter."

Er ignorierte ihren Kommentar. „Spielst du häufiger Schicksal?"

„Bitte lass uns ins Hotel zurückkehren, ich möchte nicht länger darüber reden", wich sie aus, während sie ihm einen schmachtenden Blick zuwarf. „Viel lieber würde ich jetzt deine Nähe spüren. Du wirkst zwar nicht wie ein Mann, der kuschelt, aber könntest du mich fürs Erste einfach bloß im Arm halten? Ich kann nicht einschätzen, ob ich Sex im Moment genießen könnte, solange ich in Gedanken noch bei Kiran bin."

Er schluckte. Zu dumm, soeben war er drauf und dran gewesen, der Sache auf den Grund zu gehen. Aber wie konnte er ihr in ihrem melancholischen Zustand diesen Wunsch abschlagen? Und vor allem, welcher Mann wäre in der Lage, diesen bettelnden Augen zu widerstehen?

Kurz zog er in Erwägung, Lou eine Nachricht zu schicken, damit dieser ihn zurückbeorderte. Doch im Grunde genommen wollte er Kylie in ihrer Verfassung nicht sich selbst überlassen. „Selbstverständlich. Wenn es dir hilft, werde ich dich die ganze Nacht über festhalten."

„Ich danke dir, Nathan."

Nachdem er die Rechnung bezahlt und das Paar am Nebentisch mit einem unauffälligen Fingerschnippen ins Leben zurückgeholt hatte, verschwanden sie in eine abgelegene Ecke des Restaurants und versetzten sich per Gedankenkraft zurück in ihr Hotel.

Als er Kylie ein paar Stunden später in seinen Armen hielt, war das das beste Gefühl seit Abertausenden von Jahren.

Himmel, er steckte mächtig in der Zwickmühle!

Gesetzt den Fall, Kylie war wirklich diejenige, die die Menschheit vernichten wollte, wäre es seine ureigene Pflicht, diese Frau zu eliminieren oder sie zumindest davon abzuhalten, sich länger in die Weltpolitik einzumischen.

In beiden Fällen würde er sie verlieren. Und das entsprach keineswegs seiner Vorstellung.

Allmählich begriff er, weswegen in letzter Zeit

vermehrt Boote von Walfängern und Robbenjägern sanken, Kreuzfahrtschiffe auf Grund liefen und die Abholzung der Wälder regelmäßig durch Unfälle behindert wurde. Auch flogen Pelz- und Lederfabriken in die Luft oder wurden lahmgelegt, da irgendjemand den Tieren ihre Freiheit zurückgab. Aber was hatte es mit den vielen Kriegen, Unwetterkatastrophen und Terroranschlägen auf sich? Steckte Kylie ebenfalls dahinter? Falls ja, was war ihre Intention? Lag es in ihrer Absicht, die Erdbevölkerung zu dezimieren, um Mutter Natur eine Chance zum Durchatmen zu geben?

Er hatte keine andere Wahl, als die Wahrheit ans Licht zu bringen, auch wenn er insgeheim Angst davor hatte. Gerne würde er mehr Zeit an Kylies Seite verbringen. Er wollte diese Frau verwöhnen und in jedweder Hinsicht glücklich machen. Umso mehr, nachdem er jetzt ihre verletzliche Seite kennengelernt hatte. Doch spätestens, wenn er sich in ihre Machenschaften einmischte oder sie herausfand, wer er wirklich war, wäre alles vorbei.

Er hauchte ihr einen sanften Kuss auf die Stirn, während er sie besitzergreifend näher an sich zog.

„Nathan“, murmelte sie im Halbschlaf an seinem Hals und kam ihm ohne jeglichen Widerstand entgegen. Sie schien seine Anwesenheit genauso zu genießen wie er ihre.

Er holte tief Luft und versuchte, sich zu sammeln. Die Göttin in seinen Armen vernebelte ihm den Verstand. Daher entschied er, sie zu verlassen, solange er noch dazu in der Verfassung war. Kylies Nähe und Verwundbarkeit ließen ihn gerade seine Aufgabe vergessen, und das durfte nicht geschehen. Er musste die Welt endlich wieder in die richtigen Bahnen lenken, doch momentan spukte ihm konstant die Idee im Kopf herum, zu allererst dieser beeindruckenden Frau ihren Seelenfrieden zurückzugeben. Ungeachtet dessen, welche Opfer dafür notwendig sein sollten.

Auch sein Körper schrie mittlerweile geradezu nach ihr. Obwohl sie nach wie vor bekleidet waren, brachte ihr prächtiger Busen, der gegen seinen Brustkorb drückte, seine Hose zum Spannen. Er verspürte das dringende Bedürfnis, Kylie zu küssen und unter sich zum Schreien und Stöhnen zu bringen, bis sie an nichts Böses mehr dachte. Was ihn seinen eigentlichen Zielen gewiss keinen Meter näherbringen würde.

Ihm entfuhr ein unterdrücktes Seufzen. *Und dann glaubten manche Menschen, Gott zu sein, wäre ein Geschenk.*

Kapitel 8

Als Kylie am nächsten Morgen erwachte, benötigte sie einige Wimpernschläge, um in die Realität zurückzukehren. Erst dann begriff sie, warum sie fast vollständig bekleidet im Bett lag.

Verunsichert ließ sie ihre Blicke durch die ausladende Hotelsuite schweifen. Ein paar Sonnenstrahlen drängten durch die Ritzen der Vorhänge und tauchten den vornehmen Raum in ein warmes Licht. Der Platz an ihrer Seite war verwaist.

„Nathan!“, rief sie, in der Hoffnung, er möge sich im Badezimmer aufhalten. Als sie jedoch nach einer Weile immer noch kein Geräusch vernommen hatte, begriff sie, dass sie mutterseelenallein war. Er schien sich bei Nacht und Nebel davongemacht zu haben.

Frustriert starrte sie die Zimmerdecke an. In seinen Armen zu liegen, hatte sich gut angefühlt. *Zu gut!* Er hatte sie für kurze Zeit all die verheerenden Umstände vergessen lassen. Es kam selten vor, dass sie mit einem Mann das Bett teilte, ohne mit ihm zu schlafen. Doch es war richtiggehend entspannend gewesen. Sie fühlte sich bei Nathan behütet, eine Emotion, die sie schon sehr lange nicht mehr verspürt hatte.

Dessen ungeachtet hatte sie auf leidenschaftlichen Sex am frühen Morgen spekuliert, denn ehe sie eng an Nathan geschmiegt eingeschlafen war, hatte sie seine Härte an ihrem Becken gespürt. Auch sein flacher Atem hatte ihr signalisiert, dass er sie wollte. Doch er hatte sich als wahrer Gentleman entpuppt und sie einfach bloß festgehalten. Etwas, was sie ihm hoch anrechnete.

Aber warum hatte er sie jetzt allein gelassen? Womöglich war seine Anwesenheit ja in der Hölle vonnöten gewesen und er hatte sie nicht aufwecken wollen.

Sie griff nach ihrem Smartphone auf dem Nachttisch, um zu überprüfen, ob er ihr eine Nachricht hinterlassen hatte. Doch nichts!

Sie wurde aus diesem Mann einfach nicht schlau. Für gewöhnlich verkörperte er das Selbstbewusstsein in Person, erschien ihr wie ein Kerl, der es gewohnt war, Befehle zu erteilen. Entschlossenheit lag in seinem Blick, doch hin und wieder blitzte dort auch ein Hauch Unsicherheit auf. Aber vielleicht lag das auch einzig daran, dass sie eine Göttin war und er nicht so recht wusste, wie er mit ihr umgehen sollte. Einige Männer, die ihre wahre Identität kannten, hatten damit so ihre Probleme.

Zudem konnte sie kein Stück einschätzen, ob Nathan auf der Suche nach einer Partnerin war, oder was ihn überhaupt an ihr interessierte. Ein Instinkt sagte ihr, dass es ihm nicht allein um Sex ging. Aber eine Sache sah sie glasklar: Sie wollte sich definitiv nicht an einen Mann binden. Und schon gar nicht an einen, der in der Hölle beheimatet war. Gut, er war unsterblich, das würde eine Beziehung erleichtern. Doch sie hatte sich ans Alleinsein gewöhnt, und dabei sollte es bleiben.

Ein einziges Mal in ihrem langen Dasein war sie verheiratet gewesen, mit dem Gott Shiva. Aufgrund ihrer Herkunft und übersinnlichen Fähigkeiten war sie von Kind auf zur Einzelgängerin abgestempelt worden. Ihre einzige Vertraute war ihre Schwester Ganga gewesen, doch diese hatte sich in ihrer Jugend vorwiegend der Entstehung des Flusses Ganges gewidmet. Folglich lebte Kylie über viele Jahre hinweg in ihrer ganz eigenen Fantasiewelt. Sie verbrachte die meiste Zeit in ihrem Elfenbeinturm und hoffte auf das große Glück und ihren persönlichen Märchenprinzen, der ihr die Welt zu Füßen legte.

Als sie bei der Hochzeit einer anderen Göttin Shiva kennenlernte, glaubte sie, all ihre Wünsche wären in Erfüllung gegangen. Plötzlich war da jemand, der mit ihr auf gleicher Wellenlänge lag und all ihre Eigenarten verstand. Hals über Kopf hatte sie sich in ihn verliebt. Damals trug sie noch den Namen Parvati und war eine herzensgute Göttin gewesen.

Wer hätte gedacht, dass diese große Liebe sich irgendwann in Hass umwandeln und ihnen beiden zum Verhängnis werden würde. Seitdem hatte sie gute Gründe, sich niemals wieder auf einen Mann einzulassen, denn Shiva hatte ihr den Spaß an jedweder Partnerschaft für alle Ewigkeit verdorben.

Zwar war sie danach mit einigen Göttern eine Affäre eingegangen, gelegentlich sogar mit einem Sterblichen, doch das war nie etwas Langfristiges gewesen. Sie verspürte kein Bedürfnis mehr, sich erneut gefühlsmäßig von einem anderen Menschen abhängig zu machen. Das verursachte ihr nur unnötigen Schmerz. Zudem verschaffte es ihr grundsätzlich ein gutes Gefühl, beim Sex die Macht über einen Kerl auszuüben. Das war dann wohl ihre ganz persönliche Rache am männlichen Geschlecht, denn Shiva hatte sie viele Jahre lang gedemütigt und dominiert.

Ihre Gedanken wanderten zurück zu Nathan. Er reizte sie wie selten ein Mann zuvor. Was nicht allein seinem sexy Aussehen geschuldet war, sondern auch der Tatsache, dass er sich nicht von ihr in die Knie zwingen ließ. Die meisten Kerle verwandelten sich in ihrer Nähe rasch in sabbernde Marionetten, doch nicht so Nathan.

Für ihr Leben gerne würde sie in Erfahrung bringen, wie es wäre, mit ihm zu schlafen. Doch all ihre Instinkte sagten ihr, dass dieser Kerl nichts als Ärger bedeutete. Klar, sie könnte ihn per Gedankenkraft dazu bewegen, alles auszuplaudern, was er vor ihr verheimlichte, aber vielleicht war es besser, gar nicht mehr zu erfahren.

Schweren Herzens entschied sie, das Kapitel Nathan abzuschließen, bevor es überhaupt richtig begonnen hatte.

Um sich ein wenig Zerstreuung zu verschaffen, scrollte sie auf ihrem Handy durch die Ereignisse des Tages und entdeckte eine nagelneue Studie, die über das weltweite Flugaufkommen berichtete. Da Billigfluglinien gerade mächtig im Trend lagen, stiegen die Passagierzahlen weiterhin an; ein Ende war nicht in Sicht.

Seufzend legte sie das Telefon beiseite. Sie wollte gar nicht weiterlesen, denn sie wusste, welchen Schaden die Emissionen der Flugzeuge der Erde zufügten. Die Atmosphäre benötigte dringend eine Atempause.

Gedankenverloren nagte sie auf ihrer Unterlippe herum. Ein paar Bombendrohungen oder Explosionen an den verkehrsreichsten Airports der Welt sollten ausreichen. Doch das konnte sie unmöglich allein bewältigen, hierfür war Unterstützung vonnöten. Wenngleich es ihr missfiel, mit Terroristen gemeinsame Sache zu machen, ging dieses Mal wohl kein Weg daran vorbei.

Sie setzte sich auf, blickte sich noch einmal in der Hotelsuite um und entschied, in ihre Wohnung in Paris umzusiedeln. Dort könnte sie problemlos mit den geeigneten Mittelsmännern in Kontakt treten. Doch zuvor würde sie ihrer Schwester Ganga einen Besuch abstatten, um die sie sich stets sorgte, wenn sie sie längere Zeit nicht sah.

Rasch hüpfte sie aus dem Bett, sprang unter die Dusche und packte ihre Sachen zusammen.

Sie verließ Miami, ohne Nathan überhaupt zu kontaktieren.

Im indischen Regenwald angekommen, sog sie genüsslich den intensiven Geruch der Natur ein. Schwüle Feuchtigkeit lag in der Luft, da es offenbar kurz zuvor geregnet hatte. Während Kylie auf die kleine abgelegene Holzhütte zumarschierte, drang das Zwitschern eines Vogels zu ihren Ohren durch. Sie liebte diese naturbelassene Gegend, die vielen Tieren und Pflanzen einen Lebensraum bot, weshalb sie gegen die weitere Abholzung kämpfen würde wie eine Löwenmutter um ihr Junges.

Nachdem Ganga die Eingangstür geöffnet hatte, blitzte ein Anflug der Freude in ihren dunklen Augen auf.

Kylie zog sie in ihre Arme. „Wie geht es dir heute, Schwesterherz?“

Ganga nickte. „Gut, gut“, murmelte sie geistesabwesend.

Kylie schob sie ein Stück von sich und musterte die verwirrte Göttin voller Besorgnis. Ihr pechschwarzes Haar war ungewaschen und zerzaust. In einem ähnlichen Zustand befand sich der uralte dunkelrote Sari, den sie trug. Ihre geliebte Schwester wirkte heute mal wieder völlig desorientiert. Oft hatte sie lichte Augenblicke, in denen sie recht normal erschien, doch momentan war das offenbar nicht der Fall.

„Komm, ich mache dir einen Tee!“, schlug Kylie vor und dirigierte sie in das einfach eingerichtete Wohnzimmer. „Setz dich, ich kümmere mich um alles!“

Ganga gehorchte wortlos.

Nachdem Kylie in der kleinen Küche einen leckeren grünen Tee aufgegossen hatte, sank sie gegenüber von Ganga auf das Rattansofa. „Stell dir vor, ich habe einen dieser Umweltsünder dazu verdonnert, jetzt regelmäßig den Ganges zu reinigen. Bald wird es deinem Baby wieder besser gehen. Ist das nicht eine schöne Neuigkeit?“

„Gut, gut“, flüsterte ihre Schwester erneut.

„Demnächst unternehmen wir beide mal einen Ausflug dorthin, einverstanden?“

Als Ganga nicht reagierte, unterdrückte Kylie ein Seufzen. Schon verstanden, heute war mal wieder einer dieser Tage, an denen man rein gar nichts mit ihr anfangen konnte. Was aus dieser lustigen, aufgeweckten Frau geworden war, tat ihr im Herzen weh.

Doch sie wusste, wie sie diese kurzzeitig zum Leben erwecken konnte. Sie griff in ihre Handtasche und zog ein Tablet hervor, das sie ihrer Schwester reichte. „Hier, ich habe dir die allerneuste Musik heruntergeladen.“

Sofort glitzerten Gangas Augen glücklich. Sie schnappte das Tablet und schon wenige Sekunden später wurde die Hütte von Ed Sheerans sonorer Stimme erfüllt.

Kylie erhob sich und küsste Ganga sanft auf die Stirn. „Mach’s gut, Liebes, ich komme bald wieder und verspreche dir, dass es deinem geliebten Fluss bis dahin besser geht.“

Traurig versetzte sie sich in ihre Altbauwohnung in Paris. Diese Besuche ließen sie immer zwiegespalten zurück. Einerseits bereiteten sie ihr großen Schmerz, andererseits verliehen sie ihr auch ein Fünkchen Auftrieb. Denn sollte es ihr endlich gelingen, die Umwelt zu retten, würde vielleicht auch Ganga wieder ins Leben zurückfinden.

Rasch klemmte sie sich ans Telefon und setzte sich mit einigen zwielichtigen Gesellen in Verbindung.

Sie war Eigentümerin einer Bar- und Restaurantkette, die durch ihr düsteres Interieur und außergewöhnlichen Standorte punktete. Über Jahrhunderte hinweg hatte sie sich die passenden Gebäude dafür zugelegt. Ein kostspieliges Unterfangen, doch Geld besaß sie zur Genüge. Und irgendeinen Spleen hatte schließlich jeder. Manche sammelten Autos, sie hingegen antike Häuser.

In einem Pariser Prachtbau befand sich eine dieser

Bars. Dort würde sie sich mit einem der mächtigsten Terroristenführer der Welt treffen. Er verfügte über Kontakte in fast jedem Land und konnte ihr sicher helfen, kurzzeitig die Flughäfen lahmzulegen und die Menschen in Angst und Schrecken zu versetzen, sodass einige Passagiere oder Touristen auf die nächste unnötige Reise verzichteten.

Den Dieselfahrzeugen hatte sie ja bereits einen Riegel vorgeschoben. Wie einfach war es doch gewesen, diverse Topmanager wie Betrüger dastehen zu lassen, indem sie bei Nacht und Nebel sämtliche Richtwerte manipuliert hatte. Doch es galt, noch weitere Hürden zu meistern. Wie zum Beispiel das überhandnehmende LKW- und Reisebusaufkommen. Wenn sie sich nur wundervolle Städte wie Salzburg oder Luzern anschaute, die sich vor Bussen und Touristen kaum mehr retten konnten, war es allerhöchste Zeit, auch hier einzugreifen.

Die größte Herausforderung bereiteten ihr jedoch die steigenden Geburtenraten in den Entwicklungsländern. Kondome und Pillen mussten dort zur Verfügung gestellt werden; darüber hinaus benötigten die Menschen eine bessere Aufklärung und Ausbildung. Doch bevor sie sich dieses Themas annahm, würde sie den Vatikan so lange bearbeiten, bis dieser endlich das Verbot von Verhütungsmitteln abschaffte. Sollte sie die Kirche erst auf ihrer Seite haben, würde sich eine Veränderung leichter gestalten.

Als sie ein paar Abende später ihre Bar betrat, wanderten ihre Blicke durch den ausladenden Gewölbekeller, der sich einige Stockwerke unterhalb von

Paris befand. Tausende von dunkelroten Lämpchen gaben ihm eine düstere, fast schon bedrohliche Atmosphäre. Ein Flair, das die nächtlichen, meist gut betuchten Partygänger der französischen Hauptstadt liebten. Darüber hinaus war es ihr mithilfe ihrer göttlichen Fähigkeiten gelungen, in vielen ihrer Etablissements das Rauchverbot und die Sperrstunden aufheben zu lassen, was ein Großteil der Gäste mit Begeisterung aufnahm.

Schatten tanzten über die Tische und die Bar hinweg, während die Beats der Technomusik Kylie augenblicklich in ihren Rhythmus zogen. Die tiefen Bässe der Musik wummerten wie sanfte Schläge durch ihren Körper und trieben ihren Puls in die Höhe. Der Geruch von asiatischem Essen lag wie eine dichte Glocke in der Luft und ließ ihren Magen knurren. Doch für ein ausgedehntes Mahl fehlte ihr momentan die Zeit.

In einer düsteren Ecke, neben einer gigantischen Buddha-Statue, entdeckte sie ihren Ansprechpartner. Sie trug heute ein eng anliegendes Seidenkleid im Asia Style, das ihre Proportionen vorteilhaft betonte. Das lange schwarze Haar hatte sie gekonnt hochgesteckt. Schwere Ohrringe und Goldketten verfeinerten ihr Outfit.

Gierig glitten die dunklen Augen des Mannes über ihre Rundungen, als sie sich ihm näherte.

Oh, nein, mein Lieber, vergiss es! Obwohl ich mit dir Geschäfte mache, wird mich ein Mann wie du niemals bekommen.

Graziös ließ sie sich auf der anderen Seite des Tisches nieder. So konnte sie die direkte Nähe dieses

Typen meiden, denn er war ihr zuwider. Aufgrund der lauten Musik waren sie zwar zeitweise gezwungen, sich anzuschreien, doch das spielte keine Rolle. Keiner der restlichen Gäste war in der Lage, auch nur ein einziges Wort zu verstehen.

Nachdem sie sich nach längerem Hin und Her auf einen Preis und Aktionsplan geeinigt hatten, griff der Kerl über den Tisch hinweg nach ihrer Hand.

Sie seufzte unterdrückt. *Als hätte sie es geahnt!* Mit einem stechenden Blick brachte sie ihn dazu, sich von ihr zu lösen. Als ob er sich die Finger verbrannt hätte, zuckte seine Hand zurück.

Lässig erhob sie sich und stolzierte hinter die lange Bar, um dem Personal ein wenig unter die Arme zu greifen. Sie mixte gerade einen Cocktail, als sie der beiden groß gewachsenen dunkelhaarigen Männer in Lederjacken gewahr wurde, die sich der Theke näherten. Prompt legte ihr Herzschlag ein paar Takte zu.

Verdammt, wie hatten sie sie derart schnell gefunden?

Sie kämpfte den Impuls nieder davonzulaufen und schritt stattdessen mit wogenden Hüften auf die zwei Kerle zu, die sich soeben auf Barhockern niederließen. „Lou, Nathan, was darf ich euch bringen?“ Es kostete sie eine unglaubliche Kraft, ihrer Stimme einen nebensächlichen Klang zu verleihen.

Lou grinste. „Wow, die Chefin gibt sich heute selbst die Ehre. Nicht übel. Du hast vorzüglichen Cognac. Wir nehmen zwei davon. Du weißt schon, den teuren.“

Ihr Blick wanderte zu Nathan. Seine blauen Augen schienen sie einmal mehr zu durchbohren und jagten ihr postwendend ein schlechtes Gewissen ein. „Es tut mir leid, Nathan, ich musste dringend hier nach dem Rechten sehen. Ein Notfall.“

Zur Hölle! Warum rechtfertigte sie ihr Verhalten? Sie war diesem Mann keinerlei Rechenschaft schuldig.

Nathan winkte lässig ab und zeigte auf seinen Begleiter, ehe er antwortete: „Kein Thema. Glücklicherweise wusste er ja, wo wir dich finden. Ich dachte schon, du wärst vor mir geflüchtet.“

Sie setzte ein künstliches Lächeln auf. „Was für eine absurde Idee! Im Übrigen warst du es, der wortlos aus meinem Bett verschwunden ist. Kein schöner Schachzug.“

Noch ehe sie sich abwenden konnte, hatte er über den Tresen hinweg nach ihrem Handgelenk gegriffen. Irritiert hielt sie inne. Dieser Mann war es definitiv gewohnt, sich zu nehmen, was er wollte. Normalerweise hätte sie diese herrische Art verabscheut, doch seltsamerweise jagten seine kräftigen, warmen Finger einen Schwall Hitze durch ihren Körper.

„Es tut mir leid, wenn ich deine Gefühle verletzt habe, doch ich hatte meine Gründe. Allerdings bin ich zurückgekehrt, fand jedoch einzig die leere Hotelsuite vor.“ Er beugte sich nach vorne und suchte erneut ihren Blick. „Geht es dir gut?“, erkundigte er sich leise.

Sein einfühlsamer Ton brachte sie erst recht in Bedrängnis, entfachte den Wunsch in ihr, sich postwendend in seine starken Arme zu werfen und all ihre Probleme mit ihm zu teilen. Doch solange sie ihm keinen Meter traute, war das schlicht und ergreifend unmöglich.

Sie schluckte den Kloß in ihrem Hals hinunter und nickte. „Aber sicher doch.“ Hastig schüttelte sie seine Hand ab, griff nach einer bauchigen Cognacflasche und platzierte sie auf dem Tresen. „Geht aufs Haus“, murmelte sie, bevor sie sich abwandte, da Nathans intensive Blicke merkwürdige Emotionen in ihr hervorriefen.

Dieser kratzte sich nachdenklich am Kinn. Dass Kylie irgendetwas belastete, hätte ein Blinder bemerkt. Doch diese Frau war es offenbar gewohnt, ihre Schlachten allein zu schlagen. Der Anflug von Schwäche, den sie in Miami an den Tag gelegt hatte, war verschwunden. Nachdenklich wandte er sich Lou zu. „Kennst du den Typen, mit dem sie sich soeben unterhalten hat?“

Lou schüttelte den Kopf. „Nein, aber meine Erfahrung mit Verbrechern sagt mir, dass es sich bei ihm um einen Terroristen handelt.“

„Auch das noch“, hauchte Nathan. „Sie wird doch nicht wirklich für all die Terroranschläge der letzten Jahre verantwortlich sein?“

Lou zuckte mit den Schultern. „Wenn du möchtest, kann ich gerne mal ein paar meiner Spione auf sie ansetzen.“

„Keine schlechte Idee. Es verwundert mich immer noch, dass in Miami bislang kein Attentat geschehen ist, von den lahmgelegten Booten in den Everglades einmal abgesehen, denn das geht gewiss auf ihr Konto. Aber im Grunde genommen imponiert mir, wie sie sich für die Tiere einsetzt. Wozu habe ich denn

Sumpfgebiete erschaffen? Sicher nicht, damit die Menschen dort wie Heuschreckenschwärme einfallen.“

Nachdenklich trommelte er mit den Fingerspitzen einer Hand auf den Tresen ein. „Jetzt können wir nur hoffen, dass sie nicht Paris als ihr nächstes Ziel auserkoren hat. Lass uns einfach abwarten, ob in absehbarer Zeit hier ein Anschlag passieren wird. Falls ja, müssen wir stärkere Geschütze gegen sie auffahren, auch wenn mir das widerstrebt.“

„Hört sich an wie ein Plan.“ Lou nahm genüsslich einen Schluck Cognac. „Ah, köstlich!“ Er schwenkte die braune Flüssigkeit im Glas umher. „Du solltest nicht lockerlassen. Sie steht auf dich.“

„Klar, deswegen geht sie mir auch aus dem Weg.“

„Sie ist unsicher in deiner Gegenwart. Das ist sonst nicht ihre Art.“

„Im Ernst?“

„Worauf du dich verlassen kannst.“ Nachdem Lou sich einen weiteren Schluck auf der Zunge hatte zergehen lassen, griff er in seine Jackeninnentasche und zog ein Zigarettenetui hervor. Er klemmte sich eine Kippe in den Mundwinkel, bevor er Nathan ebenfalls eine anbot.

Dieser verzog das Gesicht.

„Nun komm schon, benimm dich endlich mal wie ein richtiger Mann!“

Zögerlich griff Nathan letztendlich zu.

Lou schnippte mit den Fingern. Sogleich schoss aus seinem Daumen eine Stichflamme, die rasch die beiden Zigaretten entzündete.

Widerwillig nahm Nathan einen tiefen Zug,

schnappte nach Luft und hatte das Gefühl, ihm würde die Lunge auseinandergerissen. Hustend beugte er sich vornüber. „Holla, die Waldfee!“, murmelte er, als er sich wieder einigermaßen im Griff hatte. „Was für ein Teufelszeug!“

Der Herr der Hölle grinste. „Trink einen Schluck Cognac, dann geht es dir gleich besser. Aber was faselst du da von einer Waldfee?“

„Warst nicht du es, der mir verboten hat, von himmlischen Katzen zu reden?“

Lou rollte ungläubig mit den Augen. „Warum sagst du nicht zukünftig einfach: O Fuck!“

„Ich hasse es, zu fluchen.“ Nathan nahm einen großen Schluck Cognac und bekam erneut einen Hustenanfall.

Als er sich wieder beruhigt hatte, zog er mutig ein weiteres Mal an der Zigarette. Ein wenig kratzte der Rauch noch im Hals, doch so langsam schien er sich an dieses Gift zu gewöhnen. Da Kylie sich auf der gegenüberliegenden Seite der Bar aufhielt und offenbar kein gesteigertes Interesse an seiner Gesellschaft hatte, schenkte er sich verdrossen einen weiteren Cognac ein.

Nach und nach machte sich ein Glücksgefühl in ihm breit, wie er es selten zuvor verspürt hatte. Die ganze Welt erschien ihm plötzlich rosarot.

Er warf Lou einen Arm um die Schultern. „Mensch, Luzi, das Zeug ist echt süffig“, murmelte er mit Blick auf den Cognac. „Noch einen?“ Er griff nach der Flasche.

Lou musterte ihn irritiert und schob ihn von sich. „Lass das! Falls uns jemand sieht, ist mein Ruf für alle Zeiten ruiniert. Und nenn mich verdammt noch mal nicht Luzi! Aber jetzt mal Spaß beiseite: Bist du tatsächlich von den zwei Gläsern knülle?“

„Ach was, mir geht es prächtig! Hast du noch so eine Kippe?“

„Ähm, ja, aber das sind keine gewöhnlichen Zigaretten. Nicht, dass du mir abhebst.“

Nathan riss die Augen auf. „Joints? So etwas wollte ich schon immer einmal rauchen. Her damit!“

Lou blickte zögerlich um sich. Da Kylie unterdessen vollends verschwunden war, erfüllte er ihm seinen Wunsch. Den Allmächtigen einmal stoned und betrunken zu erleben, hätte er sich in seinen kühnsten Träumen nicht vorstellen können.

Gierig stürzte Nathan sich auf die Zigarette und das nächste Glas Cognac. „Du bist wirklich ein wahrer Freund“, nuschelte er währenddessen in Lous Richtung. Er wollte ihm wohlwollend auf die Schulter schlagen, verfehlte ihn jedoch und fiel beinahe vom Hocker. Im letzten Moment fing Lou ihn auf, setzte ihn auf seinen Stuhl zurück und schüttelte grinsend den Kopf.

Anschließend zückte er sein Hellphone und filmte Nathans sinnlose Versuche, ein paar Pistazien aus einer Schale zu befreien, die wild durch die Gegend hüpften. Schon bald wirkte der Tresen, als hätte jemand Vogelfutter darauf verstreut. Letztendlich gab Nathan den Kampf resigniert auf und unterhielt sich mit einem Bierdeckel. Als er danach einer heißen Blondine erklärte, dass er der liebe Gott persönlich sei, entschied Lou, den Abend zu beenden.

Er warf ein paar Geldscheine auf den Tresen und

schob Nathan einen Arm um die Hüfte. „Los, hoch mit dir, unser aller Schöpfer! Für heute hast du genug.“ Er zwinkerte der Blondine verschwörerisch zu.

„Findest du?“

„Jep.“

Lou zerrte seinen betrunkenen Begleiter mehr aus der Bar, als dass dieser selbst lief. Draußen suchte er nach einer dunklen Ecke, um sie beide zu teleportieren. Er wollte Nathan das lieber nicht eigenständig durchführen lassen. Keine Ahnung, wo dieser in seinem Zustand landen würde.

„Ich liebe Paris!“, grölte Nathan derweil, bevor er sich vornüberbeugte und würgend auf den Gehweg übergab.

Lou rollte mit den Augen. *Igitt!*

Er packte Nathan und versetzte sich zusammen mit ihm in sein Haus in England. Denn weder konnte Lou den Himmel betreten noch würde der liebe Gott in der Hölle aufwachen wollen.

Dort angekommen warf er seinen mittlerweile weggetretenen Gast aufs Sofa im Wohnzimmer. Als er sich jedoch abwandte, um ein paar Decken und einen Eimer zu holen, schepperte es hinter ihm.

Nathan kicherte, als er sich auf dem Boden herumwälzte.

Die Tür flog auf und Delilah stand, einzig in ein langes Shirt gehüllt, im Rahmen. Verwundert beäugte sie den am Boden liegenden Mann, der gerade ein Tischbein umarmte.

„Was ist denn mit dem geschehen?“, fragte sie fassungslos.

Lou zuckte mit den Schultern. „Nichts weiter. Ein

paar Cognac und der eine oder andere Joint."

Ungläubig starrte sie ihn an. „Du hast ihn abgefüllt und unter Drogen gesetzt? Bist du denn von allen guten Geistern verlassen? Morgen wird er mir meine Unsterblichkeit wieder wegnehmen." Hektisch wedelte sie mit einem Arm in der Luft umher. „Mensch, Lou, da passt man einmal nicht auf dich auf und schon verzapfst du wieder Blödsinn."

Lou hob abwehrend beide Hände in die Höhe. „Wo denkst du hin! Das mit dem Trinken hat er ganz alleine bewerkstelligt, nachdem ihn seine Süße abserviert hatte."

„Oh, das tut mir leid."

Er warf ihr einen strafenden Blick zu. „Sweety, sie ist eine bösartige Göttin. Was in aller Welt sollte dieser Moralapostel mit ihr anfangen?" Er deutete in Nathans Richtung.

„Na, ich weiß nicht. Ich hätte auch nie gedacht, dass ausgerechnet der Herrscher der Hölle mein Traummann sein könnte."

Er zog sie zärtlich in die Arme und hauchte ihr einen federleichten Kuss auf die Stirn. Gedankenverloren beobachteten sie den am Boden liegenden Mann, der nun leise vor sich hin schnarchte.

Lou kratzte sich versonnen am Kopf. „Was sollen wir jetzt mit ihm anstellen?"

„Ich könnte ihm eine Infusion legen, das würde ihm den morgigen Tag vielleicht erleichtern. Meinst du, sein Körper reagiert wie der eines gewöhnlichen Menschen?"

„Eher nicht. Lass es einfach gut sein. Er wird sich vermutlich recht schnell erholen, nachdem er seinen

Rausch ausgeschlafen hat. Wenn mir noch vor ein paar Wochen jemand prophezeit hätte, dass unser aller Schöpfer irgendwann betrunken mit meinem Wohnzimmertisch kuschelt, hätte ich ihn für verrückt erklärt."

„Dann bring ihn aber zumindest ins Gästezimmer, du kannst doch den lieben Gott nicht auf dem Fußboden nächtigen lassen."

Lou zögerte. „Na gut." Er zückte erneut sein Hellphone. „Aber zuerst werde ich das noch für die Nachwelt festhalten. Wer weiß, wofür solche Aufnahmen gut sein können."

Kapitel 9

Nathan schlug die Augen auf und starrte irritiert auf die goldenen Deckenstrahler über seinem Kopf, die ihm völlig fremd vorkamen.

Als er um sich blickte, entfuhr ihm ein Stöhnen. Himmel, sein Schädel dröhnte bei jeder noch so winzigen Bewegung, obwohl er doch im Großen und Ganzen über jeden körperlichen Schmerz erhaben war. Obendrein brachte ihn der widerliche Geschmack in seinem Mund beinahe um.

Der kleine Raum mit den hellen Holzmöbeln wirkte gemütlich, hatte aber rein gar nichts mit seinem riesigen, lichtdurchfluteten Schlafzimmer im Himmel gemein.

Wo war er? Und was war überhaupt geschehen?

Dunkel tauchten in seinem Kopf Bilder einer düsteren Bar auf. Er erinnerte sich an den Cognac, den er in rauen Mengen inhaliert hatte, und an die Zigaretten, die ihm beinahe Löcher in die Luftröhre gebrannt hätten.

Doch danach hatte er einen Filmriss.

Erfreulicherweise verschwand der Kopfschmerz, während er sich noch Gedanken über die Ereignisse des Vorabends machte. Er rappelte sich auf und registrierte, dass er einzig ein dunkles Shirt und Boxershorts trug.

Das wurde ja immer mysteriöser.

Zum Glück entdeckte er seine Jeans und die Lederjacke auf einem Stuhl. Seine Schuhe standen auf dem Boden. Schnell schlüpfte er in die Kleidung, bevor er neugierig den Raum verließ.

Er landete in einem hellen, von duftenden Blumensträußen gezierten Gang. Als er leise Schritte aus dem Hintergrund vernahm, fuhr er herum. „Delilah!“, bekundete er überrascht. „Was ist geschehen? Wo bin ich?“

Lous Frau blieb eine Armlänge von ihm entfernt stehen und musterte ihn mit besorgtem Gesichtsausdruck. „Wie fühlen Sie sich?“

„Danke, ein Kaffee und eine Dusche sollten mich wiederherstellen. Hat Lou mich hierhergebracht?“

Sie nickte. „Schon, aber keine Sorge, ich habe die Videos von seinem Handy gelöscht.“

„Videos?“ In dieser Sekunde begriff er. „Oh, nein. Das hat er nicht wirklich getan, oder?“

Delilah zuckte entschuldigend mit den Schultern, ehe sie mit einer Hand nach rechts wies. „Dort können Sie eine Dusche nehmen. Ich koche Ihnen derweil einen Kaffee. Soll ich Ihnen ein frisches Shirt von Lou bringen?“

„Ungern, aber ja.“

Sie wandte sich ab, hielt dann jedoch noch einmal inne. „Unterwäsche?“, erkundigte sie sich leise, ohne ihn anzuschauen.

„Unter gar keinen Umständen!“, stieß Nathan aus. Sich mit dem Leibhaftigen die Boxershorts zu teilen, war ganz sicher nicht sein Plan.

Gedankenverloren schlurfte er ins Bad. *Himmlische Katze!* In Lous Haus mit brummendem Schädel und einem kompletten Blackout aufzuwachen, war die Peinlichkeit des Jahrtausends. Was für ein Glück, dass Delilah sich dieser Videos angenommen hatte, auch wenn er für sein Leben gerne einen Blick darauf geworfen hätte. Aber er kannte den Herrn der Hölle. Er war ein Fuchs und hätte ihn gewiss bei nächster Gelegenheit mit den Aufnahmen erpresst.

Aber was war eigentlich Delilahs Problem? So eingeschüchtert kannte er sie gar nicht, denn bislang hatte sie ihm gegenüber kein Blatt vor den Mund genommen. Grübelnd warf er seine Klamotten von sich und stieg in die schicke Dusche.

„Delilah, was stimmt nicht?“, erkundigte er sich, als sie Minuten später zusammen im Wohnzimmer saßen, Kaffee tranken und backfrische Croissants verspeisten. „Warum sind Sie derart zurückhaltend? Man könnte meinen, Sie hätten seit Neuestem Angst vor mir.“

Sie warf ihm einen beschwörenden Blick aus ihren kornblumenblauen Augen zu. „Bitte, Sie dürfen mir meine Unsterblichkeit nicht wegnehmen. Lou wird niemals wieder einen solchen Unsinn verzapfen, dafür werde ich sorgen.“

Nathan lehnte sich zurück und unterdrückte ein Schmunzeln. *Ach, daher wehte der Wind!*

„Nein, Delilah, er wird immer wieder über die Stränge schlagen. Das liegt ihm einfach im Blut. Aber machen Sie sich keine Gedanken, das, was gestern geschehen ist, habe ganz allein ich zu verantworten.“ Nach einer kurzen Pause setzte er hinzu: „Von den Videos einmal abgesehen.“

Delilahs Miene entspannte sich. Die Erleichterung war ihr regelrecht ins Gesicht geschrieben. „Puh, mir fällt gerade ein Stein vom Herzen! Wir beide hatten damals in meiner Praxis einen echt schlechten Start.

Daher hat mir das große Sorgen bereitet."

„Jetzt, wo Sie es sagen. Warum waren Sie bei unserer ersten Begegnung eigentlich derart unfreundlich?"

Sie senkte den Blick zu Boden. „Ich hielt Sie für einen Pharmavertreter", murmelte sie leise. „Und ich hasse diese aufdringlichen Kerle."

Nathan riss verwundert die Augen auf, ehe er in schallendes Gelächter ausbrach. Seit Langem hatte ihn nichts mehr so amüsiert wie Lous Kleine. So langsam verstand er, warum der Fürst der Hölle dermaßen von dieser Frau fasziniert war.

Sekunden später zuckte es auch um ihre Mundwinkel. Ein Kichern kam über ihre Lippen, bis sie letztendlich ebenfalls lauthals loslachte. In diesem Augenblick war das Eis zwischen ihnen endgültig gebrochen.

„Ein Pharmavertreter", gluckste Nathan vergnügt. „Ich fasse es nicht."

Delilah wischte sich eine Lachträne aus dem Augenwinkel. „Ja, tut mir leid. Sie haben mich damals einfach auf dem falschen Fuß erwischt."

„Halb so wild. Aber weißt du was, Delilah, nenn mich doch bitte Nathan."

Ihre Augen funkelten glücklich. „Sehr gerne."

„Was denkt ihr eigentlich, was ihr hier tut?", riss sie plötzlich eine kräftige Stimme aus ihrem Anflug von Belustigung. Lou hatte sich in der Wohnzimmertür aufgebaut, die Arme provozierend vor dem Köper verschränkt, während es den Anschein erweckte, Pfeile der Wut würden aus seinen dunklen Augen schießen.

Dieser Auftritt erheiterte Nathan noch mehr. Jetzt wusste er zumindest, wie er diesen abgebrühten Kerl auf die Palme brachte. Erneut brach er in Gelächter aus.

„Hätte ich dich bloß mal in Paris sitzen lassen“, grummelte Lou, während er sich mit zwei großen Schritten dem Tisch näherte. „Delilah, was in aller Welt hast du mit dieser Spaßbremse angestellt?“ Er deutete auf Nathan. „Ist er schon wieder auf Drogen oder sind das die Nachwirkungen von gestern?“ Er stutzte. „Und sag mal, ist das etwa mein Shirt, das er da trägt?“

„Wusstest du, dass deine Frau mich anfänglich für einen Pharmavertreter hielt?“, mischte sich Nathan grinsend ein, bevor Delilah antworten konnte.

Lou blickte verdattert drein. „Äh, ja. Außer dir weiß das so ziemlich jeder. In der Hölle ist das mittlerweile so eine Art Running Gag.“

„Du hast nach wie vor ein Autoritätsproblem“, tadelte Nathan ihn. „Aber soll ich dir etwas sagen, Lou? Ich mag deine Frau.“

„Ja, aber freunde dich nicht allzu sehr mit ihr an“, giftete dieser zurück. „Deine Anwesenheit in meinem Haus wird nämlich nicht zur Gewohnheit werden.“

In dieser Sekunde setzte der Notfall-Alarm von Nathans und Lous Smartphones ein.

Prompt fiel Nathan das Lächeln aus dem Gesicht.

Lou hatte das Telefon als Erster in der Hand. „Scheiße! Dutzende von Terroranschlägen haben soeben die Welt erschüttert.“

Nathan schloss entsetzt die Augen. „Paris?“, erkundigte er sich mit Grabesstimme.

„Unter anderem."

„Als hätte ich es geahnt." Fassungslos schüttelte der Allmächtige den Kopf. „Im Moment fällt es mir echt schwer, nicht ebenfalls laut zu fluchen." Er fuhr sich mit einer Hand übers Gesicht. „Ich mag sie wirklich, aber ich kann ihr das nicht länger durchgehen lassen."

Lou, der nach wie vor die Nachrichten auf seinem Hellphone studierte, hob eine Hand. „Warte mal! Bisher gibt es nicht ein einziges Todesopfer zu beklagen. Lediglich Leichtverletzte."

Nathan erhob sich. „So langsam verstehe ich die Welt erst recht nicht mehr. Lou, sag du es mir! Was geht da draußen vor?"

„Wenn ich das nur selbst wüsste. Soll ich mir deine Schwarze Göttin einmal vornehmen? Ich versichere dir, ich bekomme die Wahrheit schon aus ihr heraus."

„Noch nicht. Zuerst möchte ich einen letzten Versuch starten, ihr Vertrauen zu gewinnen. Vielleicht können wir die Sache ja doch noch im Guten regeln. Bitte, entschuldige mich, ich ziehe mich jetzt in den Himmel zurück und verschaffe mir einen Überblick über das Chaos auf der Erde. Falls ich deine Hilfe benötige, gebe ich dir Bescheid."

Er wandte sich Delilah zu. „Danke für das Frühstück und die Gastfreundschaft. Ich hoffe, wir sehen uns bald wieder." Daraufhin verschwand er.

Mit gerunzelter Stirn begutachtete Nathan in seinem himmlischen Loft die Bilder von der Erde. Nachdem mehrere Bomben an verschiedenen Flughäfen detoniert und obendrein unzählige Bombendrohungen eingegangen waren, war der weltweite Flugverkehr so gut wie lahmgelegt. Doch offenbar hatte bisher tatsächlich niemand sein Leben lassen müssen.

Natürlich konnte er nicht gutheißen, dass hier jemand seinen Job übernahm und Gott spielte, der belasteten Atmosphäre würde diese kurze Auszeit jedoch sicher guttun.

Unentwegt stellte er sich die Frage, ob Kylie dahintersteckte. Was sollte er bloß mit ihr anstellen, wenn das wirklich der Fall war? Zwar hätte er die Macht, diese Göttin zu töten oder ihr zumindest ihre Kräfte zu entziehen, aber wie Lou bereits angemerkt hatte, würde das weitere Katastrophen heraufbeschwören.

In diesem Moment klopfte es.

Auf seine Aufforderung hin betrat eine seiner Angestellten den Raum. Ihre langen brünetten Locken umrahmten verführerisch ihr braun gebranntes Gesicht, das in heftigem Kontrast zu dem weißen Kleid stand. Dass es sich bei dieser Schönheit um eine erstklassige französische Ingenieurin handelte, hätte bei ihrem Anblick sicher niemand vermutet.

„Der neue SkyRapid hat seine erste Probefahrt hinter sich“, informierte sie ihn voller Stolz. „Er übertrifft tempomäßig alle bisherigen Züge und bewegt sich zudem fast lautlos.“ Sie hob triumphierend eine Hand in die Luft. „Das alles völlig emissionsfrei, versteht sich. Möchtest du ihn dir ansehen?“

„Selbstverständlich, aber im Augenblick bin ich leider anderweitig beschäftigt. Ich melde mich, sobald ich wieder über mehr Zeit verfüge. Ich danke dir vielmals für deinen unermüdlichen Einsatz, Louise."

Sie blickte ein wenig enttäuscht drein. „Hast du sonst noch einen Wunsch?"

„Für den Moment nicht." Sein Blick flog über die reizvollen Rundungen seiner Mitarbeiterin, die ihn aus großen dunklen Augen anschmachtete. Seit er sein Aussehen modifiziert hatte, unterlag auch das Erscheinungsbild seiner Angestellten einem steten Wandel. Viele Frauen trugen plötzlich kürzere Röcke, engere Shirts und Make-up. Wie schade, dass Äußerlichkeiten heutzutage so wichtig waren. Interessierte sich denn keiner mehr für die inneren Werte?

Louise kam einen weiteren Schritt auf ihn zu. Der blumige Duft ihres Parfums legte sich wie ein hauchzarter Schleier über ihn. „Ganz sicher?", raunte sie, während sie sich mit der Zunge die Unterlippe befeuchtete. „Du wirkst gestresst. Ich könnte da sicher Abhilfe schaffen."

Seit Jahren arbeitete er mit Louise zusammen. Sie war seine Ansprechpartnerin in allen Technikfragen und hatte ihn noch nie enttäuscht. Vor einigen Monaten waren sie aus einer Kurzschlussreaktion heraus miteinander im Bett gelandet. Um es mit Lous Worten auszudrücken: Sie war ein echt geiler Fick gewesen.

Mit manchen Frauen im Himmel hätte er alles anstellen können, da sie sich erhofften, durch Sex in seiner Gunst zu steigen. Was keineswegs der Fall war. Er würde seine Position niemals missbrauchen und gab sich obendrein die allergrößte Mühe, jedes Individuum gleich zu behandeln.

Doch manchmal benötigte selbst er ein wenig Nähe und Zärtlichkeit. Diese jahrtausendelange Einsamkeit ging auch an ihm nicht spurlos vorbei. Daher gönnte er sich hin und wieder eine Nacht mit einer Frau, die ihm vorübergehend Wärme schenkte.

Allerdings war es bislang keiner seiner Liebschaften gelungen, sein Herz zu erobern. Niemals war der Funke übergesprungen. So hatte er sich schon vor sehr langer Zeit damit abgefunden, allein durchs Leben zu gehen. Gott zu sein, hatte eben auch seinen Preis.

Seine Blicke hefteten sich erneut auf den fülligen Busen von Louise. Kurz geriet er in Versuchung, doch dann erschienen in seinem Geist ein paar dunkle, leicht mandelförmige Augen. Und er begriff, dass er momentan bloß an einer einzigen Frau Interesse hegte. Nämlich an der, die aller Voraussicht nach gerade drauf und dran war, die Erde in Schutt und Asche zu legen.

Welch eine Ironie des Schicksals!

„Danke, Louise, vielleicht ein anderes Mal“, verkündete er. „Ich möchte jetzt gerne allein sein.“

Ohne ein weiteres Wort wandte sie sich ab und verließ den Raum.

Kurz war er versucht, sie zur Rückkehr zu bewegen, doch erneut manifestierte sich in seinem Schädel ein Bild von Kylie. Er musste endlich ihr Vertrauen gewinnen. Aber wie? Ob er doch auf Lous Rat hören und mit ihr schlafen sollte?

Zugegeben, der Drang, sie sich zu nehmen, war mittlerweile fast übermächtig. Sie reizte ihn körperlich stärker als jemals eine Frau zuvor. Doch er hielt

Sex einfach nicht für den richtigen Weg. Es musste doch noch eine andere Option geben.

Ein Scheppern ließ ihn aufschauen. Dieser kleine nervöse Koalabär hatte soeben eine der Zimmerpflanzen umgeworfen, da er den Versuch unternommen hatte, an ihr emporzuklettern. Aufgeschreckt von dem Lärm hüpfte das Tier jetzt hektisch über das helle Sofa, bevor es sich auf einem Kissen zusammenrollte und Unschuld heuchelte.

Nathan schüttelte den Kopf. Dieses Wesen konnte eine wahre Plage sein. Als wären die vielen Katzen, die ständig durch den Himmel streiften, nicht schon anstrengend genug.

Warum tat das Bärchen es seinen australischen Artgenossen nicht gleich? Tagein, tagaus Eukalyptusblätter futtern und im Halbschlaf vor sich hindösen.

Er rappelte sich auf und fing den Koala ein, der den ersten Schrecken überwunden hatte und nun einen Vorhang erklomm. „Nein, mein Süßer, jetzt ist mal wieder gut!“, ermahnte er ihn, während er den Kleinen auf seinen Arm hob.

Sofort kuschelte der Bär sich an. Der Eukalyptusgeruch, den er ausstrahlte, war stets überwältigend.

Sanft strich Nathan ihm über das weiche Fell. „Was soll ich mit dir nur machen? Ich kann dich unmöglich hierbehalten. Du gehörst zurück auf die Erde. Aber ich weiß gar nicht, ob du alleine lebensfähig bist.“

In dieser Sekunde kam ihm eine zündende Idee.

Kapitel 10

Schwermütig stieg Kylie die marmornen Stufen ihres Palastes in Indien empor, den sie vor Hunderten von Jahren hatte erbauen lassen. Am Fuße des Himalaja-Gebirgszuges gelegen, eingebettet in Kautschukbäume und Palmen, war das prächtige Gebäude nur schwer auffindbar. *Pure Absicht!* Denn sobald Kylie sich hierher zurückzog, wollte sie relaxen.

Sie mochte quirlige Großstädte mindestens genauso sehr wie die Stille und Abgeschiedenheit dieser Gegend. Das Aufregendste hier waren allerdings die Nächte. Kaum irgendwo sonst konnte man die Sterne besser beobachten als am Himalaja. Nur wenige Lichter trübten die Dunkelheit und gaben einem das Gefühl, der Himmel wäre zum Greifen nahe. Auch verirrten sich selten Flugzeuge in diese Region.

Ihre Gedanken wanderten zu den Terroranschlägen, die sie losgetreten hatte. Die Natur und die Atmosphäre würden ihr diese Aktion gewiss danken. Tagelang hatte sie den weltweiten Flugverkehr beeinträchtigt, stundenweise sogar komplett lahmgelegt.

Doch jetzt benötigte sie Ruhe und Abstand von alledem. Sie hatte sich nach ihrer Heimat gesehnt, und natürlich nach ihren Tieren. Der Garten ihres Palastes ähnelte einem Zoo. Vor allem gefährdete Tierarten tummelten sich darin, denn sie konnte nicht zulassen, dass diese Spezies ausstarben.

Als sie die ausladende in Gold gehaltene Vorhalle betrat, eilte prompt Indira, ihre treue Dienerin, auf sie zu. Ehrfurchtsvoll legte sie die Handflächen vor der Brust aufeinander und senkte den Kopf.

Vor vielen Jahren hatte sie Indira bei sich aufgenommen, nachdem ihr Vater das arme Ding aus dem Haus vertrieben hatte, weil sie sich geweigert hatte, einen widerlichen Kerl zu heiraten. Eheschließungen waren selbst im 21. Jahrhundert in Indien für unzählige Frauen noch eine Tortur, denn häufig wurden sie arrangiert.

Indira würde ihr diese Unterstützung niemals vergessen und las ihr seitdem jeden Wunsch von den Augen ab. Eifrig half sie Kylie aus dem Kleid mitsamt Unterwäsche und wickelte sie in einen seidenen Sari, bevor sie auf leisen Sohlen wieder verschwand.

Kylie seufzte wohlig. Der kühle Stoff auf ihrer Haut bescherte ihr ein angenehmes Gefühl. Prompt steuerte sie den Garten an, um all ihre geliebten Tiere zu begrüßen. Sie streichelte einem Elefantenbaby über den Rüssel, umarmte einen Tiger und tätschelte einem Python das Köpfchen. Einige Affen und rote Pandas jagten auf sie zu und umkreisten sie aufgeregt.

Letztendlich nahm sie auf einer Bank Platz, sog den Duft der Orchideen und Lotusblüten ein und lauschte dem Zwitschern der Sittiche. Sofort sprang ein kleiner Mungo auf ihren Schoß. Sie kraulte das süße Kerlchen am Bauch, ließ den Kopf in den Nacken fallen und schloss die Augen.

In diesem Moment war sie glücklich. Fakt war nun einmal, dass sie mit Tieren um Längen besser zurechtkam als mit Menschen.

Unwillkürlich wanderten ihre Gedanken zu Nathan und sie bereute auf der Stelle, dass sie diesen aufregenden Mann vermutlich niemals wiedersehen würde. In seiner Nähe hatte sie sich zum ersten Mal seit sehr langer Zeit geborgen gefühlt, denn im Normalfall ließ sie andere Personen nicht an sich heran. Einzig Sex genoss sie, aber den lediglich auf ihre Art. Dank Shiva würde sie nie wieder in der Lage sein, die Kontrolle abzugeben.

Seltsamerweise bewegte sich ihre Beziehung zu Nathan auf einem komplett anderen Level. Dadurch, dass sie bisher nicht miteinander geschlafen hatten, war sie inniger und vertrauter. Er erschien ihr wie ein Freund. Ungeachtet der Tatsache, dass wahre Freunde ein sehr kostbares Gut und dementsprechend schwer zu finden waren.

Sie schämte sich noch immer für den emotionalen Ausbruch, als sie über Kirans Tod berichtet hatte. Normalerweise war sie nicht so nah am Wasser gebaut, aber Nathans gefühlvolle Art hatte sie aus der Reserve gelockt. Es war nun fast acht Jahre her, seit sie Kiran verloren hatte, und außer Indira wusste niemand, wie sehr sie noch immer unter seinem Tod litt.

„Meine Gebieterin“, riss Indiras Stimme sie in dieser Sekunde aus ihren Gedanken. „Hier ist Besuch für Euch.“

Kylie winkte ab. „O nein! Ich will jetzt keine Menschenseele sehen. Und auch die nächsten Tage nicht, denn ich benötige dringend eine Auszeit.“

„Aber der Herr sagt, er hätte ein Geschenk für Sie. Es wäre wichtig.“

„Wer ist es? Ein Gesandter meiner Eltern?“

Indira zuckte mit den Schultern. „So wirkt er eigentlich nicht. Er ist echt heiß. Und seine Augen …“

Sie schüttelte sich wohlig. „Ich hatte das Gefühl, er würde mir direkt auf den Grund meiner Seele schauen. Aber auf eine beruhigende Art und Weise."

Seufzend erhob Kylie sich. Für gewöhnlich war Indira nicht derart leicht zu beeindrucken. Wer das wohl sein mochte? Nur wenige Personen kannten ihren Rückzugsort.

Versonnen wanderte sie in die Eingangshalle des Tempels, wo sie überrascht innehielt. „Nathan! Wie zur Hölle hast du mich gefunden?" Ihre Blicke tanzten über den gut aussehenden dunkelhaarigen Mann in der Lederjacke und der tief sitzenden Jeans. Sie konnte nicht verhindern, dass ein sehnsüchtiges Prickeln ihren Körper durchfuhr.

Irgendetwas stellte dieser Typ mit ihr an. Allerdings hatte sie mittlerweile keinen Schimmer mehr, wie sie auf diese Anziehungskraft reagieren sollte. Seine Nähe zulassen oder sich doch lieber mit aller Macht dagegen zur Wehr setzen? Nathan kratzte unentwegt an ihrer Souveränität. Einfach, weil er in keine Schublade passte und immer für eine Überraschung gut war.

Ihr Blick blieb auf dem Bündel auf seinem Arm hängen. Unter einer Decke bewegte sich etwas.

Nathan kam ein paar Schritte näher und musterte sie ungeniert von oben bis unten. „Ein wahrgewordener Traum", hauchte er zu guter Letzt. „Du siehst atemberaubend aus. Ich frage mich gerade, wie blind ich gewesen sein muss, deine Herkunft nicht auf Anhieb erkannt zu haben."

Der Ausdruck in seinen Augen war derart intensiv, dass ihr Herz zu rasen begann. Sie schaute an sich hinab. „Findest du? Ich trage in letzter Zeit eher selten einen Sari. Eigentlich bloß, wenn ich mich in Indien aufhalte. Das gehört für mich irgendwie dazu. Es ist immer ein Gefühl des Nachhausekommens."

„Er verleiht dir Würde. Also versteh mich nicht falsch, dein Modegeschmack ist außergewöhnlich und obendrein extrem sexy. Aber ich hatte stets den Eindruck, du würdest dein wahres Ich hinter diesen schrillen Outfits verstecken. Dieses Gewand lässt dich rundum göttlich wirken und betont deine innere Schönheit."

Na, wenn der wüsste!

Dennoch schmeichelten seine liebevollen Worte ihr und zauberten ein Lächeln auf ihr Gesicht. Seine Nähe besaß die Wirkung einer beruhigenden Droge und machte sie langsam, aber sicher abhängig. „Danke, den Ausdruck Gewand hört man in letzter Zeit selten. Es ist manchmal schön, sich mit annähernd Gleichaltrigen zu unterhalten." Sie fing seinen Blick ein. „Aber du hast meine Frage nicht beantwortet. Lässt du mich bespitzeln?"

Er winkte ab. „Nicht nötig. Lou ist ein Garant für Informationen. In der Hölle kennt jeder jemanden, der jemanden kennt und so weiter. Aber keine Angst, ich stalke dich nicht. Es ist eher so …" Sein Blick wanderte zu der Decke in seinem Arm. „Dass du deinen geliebten Elefanten verloren hast, hat mir in der Seele wehgetan und einfach keine Ruhe gelassen. Daher möchte ich dir jemanden vorstellen. Vielleicht kann er die Fragmente deines gebrochenen Herzens ja wieder zusammensetzen. Seine Mutter wurde von Wilderern getötet. Ich habe ihn unter meine Fittiche genommen, sonst wäre er elendig verendet. Der Kleine hat niemanden mehr auf der Welt. Aber die Hölle ist bei Weitem nicht der richtige Platz für ihn."

Er klappte ein Ende der Decke beiseite, woraufhin eine dunkle Nase zum Vorschein kam, die neugierig schnupperte.

Perplex betrachtete Kylie die Segelohren, die sich unter dem Stoff hervorkämpften, danach spähten ein paar Glupschaugen heraus. Letztendlich eine Pfote, die versuchte, die Decke beiseitezuschieben.

Ihr Herz machte einen Hüpfer, während sie sich voller Überraschung eine Hand vor den Mund schlug. „Du schenkst mir einen Koala?"

Nathan nickte. „Ich versichere dir, der kleine Kerl benötigt dich genauso sehr wie du ihn. Bitte, gib ihm eine neue Heimat und all deine Liebe."

Zaghaft tappte sie einen Schritt auf ihn zu. Als sie die Hände nach dem Bärchen ausstreckte, griff es sofort nach ihr und legte seine kleinen Krallen um einen ihrer Finger. Sie nahm ihn auf den Arm und hauchte ihm ein sanftes Küsschen auf die Nase. Ein glückliches Lächeln flog über ihr Gesicht, als er sich prompt an sie schmiegte. „Meine Güte, der riecht ja wie ein Eukalyptusbonbon!", entfuhr es ihr. „Und wie weich er ist."

Nathan grinste. „Er nimmt ja auch nichts anderes zu sich als Eukalyptusblätter. Doch seltsamerweise scheinen sie keine betäubende Wirkung auf ihn auszuüben, er ist nämlich recht agil."

Was der kleine Kerl prompt bewies, als er nach Kylies langen Haaren griff und daran zog. Aufgeregt zappelte er in ihren Armen umher.

Als ihr ein lautes Lachen entfuhr, ging Nathan das Herz auf. Wie paralysiert starrte er sie an. *Du liebe Güte, sie war zauberhaft, wenn sie so gelöst und fröhlich war.*

Kichernd vergrub sie ihre Nase im Fell des kleinen Koalabären, bevor sie die Träne, die ihr über die Wange rann, unauffällig beiseite wischte. „Ich kann es kaum glauben, dass es dir ein ums andere Mal gelingt, mich zum Weinen zu bringen. Ich danke dir, Nathan“, hauchte sie mit zittriger Stimme. „Das ist ein wundervolles Geschenk. Wie heißt er denn?“

„Du darfst dir einen Namen aussuchen, er hat noch keinen.“

„Ist der kleine Kerl unsterblich?“

Nathan schüttelte den Kopf.

Enttäuschung breitete sich prompt auf Kylies Gesichtszügen aus. „Dann kann ich ihn nicht annehmen. Ich mag den Süßen jetzt schon. Aber wie alt wird er werden? 15 Jahre, 20? Ich kann mich nicht an ein weiteres Tier gewöhnen und es erneut verlieren. Tut mir leid.“

Nathan schluckte. *Hm, das hatte er natürlich nicht bedacht.* Klar, er könnte dem Bärchen allein durch Handauflegen ewiges Leben schenken. Aber mit einer solchen Aktion geriete er in heftigen Erklärungsnotstand, denn nur wenige Götter verfügten über eine derartige Macht.

„Kylie, bitte, denk jetzt nicht darüber nach! Ich verspreche dir, ich werde alles in meiner Macht Stehende tun, um ihn nicht sterben zu lassen. Vergiss nicht, ein mächtiges Wesen wie Luzifer ist mein Freund. Manchmal kann der Herrscher der Hölle wahre Wunder bewirken." Er musterte den Koala, der sich gerade mit Kylies silbernem Anhänger beschäftigte. „Der Kleine braucht jemanden, der ihn von ganzem Herz liebt - ebenso wie du. Und allein seine Reaktion beweist mir, welch besonderes Händchen du für Tiere hast, denn normalerweise ist er Fremden gegenüber sehr zurückhaltend."

Sie zögerte, ehe sie zaghaft nickte. Erneut kullerte ihr eine Träne über die Wange.

Nur mit äußerster Kraftanstrengung widerstand Nathan dem Drang, sie ihr vom Gesicht zu küssen.

„Wobbel", hauchte sie. „Ich möchte ihn Wobbel nennen, das passt zu diesem zappeligen Geschöpf. Nathan, ich weiß gar nicht, wie ich dir jemals danken soll."

Sie fing seinen Blick ein und plötzlich war die Welt um ihn herum nicht mehr existent. Kylies Augen schimmerten feucht, während ihre vollen Lippen bebten. Gefühlsmäßig schien sie völlig überwältigt zu sein. Wäre da nicht der kleine Koala, der an ihr hing wie eine Klette, hätte er sie jetzt in seine Arme gerissen und so lange um den Verstand geküsst, bis sie ihm Herz und Seele öffnete und ihm all ihre Geheimnisse anvertraute.

Während Nathan noch in anderen Sphären schwebte, schnappte der Koala sich mit einer blitzschnellen Bewegung seiner Pfote das Oberteil von Kylies Sari und riss es ihr von der Schulter. Da sie nichts darunter trug, war sie von einer Sekunde auf die nächste bis zur Hüfte entblößt.

„Himmlische Katze!", entfuhr es Nathan, ehe er die Worte zurückhalten konnte. Da Kylie jedoch gerade damit beschäftigt war, Wobbel zu bändigen, schenkte sie seiner Aussage glücklicherweise keinerlei Beachtung.

Wie automatisch hefteten sich seine Blicke auf ihre prallen Brüste und er war nicht imstande, die Augen wieder abzuwenden. Erst nachdem er sich in Gedanken mehrfach selbst geohrfeigt hatte, gelang es ihm, sich von diesen rosigen Nippeln loszureißen.

Kylie hingegen kannte keine Scham. Sie lachte leise. „Hast du das dem Bärchen beigebracht?"

Nathan entglitten die Gesichtszüge. „Ich? Du denkst …?" Er schluckte vernehmlich. „Auf gar keinen Fall."

Sie schien sein Gestammel zu belustigen, denn ein breites Lächeln hatte sich indessen auf ihrem Gesicht ausgebreitet. „Indira!", rief sie. „Kommst du mal bitte!"

Sogleich sauste ihre Dienerin herbei, die bei Kylies nacktem Oberkörper ebenfalls ein wenig erschrocken dreinblickte. Als sie ihr helfen wollte, den Sari wieder zu befestigen, gebot ihre Herrin ihr jedoch Einhalt. Stattdessen hauchte sie dem Koala ein sanftes Küsschen auf die Schnauze, bevor sie ihn Indira entgegenstreckte. „Kümmere dich bitte gut um ihn. Er heißt Wobbel und wird ab sofort mein ständiger Begleiter sein. Aber jetzt habe ich etwas zu erledigen, bei dem ich ihn nicht gebrauchen kann." Sie schenkte ihrer Dienerin einen eindringlichen Blick. „Ach, und Indira, störe mich heute bitte nicht mehr!"

Die Angesprochene nickte demütig. „Natürlich, meine Gebieterin", hauchte sie kaum vernehmlich.

Der kleine Koala zuckte im ersten Moment zurück, als Indira ihn packen wollte. Doch nachdem Kylie ihm noch einmal gut zugeredet hatte, ließ er sich anstandslos davontragen.

Nathan stockte der Atem, als Kylie an ihre Taille griff, den Sari vollständig löste und ihn zu Boden gleiten ließ. Seine Blicke glitten über ihren entblößten Körper. Hastig schnappte er nach Luft.

Du lieber Himmel! Diese Frau war das Schönste und Erregendste, was ihm jemals vor Augen gekommen war.

Eine Zeit lang billigte sie seine bewundernden Blicke, dann stieg sie - ungeachtet ihrer Nacktheit - voller Selbstbewusstsein über ihren Sari hinweg und verkürzte den Abstand zwischen ihnen. Liebevoll schlang sie Nathan die Arme um den Hals und schmiegte sich an ihn.

Erneut blieb ihm die Luft weg. Die unbekleidete Frau in seinen Arm raubte ihm nicht nur den Atem, sondern obendrein den Verstand.

Herausfordernd suchte sie nach seinem Blick und hielt ihn fest. Ihr exotischer Duft umhüllte Nathan und jagte eine Woge des Verlangens durch seinen Körper. Wie ferngesteuert legten sich seine Hände auf ihre Hüften.

Der Schauer, der durch ihren Leib lief, als seine Finger mit ihrer nackten Haut in Berührung kamen, blieb ihm nicht verborgen. Die Tatsache, dass sie genauso heftig auf ihn reagierte wie er auf sie, nagte gewaltig an seiner Selbstkontrolle.

Sekundenlang standen sie sich wortlos gegenüber und starrten sich einzig an. Doch bereits das reichte aus, um sie in einen Zustand intensiver Erregung zu versetzen. Ihrer beider Atem ging flacher und beschleunigte sich; die Luft zwischen ihnen schien zu brennen.

„Nathan, ich brauche dich“, hauchte Kylie schließlich. Ihr Blick glitt zu seinem Mund. Sie erhob sich auf die Zehenspitzen und näherte sich ihm, bis ihr Gesicht nahe vor seinem schwebte. Ihr heißer Atem tanzte über seine Haut hinweg, bevor sich ihre Lippen zärtlich auf seine legten. Sekundenlang knabberte sie spielerisch an ihnen und fuhr mit der Zunge die Konturen seiner Oberlippe nach. Dann jedoch drang ihre warme, weiche Zunge zielsicher in seinen Mund vor.

Ihm entfuhr ein heiseres Stöhnen. *Schachmatt! Jetzt hatte sie ihn!* Er war nicht imstande, ihr länger zu widerstehen.

Seine Finger verirrten sich zu ihrem Hintern und umfassten ihre Pobacken, was jetzt auch ihr ein Stöhnen entlockte. Indessen küsste sie ihn voller Heißhunger, während ihre Hände sich unter sein Shirt schoben und ihre kräftigen Fingernägel nicht gerade zaghaft über seinen Rücken kratzten. Offensichtlich markierte sie soeben ihr Revier.

Doch wenngleich ihr Verlangen ihn mächtig unter Strom setzte, hatte sich sein Verstand noch nicht vollends verabschiedet. Sollte er jetzt die Zügel aus der Hand geben und sich von ihr beherrschen lassen, würde sie sich höchstwahrscheinlich bei ihm Befriedigung verschaffen wie bei jedem anderen Mann - ohne ihm auch nur einen weiteren Blick hinter ihre Fassade zu gewähren.

Er musste irgendeinen Weg finden, um sie aus der

Reserve zu locken. Erst nachdem er ihre Schutzwälle niedergerissen hatte, würde er mit ein wenig Glück in die Tiefen ihrer Seele vordringen können. Doch im Moment fiel ihm das Denken unsagbar schwer, da Kylie es mit jeder ihrer Berührungen darauf anlegte, ihm auch noch den letzten Rest Beherrschung zu rauben.

Als ihre Finger zu dem Reißverschluss seiner Hose glitten, nahm er all seine Kraft zusammen und fing ihre Handgelenke ein. „Verzeih mir, meine Schöne, aber lass es uns doch langsam angehen."

Sie löste sich von seinem Mund und warf ihm einen verwunderten Blick zu, wobei ihre feucht glänzenden Lippen ihn mächtig aus dem Konzept brachten. „Was ist denn jetzt schon wieder dein Problem? Ich möchte mich bei dir für dieses wundervolle Geschenk bedanken. Fühlt sich für mich an, als ob dein Körper nichts gegen meine Vorgehensweise einzuwenden hätte." Provozierend glitten ihre Finger über die heftige Erektion in seiner Hose.

Er unterdrückte das Stöhnen, das sich aus seiner Kehle stehlen wollte, und schloss kurzzeitig die Augen, um sich zu sammeln. „Richtig, ich habe rein gar nichts dagegen, und ich versichere dir, dass ich längst nicht mehr in der Lage bin, dir zu widerstehen. Aber bitte lass uns nach meinen Regeln spielen."

Er spürte, dass sie sich versteifte. „Die da wären?"

„Erlaube es mir, dich zu verwöhnen."

Ihre Augen wurden schmal. „Was lässt dich glauben, dass ich das will?"

„Vielleicht willst du es nicht, aber du brauchst es. Du musst endlich einmal loslassen, du kannst nicht immer stark sein.“

Sie rückte ein Stück von ihm ab. „Mir war nicht bewusst, dass man in der Hölle seinen Doktor der Psychologie machen kann. Wieso denkst du, du wüsstest, was ich benötige?“ Ihre Stimme bebte. Unterdrückte Lust mischte sich mit trotzigem Aufbegehren.

Er fing ihren Blick ein und strich ihr mit einem Finger sanft über die Wange. „Ich bin sehr alt, Kylie. Und habe viel Erfahrung mit Menschen. Warum hast du solche Angst, dich mir hinzugeben?“

Sie schluckte vernehmlich. „Also gut, ich werde es dir verraten. Ich hoffe, du kannst die Wahrheit ertragen.“ Nervös biss sie sich auf der Unterlippe herum. „Shiva, meinem früheren Ehemann, lag viel daran, mich zu beherrschen. Ich war ihm zu mächtig, damit konnte er nicht umgehen. So unterwarf er mich, wann immer er die Gelegenheit dazu bekam. Vorzugsweise im Bett, manchmal auf die übelste Art und Weise. Jahrhundertelang ließ ich es zu. Doch irgendwann konnte ich diese Demütigungen nicht mehr über mich ergehen lassen. Er nahm mir jegliche Freiheit, stutzte mir die Flügel, engte mich ein. Eines schönen Tages überschritt er eine Grenze. Ich schwor mir, mich niemals wieder von einem Mann dominieren zu lassen.“

Nathan hielt kurzzeitig die Luft an. Ihre Worte wirkten auf ihn wie eine eiskalte Dusche. Nichtsdestotrotz war er auf dem richtigen Weg. Endlich gewährte sie ihm einen Einblick in ihr Leben. „Warum hast du dich nicht früher von ihm getrennt?“

„Du glaubst gar nicht, wie oft ich den Versuch unternommen habe, doch er ließ es nicht zu. Jedes Mal fand er mich und holte mich zurück. Oftmals sogar mit Gewalt.“ Sie zuckte betont belanglos mit den Schultern. „Eine meiner Lieblingskobras löste das Problem letztendlich für mich.“

„Autsch! Wie konnte sie einen Gott töten?“

„Sie war eine ganz besondere Schlange. Du erinnerst dich vielleicht an das schreckliche Erdbeben 1897 in Assam. Eine der kleinen Nebenwirkungen seines Todes.“

„Verstehe. Aber Kylie, hör mir zu! Du begreifst da etwas nicht. Ich möchte dich nicht beherrschen. Du sollst dich entspannen und für kurze Zeit glücklich sein, denn ich habe den Eindruck, das bist du sehr selten. Im Grunde genommen bist du unfassbar einsam, doch dieses Problem wirst du mit gefühllosem Sex nicht lösen können. Du hättest deinen entspannten Gesichtsausdruck sehen sollen, als sich der Koala an dich geschmiegt hat. Für einen Moment strahltest du wie ein kostbarer Diamant.“ Er küsste sie liebevoll auf die Stirn. „Vertrau mir, ich möchte dir einzig ein wenig Frieden geben.“

Zweifel spiegelten sich auf ihrem hübschen Gesicht wider, als sie ihn ein paar Herzschläge lang wortlos studierte. „Nathan, worum geht es dir? Was willst du wirklich von mir?“

„Dich näher kennenlernen.“

„Warum?“

„Weil du die interessanteste und begehrenswerteste Frau bist, die mir in meinem langen Dasein begegnet ist.“

Sie schüttelte den Kopf. „Ich kann das nicht, mich

einem Mann hingeben. Vor allem einem, von dem ich nach wie vor rein gar nichts weiß."

„Hm, der Punkt geht an dich. Einverstanden, ich werde dir mehr über mich offenbaren. Aber für jede Information darf ich mich dir ein Stück nähern."

Sie warf ihm einen misstrauischen Blick zu. „Nur wenn ich dieses Spiel jederzeit beenden kann."

„Das klingt fair." Er beugte sich vornüber und packte sie unter den Kniekehlen und Schultern, bevor er sie hochhob. „Wo ist dein Schlafzimmer, meine Schöne?"

Im ersten Moment verkrampfte sie sich, doch dann ließ sie es geschehen und schmiegte sich in seine Arme. „Die Treppe hoch und dann links."

Mit Leichtigkeit trug er sie eine breite Marmortreppe nach oben und betrat einen riesigen von Säulen und Goldverzierungen dominierten Raum. Beim ersten Schritt hinein erhellte er sich. In der Mitte befand sich ein überdimensionales Bett mit Baldachin darüber.

Nathan bremste ab, als wäre er gegen eine Glasscheibe geprallt. „Sag mir, dass das auf deinem Bett keine Schlange ist!"

Kylie schielte in Richtung des Bettes, danach bedachte sie ihn mit einem provozierenden Blick. „Wäre das ein Problem für dich?"

„Definitiv."

„Was hast du gegen Schlangen?"

„Ich musste bereits ein paar schlechte Erfahrungen mit ihnen machen."

„Verstehe."

Sie flüsterte ein paar indische Worte. Keine Sekunde später schlängelte sich das Tier vom Bett und verschwand im Nebenraum.

Nathan schluckte vernehmlich. „Sicher, dass sie weg ist?“

Kylie kicherte. „Ganz sicher.“

Mit argwöhnischen Blicken scannte er den Raum. „Und sie kommt auch ganz bestimmt nicht mit ihrem großen Bruder zurück?“

Nun entfuhr Kylie ein herzhaftes Lachen. „Ich verspreche dir, ich werde dich vor ihrer ganzen Familie beschützen.“

Jetzt konnte auch Nathan ein Grinsen nicht mehr unterdrücken. „Wie könnte ich da noch zögern?“ Couragiert schritt er voran und legte Kylie inmitten des Bettes ab. Ihr schwarzes schimmerndes Haar verteilte sich wie ein Fächer auf dem roten Kopfkissen. Die sanfte Beleuchtung tauchte ihren perfekten Körper in einen warmen Goldton. In diesem Moment war sie zum Niederknien schön und raubte ihm einmal mehr den Atem.

Doch die Situation barg auch etwas Befremdliches. Kylie trug kein Stück Stoff mehr am Leib, wohingegen er noch vollständig bekleidet war. Daher entledigte er sich rasch seiner Lederjacke mitsamt Shirt, bevor er sich neben sie auf die Matratze setzte. „Wie schon erwähnt, bin ich sehr alt“, bekundete er währenddessen. „Aufgewachsen bin ich auf einer Insel im Pazifik. Eigentlich wollte ich mein Dasein nutzen, um etwas Gutes zu tun, doch irgendwie glitt mir im Lauf der Jahre vieles aus den Händen.“ Er griff nach ihrem linken Fuß, hob ihn an und liebkoste mit seinen Lippen ihre Zehen.

Sie sog scharf die Luft ein. „Nathan, lass das!“ Ihre sich vor Erregung krümmenden Zehen törnten ihn heftig an.

„Ich dachte, wir hätten ein Übereinkommen. Du willst doch sicher weitere Details über mich erfahren, richtig?“

„Dir ist schon klar, dass ich über die Macht verfüge, dich gegen deinen Willen zum Reden zu bewegen, oder?“

Wenn sie sich da mal nicht täuschte!

Er schmunzelte. „Ich weiß aber auch, dass du eine Frau bist, die die Herausforderung liebt.“

„Deine Menschenkenntnis ist manchmal erschreckend.“ Sie hob einen Arm und fuhr mit den Fingerspitzen ihrer Hand über das Tattoo auf seinem Bizeps. „Der Tiger, was für eine Bedeutung hat er für dich?“

Huch, den hatte er völlig vergessen.

„Gefällt er dir?“, lenkte er rasch ab.

„O ja!“

„Nun, genau wie du liebe ich Tiere.“

„Ich habe mich schon mehrfach tätowieren lassen, doch mein Körper stößt die Tinte gemeinerweise ab.“

Bevor Kylie noch auf die Idee kam, das Motiv weiter zu hinterfragen, küsste er sich rasch ihre Wade empor, was ihr ein leises Stöhnen entlockte.

„Genug“, hauchte sie. „Erzähl mir mehr!“

Er ließ von ihr ab. „Lou und ich, wir kennen uns seit einer Ewigkeit, daher besitze ich so viele Freiheiten. Es ist so eine Art Hassliebe zwischen uns. Einer könnte nicht ohne den anderen, wir sind quasi voneinander abhängig.“ Er beugte sich wieder über sie und ließ seine Lippen jetzt über ihren Oberschenkel wandern.

Ihr sinnliches Stöhnen war das aufregendste Geräusch, das er je gehört hatte und brachte seinen Körper zum Kochen. Das Blut schoss ihm nun ungebremst in die Lenden. Himmel, es konnte sich nur noch um Sekunden handeln, bis ihm die Hose platzte! Diese nackte, willige Frau war fast mehr, als er ertragen konnte. Doch er durfte jetzt nicht einknicken, noch hatte sie ihm ihr Vertrauen nicht geschenkt. „Ich wollte das Beste für die Menschheit, aber ich habe es vermasselt. Ich kann nicht mit Bestimmtheit sagen, was genau geschehen ist. Doch meine Mission ist schändlich gescheitert."

„Bist du deswegen in der Hölle gelandet?"

„So könnte man es wohl sagen." Er fuhr mit den Fingern einer Hand über ihre rasierte Scham. „Spreiz deine Beine für mich, Kylie."

Sie zögerte. „Nathan, ich kann nicht genau einschätzen, was du vorhast. Aber ich möchte die Kontrolle nicht abgeben. Ich will meine Orgasmen selbst bestimmen, so wie ich das seit vielen Jahren handhabe."

Er riss seine Augen von ihrem Körper los und suchte nach ihrem Blick. „Du hast Angst, dich fallen zu lassen. Vertrau mir, ich werde dich auffangen. Und ich verspreche dir hoch und heilig, keine deiner Grenzen zu überschreiten."

Zögerlich öffnete sie ihre Schenkel. Er beugte sich über ihr Becken und küsste sich bis zu ihrer pulsierenden Mitte vor. Dann kostete er sie. Der Geschmack und ihr betörender Geruch gingen ihm durch und durch. So konnte nur eine wahre Göttin duften.

Ihr Körper erbebte unter seinen Lippen und ein leiser Schrei der Lust entfuhr ihr, als er sie zärtlich leckte. „Nathan“, hauchte sie, „bitte nicht.“ In dem Versuch, ihn von sich zu schieben, griff sie nach seinen Schultern. „Das ist zu viel. Seit einer Ewigkeit habe ich das keinem Mann mehr erlaubt. Es würde tiefe Emotionen in mir freisetzen. Ich weiß nicht, wie ich damit umgehen soll.“

In dieser Sekunde tauchte in seinem Unterbewusstsein das Bild einer nackten, an Händen und Füßen gefesselten Frau auf. Die Hingabe, die sie an den Tag gelegt hatte, war faszinierend gewesen. Seit dem Besuch im Swingerclub ließ ihn ihr gelöster Gesichtsausdruck, als ein heftiger Orgasmus sie durchgerüttelt hatte, nicht mehr los.

Er räusperte sich. „Ich habe das noch nie von einer Frau verlangt, aber darf ich dir die Hände festbinden? Falls nicht, wird das hier nämlich nicht funktionieren. Du bist gerade genauso zappelig wie Wobbel.“

Sie schluckte. „Erzähl mir zuerst von den Frauen in deinem Leben.“

„Da gibt es nicht viel zu berichten. Ich hatte Sex, aber nie eine dauerhafte Beziehung. Es war mir einfach nicht vorbestimmt.“

„An diesen Quatsch glaubst du?“

Er zuckte mit den Schultern. „Vielleicht ist mir die Richtige auch niemals über den Weg gelaufen. Weißt du, ich bin so alt, ich hatte häufig das Gefühl, mich mit Kindern einzulassen. Manchmal vermiest mir das den Spaß am Sex."

„Denkst du das auch bei mir?"

„Keineswegs, denn du hast mit Sicherheit selbst ein paar Jahrtausende auf dem Buckel. Aber versteh mich nicht falsch, du bist trotzdem das bezauberndste Wesen, das mir jemals begegnet ist."

Sie grinste. „Da hast du die Kurve ja gerade noch mal gekriegt. Doch Spaß beiseite, viele Männer machen einer Frau lediglich Komplimente, um sie in ihr Bett zu bekommen. Aber bei dir hört es sich an, als kämen deine Worte von Herzen."

Er nickte. „Du weißt selbst, dass ich dich längst hätte haben können, wenn ich es darauf angelegt hätte. Doch dann wären wir uns niemals emotional so nahegekommen wie in diesen Minuten."

Gedankenverloren nagte sie sekundenlang auf ihrer Unterlippe herum. „In der Kiste da drüben findest du jede Menge Seile", äußerte sie zu guter Letzt. Mit einer Hand wies sie quer durch den Raum.

Er benötigte einen Moment, bis er begriff. „Danke, dass du es zulässt. Ich weiß das sehr zu schätzen."

Er erhob sich, durchquerte das Zimmer und öffnete eine antike Holztruhe. Für den Bruchteil einer Sekunde überkam ihn der Eindruck, die Seile würden sich bewegen. Er blinzelte. *Nichts!* Offensichtlich war er einer optischen Täuschung unterlegen. Oder aber das wenige Blut, das sich noch in seinem Kopf befand, brachte ihn zum Halluzinieren. Er griff nach zwei dünnen Schnüren und marschierte zum Bett zurück. Der Anblick dieser nackten Göttin bescherte ihm tatsächlich weiche Knie.

Er setzte sich neben sie aufs Bett. „Heb deine Arme!“, forderte er Kylie auf.

Sie gehorchte prompt.

Sanft band er ihr die Handgelenke an den Holzstreben des Kopfteils fest. Voller Zärtlichkeit wanderten seine Finger danach über Kylies Körper hinab, was sie lustvoll keuchen ließ. Er beugte sich über ihre Lippen und küsste sie. Als ihr Kuss fordernd und heiß wurde, löste er sich von ihrem Mund.

Ein verzweifeltes Stöhnen entrang sich ihrer Kehle. „Nathan, bitte!“

Ohne auf ihr Flehen einzugehen, strichen seine Lippen zärtlich über ihren Busen und liebkosten ihre aufgerichteten Nippel, was sie zum Wimmern brachte. Er zog eine Spur aus Küssen über ihren Körper hinab. Als er mit seiner Zunge abermals zwischen ihre Schenkel glitt, schrie sie leise auf, bevor sie sich versteifte.

„Nein, Kylie, lass locker! Vertrau mir. Ich will dich nicht unterwerfen, einzig verwöhnen.“

„Warum tust du das? Ich wollte dich zum Betteln bringen, nicht umgekehrt.“

Er schmunzelte. „Glaubst du im Ernst, diese Zurückhaltung würde mir leichtfallen?“

„Was ist dein Job in der Hölle?“, presste sie hervor. Die Feuchtigkeit zwischen ihren Beinen verdeutlichte ihre Erregung, dennoch konnte sie nicht abschalten.

Vereinzelte Schweißperlen standen Nathan mittlerweile auf der Stirn. Noch nie hatte er derart gegen eine Versuchung ankämpfen müssen. Seine pochende Erektion brachte ihn beinahe um. Eine sanfte Berührung von Kylie hätte vermutlich ausgereicht, um ihn zum Explodieren zu bringen. Wie gut, dass er sie gefesselt hatte. Dummerweise stachelte die unterwürfige Position dieser starken Frau seine Lust um ein Weiteres an.

Er atmete mehrmals tief durch, stets bemüht, sich weiterhin in Geduld zu üben. Das, was er sich hier gerade zumutete, war reine Folter. „Ich bin dafür verantwortlich, Gut und Böse im Gleichgewicht zu halten, denn das Böse darf niemals überhandnehmen."

„Und falls das doch geschehen sollte?"

„Dann muss ich wohl oder übel eingreifen." Abermals leckte er zärtlich über ihre Scham, was sie am ganzen Leib erbeben ließ.

Nach und nach entspannten sich ihre Muskeln. Kylies Stöhnen wurde lauter und intensiver, während sie ihm ihren Unterleib entgegendrängte. Ihr Körper zuckte in Ekstase unter seiner Zunge. Als ein heftiger Orgasmus letztendlich ihren Schoß flutete, schrie sie auf. Ihre Lider schlossen sich, und als sie mit geöffneten Lippen gierig Luft holte, war das Maß seiner Selbstbeherrschung endgültig überschritten.

„Meine Güte, Kylie. Ich kann nicht länger warten. Darf ich dich nehmen?", erkundigte er sich mit rauer Stimme. Er war dermaßen hart, dass er sie auf der Stelle spüren musste. Allein ihr glutvoller und verzückter Gesichtsausdruck, als sie soeben den Höhepunkt erreicht hatte, hätte ihn um ein Haar ebenfalls kommen lassen.

„Teufel noch mal, ich dachte schon, du tust es nie. Ich werde verrückt, wenn du nicht auf der Stelle mit mir schläfst!“, stieß sie nahezu atemlos aus.

Erleichtert öffnete er seine Hose, streifte diese und seine Boxershorts ab und entließ seine Erektion in die Freiheit. Mehrmals atmete er tief durch. Sollte er sich nicht zusammenreißen, würde das heute eine kurze Vorstellung werden. Er glitt über Kylie und sank zwischen ihre warmen Schenkel. Währenddessen schaute er ihr eindringlich in die Augen und hielt ihren Blick fest. Ihre Pupillen waren erweitert und ihr Blick verhangen. Die fein definierten Gesichtszüge waren von Lust gezeichnet, doch er konnte auch einen Anflug von Verwirrung in ihrer Miene erkennen.

„Nathan, du machst mir Angst“, hauchte sie, wie zur Bestätigung.

„Verrätst du mir, weswegen?“

„Ich fühle mich wohl in deiner Nähe, das darf nicht sein.“

„Du lebst, Liebste, zum ersten Mal seit sehr langer Zeit. Lass es einfach zu.“ Mit diesen Worten brachte er seine Härte zwischen ihren Beinen in Position. Er sollte verdammt sein, aber er konnte ihr nicht länger widerstehen. Zitternd vor Erregung drang er mit einem festen Stoß in sie ein. Völlig überwältigt schloss er die Augen und hielt die Luft an. Das Gefühl war unvergleichlich. Er würde das hier sicher nicht lange aushalten.

Sie keuchte auf, während ihre Finger sich um die Seile an ihren Handgelenken krallten. „Nathan, ah! Ist das gut. Ich verspreche dir, du wirst es mir büßen, wenn du einzig mit mir spielst.“

Ihre Worte drangen wie durch einen Filter zu ihm durch, denn er schwebte gerade in einer anderen Galaxie. „Wie kommst du denn jetzt darauf?“, murmelte er gedankenverloren. Er zog sich ein Stück aus ihr zurück und stieß erneut zu.

Ein lang gezogenes Stöhnen entfuhr ihr. „Entschuldige, aber ich vertraue einfach keinem Menschen mehr.“

„Wie gut, dass ich kein normaler Mensch bin.“

„Wer bist du wirklich?“

„Hör jetzt auf zu reden und gib dich mir endlich hin.“

„Ich kann nicht.“

Er beugte sich über sie und küsste sie. Lange, sinnlich, verzehrend. Verdeutlichte ihr damit, die Verbundenheit, die zwischen ihnen bestand und weit über herkömmlichen Sex hinausging.

Erst als sie in seinen Armen weich wurde, nahm er die Stöße wieder auf. Er vögelte sie langsam, aber intensiv. Das Gefühl, in ihr zu sein, trieb ihn beinahe in den Wahnsinn.

Doch auch Kylie schien nicht mehr Herr ihrer Sinne zu sein. Sie wimmerte und keuchte seinen Namen, während sie sich genussvoll unter ihm wand. „Gott, Nate, ich brauche es fester und härter. Bitte, fick mich endlich richtig!“ Um ihre Worte zu untermalen, biss sie ihm in die Schulter, was nun auch ihn zum Aufkeuchen brachte.

Nur zu gerne erfüllte er ihr diesen Wunsch. Unablässig schob er sich kraftvoll in sie hinein. Schnell, hart und kompromisslos. Sie hatte ein Feuer in ihm entfacht, das sich nicht mehr kontrollieren ließ.

„Verdammt, du bist gut“, hauchte sie völlig atemlos. „O ja, das ist genau das, was ich brauche.“

Bereits nach einigen tiefen Stößen kam sie erneut, begleitet von einem sinnlichen Schrei. Das ließ die erbärmlichen Überreste seiner Selbstbeherrschung in Sekundenschnelle in sich zusammenbrechen.

Er suchte nach Halt, konnte ihn aber nicht finden. Mit aller Kraft kämpfte er dagegen an, sich völlig in dieser Frau zu verlieren, doch es gelang ihm nicht. Kylie hatte ihn in schwindelnde Höhen entführt, und in dieser Sekunde flog er davon. Er ließ all die Umstände hinter sich und lebte nur noch für diesen unvergleichlichen Augenblick.

Mit einer ihm vollkommen unbekannten Wucht ergoss er sich laut stöhnend in ihr, bevor er erschöpft auf sie sank und entschied, sich niemals wieder vom Fleck zu rühren.

„Das war umwerfend. Ich danke dir für dein Vertrauen“, flüsterte er ihr ins Ohr, nachdem sein Denkvermögen zurückgekehrt war.

Sie lachte leise unter ihm, während sie mit ihren Zähnen nicht gerade zaghaft über seinen Hals kratzte. Offensichtlich hatte sie ihre Fassung zurückerlangt.

„Nathan, die Nummer war echt heiß“, gurrte sie mit einer derart sexy Stimme, dass sein Schwanz prompt erneut auf sie reagierte. „Ein wenig sanft für meine Verhältnisse. Von Vertrauen können wir jedoch noch lange nicht reden. Denkst du wirklich, ich hätte mich dir ohne Netz und doppelten Boden hingegeben? Einem Mann, von dem ich nach wie vor kaum etwas weiß. Du hast mir bisher rein gar nichts mitgeteilt, außer ein paar oberflächliche Informationen. Warst du ernsthaft der Meinung, ich würde das nicht bemerken?“

Er stutzte. „Ich verstehe dein Problem nicht. Ich dachte, wir nutzen den Rest der Nacht, um uns weitere Geheimnisse anzuvertrauen. Und dann möchte ich dich noch einmal nehmen, länger und intensiver.“ Er richtete sich leicht auf und suchte den Augenkontakt zu ihr. „Kylie, ich will alles über dich wissen. Und natürlich werde auch ich all deine Fragen beantworten.“

Sie schüttelte den Kopf. „Du begreifst nicht. Ich will mich dir nicht vollkommen öffnen. Ja, ich genieße deine Nähe. Aber kein Mann wird jemals wieder Zugang zu meiner Seele oder meinem Herzen erhalten. Und falls wir wirklich noch einmal miteinander schlafen sollten, dann überlässt du das Kommando bitte mir.“

Er schluckte und fühlte sich ein wenig ratlos. „Ich hatte den Eindruck, du hättest diese unterwürfige Position genossen. Liege ich damit so falsch? Mir ist schon bewusst, dass du dich anhand deiner göttlichen Kräfte problemlos von den Fesseln hättest befreien können, dennoch hast du es nicht getan.“

Sie grinste. „Das nennst du Fesseln. Schau hin!“

Er blickte auf. In dieser Sekunde bewegten sich die Schnüre, lösten sich von Kylies Händen und schlängelten sich vom Bett. Als hätte ihn eine der beiden Schlangen gezwickt, sprang Nathan auf und wich mehrere Schritte zurück. „Das glaube ich jetzt nicht!“

Sie kicherte. „Tut mir leid. Ich wollte dich nicht erschrecken. Komm, leg dich wieder zu mir!“

Voller Entsetzten starrte er den Kriechtieren hinterher, die schneller, als seine Augen es erfassen konnten, im Nebenzimmer verschwanden. „Sie sind giftig, richtig?“

Sie nickte. „Einzig eine kleine Sicherheitsmaßnahme. Klar, du bist längst tot. Aber ein Biss meiner Lieblinge kann dennoch recht unangenehm sein.“

Sekundenlang war er völlig vor den Kopf gestoßen. Das war gerade der beste Sex seines Lebens gewesen. Er war der idiotischen Vorstellung erlegen, Kylie hätte sich ihm geöffnet. Und nun das! Diesen Verrat galt es erst einmal zu verkraften. Was war er nur für ein Hornochse, dass er stets an das Gute im Menschen glaubte? Wie oft musste er denn noch enttäuscht werden?

Zudem war er es nicht gewohnt, von anderen Personen auf eine derart despektierliche Art und Weise behandelt zu werden. Noch nie hatte sich im Himmel jemand getraut, ihn vorzuführen. Nathan war gerade völlig geplättet und hatte nicht den Hauch einer Ahnung, wie er mit der Situation umgehen sollte.

Bevor er noch einen Riesenfehler beging, würde er sich jetzt erst einmal zurückziehen. Rasch angelte er nach seiner auf dem Boden liegenden Kleidung. „Entschuldige, aber du hast mir den Spaß für heute verdorben. Wirst du dich um den kleinen Koala kümmern oder ihn zu Schlangenfutter verarbeiten? Denn dann nehme ich ihn lieber wieder mit.“

Ihre Gesichtszüge verhärteten sich. „Keine Sorge, er ist bei mir in Sicherheit. Ich könnte niemals einem Tier Schaden zufügen.“

„Das möchte ich dir auch geraten haben! Es genügt vollkommen, dass du skrupellos mit den menschlichen Wesen spielst." Mit diesen Worten löste er sich in Luft auf.

Kapitel 11

Kylie saß in ihrem parkähnlichen Garten mit Wobbel im Arm. Er spielte mit ihrem Haar, versuchte dabei unentwegt, ihre Schulter zu erklimmen und zerzauste sie völlig. Das Bärchen bereitete ihr Freude und Abwechslung. Keinesfalls wollte sie sich jedoch zu sehr an ihn gewöhnen, nicht bevor der Kleine unsterblich war.

Da sie allerdings keine Ahnung hatte, ob sie Nathan jemals wiedersehen würde, konnte sie für den Moment nicht einschätzen, ob es für Wobbel überhaupt eine Chance auf ewiges Leben gab. Wer sagte ihr denn, dass Lou tatsächlich eine derartige Macht besaß? Aber möglicherweise hatte der Chef der Unterwelt ja einen ganz besonderen Draht in den Himmel, zu Gott.

Bei der Vorstellung hätte sie um ein Haar laut gelacht.

Ja, ganz klar! Als ob ebendieser Gott, der zuließ, dass harmlose Tiere abgeschlachtet wurden und kleine Kinder starben, sich auch nur einen Deut für einen Koalabären interessieren würde.

Sollte Nathan jemals wieder ihren Weg kreuzen, würde sie sich mal bei ihm nach dem Allmächtigen erkundigen. Womöglich wusste die rechte Hand des Herrschers der Unterwelt ja, was es mit dessen angeblichem Widersacher auf sich hatte.

Bei dem Gedanken an Nathan entfuhr ihr ein abgrundtiefes Seufzen. Sein Geschenk hatte sie zu Tränen gerührt und die Tür zu ihrem verbitterten Herzen einen winzigen Spalt breit geöffnet. Fast hätte er sie dazu gebracht, alles Böse kurzzeitig aus ihrem Kopf zu verdrängen, aber nur fast. Denn all ihre Instinkte signalisierten ihr unentwegt, dass er ihr die ganze Wahrheit über sich und sein Leben noch lange nicht offenbart hatte. Sollte er sie erneut aufsuchen, würde sie ihn wohl doch per mentaler Kraft dazu bewegen müssen, seine Geheimnisse auszuplaudern.

Und zwar aus reinem Selbstschutz.

Sie musste endlich wissen, woran sie mit diesem Mann war, bevor sie sich zu sehr an ihn gewöhnte. Sie hatte das Versteckspiel endgültig satt.

Der Sex mit ihm war das Faszinierendste gewesen, was sie seit langer Zeit erlebt hatte. Nathan hatte sie mit seiner selbstlosen Art überwältigt, denn er hatte einzig ihre Befriedigung in den Vordergrund gestellt. Selten war ihr ein Mann begegnet, der über eine derart eiserne Selbstkontrolle verfügte. Wie versprochen, hatte er nicht eine ihrer Grenzen überschritten. Mit Geduld und Zärtlichkeit hatte er sie dazu gebracht, sich ihm hinzugeben, ohne diese fürchterliche Angst im Hinterkopf, er könne sie zu Dingen zwingen, die ihr nicht behagten.

Shiva hatte es in Ekstase versetzt, sie zu demütigen oder ihr körperliche Schmerzen zuzufügen. Die perversesten Orgien hatten ihm Genugtuung beschert, wohingegen sie sich häufig bloß nach trauter Zweisamkeit gesehnt hatte.

Warum hatte sie nur den Eindruck, dass Nathan ihr genau das geben könnte? Sie kannte diesen Mann kaum, dennoch schien da eine Verbundenheit zwischen ihnen zu bestehen. Das Gefühl, als Nathan sich in ihr ergossen hatte, war unvergleichlich gewesen.

Sie war tatsächlich dem Eindruck unterlegen, das Bett hätte gebebt und ein strahlendes Licht den Raum erhellt. Aber vermutlich war das einzig auf die Sternchen zurückzuführen, die sie vor Augen gehabt hatte, als er sie zum zweiten Mal zu einem unvorstellbaren Orgasmus geführt hatte.

Für ihr Leben gerne würde sie Sex mit ihm ein weiteres Mal genießen, sich erneut von ihm in schwindelerregende Höhen versetzen lassen, denn sie war sich mittlerweile fast sicher, dass er sie wirklich niemals fallen lassen würde. Doch diesen Genuss hatte sie sich selbst verdorben.

Zugegeben, das mit den Schlangen war fies gewesen. Vor allem da sie ja wusste, dass es sich dabei nicht gerade um Nathans Lieblingstiere handelte. Obendrein war sie eine mächtige Göttin, die im Grunde genommen auch ohne ihre giftigen Lieblinge mit Nathan zurande kommen sollte. Doch seltsamerweise hatte die Nähe der Tiere ihr Kraft verliehen. Keine Ahnung, warum.

Dieser Mann löste in ihr Wellen der Nervosität und Unsicherheit aus. Emotionen, die ihr seit sehr langer Zeit nicht mehr untergekommen waren. Aber was war es bloß, das ihn so einzigartig machte? Sie konnte einfach den Finger nicht darauf legen.

Nachdem sie ihm mit voller Absicht offenbart hatte, dass Shiva ihr Ehemann gewesen war, war Nathan inzwischen gewiss über ihre wahre Identität im Bilde. Gut, nicht jeder war in Mythologie bewandert, aber Lou war es auf jeden Fall. Und sollte Nathan sich mit ihm ausgetauscht haben, wusste er jetzt, dass sie Kali war - eine niederträchtige Gottheit. Nun lag die Entscheidung bei ihm, ob er sie unter diesen Umständen überhaupt wiedersehen wollte oder ob sie sein Vertrauen zu sehr missbraucht hatte.

Dabei wollte sie doch gar nicht mehr Kali sein!

Das Leben als Göttin des Todes und der Zerstörung gehörte der Vergangenheit an. Jetzt ging es ihr einzig und allein um den Wiederaufbau. Die Überlieferungen behaupteten häufig, sie wäre ein blutrünstiges Monster gewesen, das über eine weitaus größere Macht verfügte als Shiva. Doch das entsprach nicht der Wahrheit. Er hatte die Bösartigkeit in ihr entfesselt, sie zu Kali, der schwarzen Göttin, gemacht. Ohne diesen Mann wäre ihre morbide Seite vielleicht niemals zum Vorschein gekommen.

Kurz nach seinem Tod hatte sie ihr Aussehen einem radikalen Wandel unterzogen. Ihr Haar, das heute wie kostbare Seide über ihre Schultern floss, war früher einem Vogelnest gleichgekommen. Ihr Make-up hatte einer Kriegsbemalung geähnelt, ihre Klamotten waren bequem und kein Stück sexy gewesen. Mittlerweile war aus der wilden Kriegerin eine hübsche junge Dame geworden, die nach und nach gelernt hatte, wie man sich die Männerwelt zunutze machte. Doch getötet hatte sie seitdem einzig in Ausnahmefällen - wie zum Beispiel diesen Industriellen, der Kiran auf dem Gewissen hatte.

All das würde sie Nathan gerne erzählen. Er hatte sie in der Tat dazu gebracht, dass sie sich ihm anvertrauen wollte. Zu ihrem Leidwesen gab es allerdings kaum eine Chance, mit ihm in Kontakt zu treten, denn der Zutritt zur Hölle war ihr verwehrt. Es galt also abzuwarten, bis Lou oder Nathan irgendwann wieder in einer ihrer Bars auftauchen würden.

Keine rosigen Aussichten!

Um ein wenig Zerstreuung zu finden, entschied sie, ein paar indischen Politikern einmal mehr Feuer unter dem Hintern zu machen, damit diese endlich begriffen, was Umweltschutz bedeutete.

In ihrem Vaterland hielt man sie für eine zurückgezogen lebende Milliardärin, die dem Staat hin und wieder eine großzügige Spende zukommen ließ. Folglich stellte es kein Problem für sie da, jederzeit bei einer der machthabenden Personen einen Termin zu bekommen. Dass sie während dieser Gespräche die Gedanken und Einstellungen der Politiker manipulierte, bemerkten diese nicht. Allerdings war es noch ein verdammt langer Weg, bis sich in ihrer Heimat endlich Verbesserungen anbahnen würden.

Nachdem sie Stunden später den protzigen Präsidentenpalast in Neu-Delhi verlassen hatte, versetzte sie sich nach Kanpur, eine Stadt, die mit den giftigen Abwässern der vielen Ledergerbereien den Ganges verpestete wie kaum eine andere. Prompt entschied Kylie, hier mal wieder einen Produktionsstopp einzuleiten, um der Natur und den Tieren eine kleine Ruhepause zu verschaffen.

Wen störte schon, wenn Leder ein paar Tage lang nicht lieferbar war? Es würde sicher niemand daran sterben, sollte er sich nicht postwendend neue Schuhe oder eine Designerhandtasche zulegen können. Kurzerhand gab sie daher einigen der bedauernswerten Rinder, Büffel und Ziegen, die weltweit für die Lederherstellung ihr Leben lassen mussten, ihre

Freiheit zurück.

Grinsend beobachtete sie Tage später das Chaos, das in den indischen Gerbereien herrschte, da das benötigte Leder nicht angeliefert werden konnte. Voller Tatendrang teleportierte sie sich daraufhin in die Schweiz, um dort einem Topmanager, der mit Trinkwasser Milliarden verdiente, kräftig den Kopf zu waschen. So konnte es einfach nicht weitergehen! Wenn die Menschen nicht endlich vernünftig wurden, waren die Jahre der guten alten Erde ein für alle Mal gezählt.

In Europa angekommen missfiel ihr sogleich das mächtige Flugaufkommen, daher traf sie den Entschluss, erneut einigen Touristen den Spaß am Reisen zu verderben.

Sie versetzte sich in das Cockpit eines A380, kurz nachdem er in München gestartet war, und brachte den Piloten dazu, den riesigen Vogel heftig durchzuschütteln. Viele Reisende, die einmal starke Turbulenzen erlebt hatten, stiegen nie wieder in ein Flugzeug. Genau wie die Kreuzfahrtpassagiere, die einer Monsterwelle begegnet waren – Kylies liebstes Hobby.

Grinsend beobachtete sie die Panik, die an Bord ausbrach, als der Flieger mehrfach vornüber in die Tiefe stürzte. Die ersten Kotztüten wurden gezückt. Frauen und Kinder schrien panisch auf. Ein fetter Kerl rettete sich mit großen Schritten in eine der Toiletten.

Doch plötzlich kam das Flugzeug zur Ruhe und stieg samtweich wieder in den blauen Himmel auf.

Wie war das möglich? Hatte sich der Pilot ihrem

mentalen Befehl etwa widersetzen können?

Sie machte auf dem Absatz kehrt und wollte ins Cockpit zurückjagen. Als sie den Mann in schwarzer Lederjacke erkannte, der sich vor der Cockpittür aufgebaut hatte, verschlug es ihr kurzzeitig die Sprache.

„Schluss damit!“, fuhr Nathan sie an. „Du kommst jetzt auf der Stelle mit mir.“ Er griff nach ihrem Oberarm und ehe sie sich versah, fand sie sich im Garten ihres Hauses in Indien wieder. Nathans Finger hielten sie gefangen wie Schraubzwingen. Offenbar wollte er jegliche Fluchtmöglichkeit ihrerseits schon im Ansatz vereiteln.

Augenblicklich hoppelte Wobbel auf Kylie zu und versuchte fieberhaft, ihr Bein zu erklimmen.

„Nein, Wobbel, jetzt nicht, bitte!“

Da dieser Quälgeist jedoch nicht gehorchte, hob sie die linke Hand. Prompt erstarrte der Koala in der Bewegung und wirkte Sekunden später wie eine Skulptur aus Stein.

Sie schnappte mehrfach nach Luft. „Nathan, was fällt dir ein?“, fauchte sie, nachdem sie sich wieder im Griff hatte. „Lass mich auf der Stelle los! Oder du wirst in Erfahrung bringen, welche Konsequenzen es haben kann, sich einer Göttin in den Weg zu stellen.“

Er zögerte einen Moment, dann nahm er seine Hand von ihr. „Ich warne dich!“, knurrte er mit bedrohlichem Unterton. „Falls du erneut versuchen solltest, mich zu überlisten, wirst auch du mich von einer ganz anderen Seite kennenlernen.“

Hastig trat sie einen Schritt zurück und brachte Abstand zwischen ihn und sich. „Wie hast du mich gefunden? Und verdammt noch mal, wer zur Hölle bist du überhaupt?“

Er straffte die Schultern und baute sich herausfordernd vor ihr auf. „Wer ich bin, willst du wissen? Na, was denkst du wohl?“ Wütende Funken tanzten in seinen wundervollen blauen Augen und vermittelten ihr kurzzeitig das Gefühl, der Boden würde unter ihren Füßen vibrieren.

„Keine Ahnung, aber mit Sicherheit nicht bloß Lous Stellvertreter. Irgendein mächtiger Dämon? Ein Erzengel? Ein Gott? Ich wusste doch vom ersten Augenblick an, dass irgendetwas nicht mit dir stimmt.“

„Damit kommen wir der Sache schon näher. Hör zu, Kylie. Oder soll ich dich lieber Kali nennen?“ Er beschrieb eine ausholende Geste mit dem rechten Arm. „Ich fühle mich für das Ganze hier verantwortlich, für die Menschen, für die Welt, für das Leben. Ich kann nicht zulassen, dass du die Erde vernichtest.“

Sie musterte ihn verdutzt. „Ich verstehe nicht. Wieso denkst du, das läge in meiner Absicht? Zugegeben, ich bin die Göttin der Zerstörung, aber auch des Wiederaufbaus. Und ich habe dir schon einmal erklärt: Manches muss man zerstören, bevor man es erneuern oder retten kann. Aber lass dir eins gesagt sein: Ich habe in meinem langen Leben bereits viel zu viel kaputtgemacht und definitiv kein Interesse mehr daran.“

Sie warf ihm einen eindringlichen Blick zu. „Nathan, die Welt geht zugrunde! Irgendjemand muss eingreifen. Da das aber offenbar niemand tut, sehe ich mich dafür in der Pflicht.“ Verärgert schüttelte sie den Kopf. „Sollte es wirklich einen übergeordneten Gott geben, hätte er mit Sicherheit längst reagiert. Scheinbar alles Ammenmärchen, das mit dem lieben Gott.“

Nathan zuckte bei ihren harten Worten zusammen. *Autsch! Als ob er nicht bereits selbst zu der Erkenntnis gekommen war, dass er sich viel zu lange in Teilnahmslosigkeit geübt hatte.*

„Es gibt ihn in der Tat, das versichere ich dir. Aber lenk nicht ab! Und spiele vor allem nicht die Unschuldige. Ich habe dich beobachtet. Du manipulierst Monarchen, Regierungsoberhäupter und Wirtschaftsbosse. Du triffst dich sogar mit Terroristen. Kylie, warum? Warum tust du das?“

Sie riss erschüttert die schönen Augen auf. „Du spionierst mir hinterher? Seit wann?“

„Schon eine Weile.“

Sie schluckte. „Das heißt, unser Zusammentreffen in Miami war gar kein Zufall?“

„Nicht wirklich.“

„Jetzt sag aber nicht, du wusstest von Anfang an, wer ich bin?“

Er nickte.

„Woher?“

„Das spielt doch überhaupt keine Rolle.“

Wut und Verletzlichkeit lagen in den Pfeilen, die ihre Augen nun auf ihn abzuschießen schienen. „Du sagtest, ich könnte dir vertrauen, und nun offenbarst du mir, dass du mich von Anfang an benutzt hast. Obendrein erdreistest du dich, mir vorzuwerfen, dass ich nicht mit offenen Karten gespielt habe. Das glaube ich jetzt nicht!“

Als er einen weiteren Schritt auf sie zuging hob sie die rechte Hand, in der Absicht, ihn zu stoppen. Verdutzt ließ sie den Arm sinken, als sie bemerkte, dass ihre göttlichen Kräfte ihn nicht bezwingen konnten.

Ein spöttisches Grinsen zuckte um seine Mundwinkel. „Zu dumm, deine Macht funktioniert bei mir genauso wenig wie meine bei dir. Ich garantiere dir, ich habe dich niemals benutzt, Kylie. Ja, ich wollte dein Vertrauen gewinnen, um herauszufinden, was du planst. Aber dann ist etwas geschehen, mit dem ich nicht gerechnet hatte.“

Er schloss für eine Sekunde die Augen. „Wir sind uns zu nahegekommen. Ich mag dich wirklich, weshalb ich auch so sehr gehofft hatte, du wärst nicht für all diese schrecklichen Vorkommnisse verantwortlich. Lange habe ich zugesehen, dich gewähren lassen. Aber ich konnte nicht billigen, dass du dieses Flugzeug vom Himmel holst. Ich musste einfach eingreifen.“

Sie blinzelte verunsichert. „Aber das hatte ich doch überhaupt nicht vor.“

„Nein?“

„Nein. Nathan, ich will die Welt nicht zugrunde richten, ich will sie retten. Diese Umweltverschmutzung macht mich fertig. Du müsstest dich allein in Indien einmal genauer umsehen. Es ist grausam. Seit Jahren versuche ich alles, um den Menschen klarzumachen, dass es so nicht weitergehen kann. Und vor allem möchte ich verhindern, dass weitere hilflose Tiere verenden.“ Sie biss sich nervös auf der Unterlippe herum. „Doch manchmal ähneln meine Bemühungen einzig einem Tropfen auf den heißen Stein. Versteh doch, ich habe mich geändert. Ich will nichts mehr dem Erdboden gleichmachen.“

Nathan musterte sie voller Argwohn. „Aber diese ganzen Kriege und Naturkatastrophen, die Terroranschläge, diese durchgeknallten Politiker. Das Kreuzfahrtschiff in Venedig, das Attentat in Davos. Die Anschläge auf die Flughäfen. Du warst immer in der Nähe. In Venedig habe ich deine Anwesenheit sogar gespürt.“

„Nathan, du täuschst dich. Mit vielen Dingen habe ich rein gar nichts zu tun. Ja, ich habe den Kapitän angewiesen, das Kreuzfahrtschiff auf den Markusplatz zu steuern. Doch vielleicht ist dir aufgefallen, dass es einzig Leichtverletzte gab. Nicht ein Todesopfer, darauf habe ich geachtet. Genau wie an den Flughäfen.“

Nathan schnaubte. „Deswegen wolltest du auch das Schiff zum Umfallen bewegen, richtig? Es lag in deiner Absicht, Venedig auszuradieren, gib es zu!“

Sie schüttelte hektisch den Kopf. „Nein, da liegst du vollkommen falsch. Ich habe alles in meiner Macht Stehende getan, um das Schiff aufrecht zu halten. Doch irgendeine mir unbekannte Kraft war stärker. Beinahe wäre mir der stählerne Koloss entglitten. Wie durch ein Wunder hielt er jedoch plötzlich in der Bewegung inne.“

„Nun ja, als Wunder würde ich das jetzt nicht gerade bezeichnen“, murmelte Nathan. „Aber wessen Werk ist es dann, wenn nicht deins? Wer könnte ein Interesse daran hegen, die Welt und die Menschen zu vernichten?“

Sie zuckte mit den Schultern. „Woher soll ich das wissen? Aber eins kann ich dir versichern: Ich werde auch ganz bestimmt nichts dagegen unternehmen, denn sollte sich die Bevölkerung weiterhin in einem derartigen Ausmaß vermehren, werden wir alle untergehen. Bitte, Nathan, du musst mir glauben.“

Er schüttelte leicht den Kopf. „Entschuldige, Kylie, aber seit deinem falschen Spiel mit den Schlangen, hat mein Vertrauen zu dir gelitten. Ich dachte wirklich, da wäre etwas zwischen uns. Stattdessen warst du jede Sekunde gewappnet, mich mit einer Handbewegung außer Gefecht zu setzen, wie du es mit deinem Ehemann gehandhabt hast.“

„Du hast ja keine Ahnung!“, begehrte sie auf. „Es war die Hölle! Mein Dasein war eine einzige Qual. Er hat mich gedemütigt, geschlagen, gefoltert. Er hatte den Tod mehr als verdient.“ Sie ballte eine Hand zur Faust, was im Hintergrund ein leichtes Donnern auslöste. „Aber versuch mal, einen Gott loszuwerden oder zu töten. Jahrelang habe ich nach seiner Achillesferse gesucht, bis ich endlich ein wirksames Gift entdeckt habe. Und ganz ehrlich, ich würde es wieder tun. Er war ein Scheißkerl!“ Tränen der Wut und Verzweiflung kullerten ihr jetzt über die Wangen.

In diesem Augenblick verrauchte Nathans Zorn. Mit einem großen Schritt überbrückte er den Abstand zwischen ihnen und zog sie vorsichtig in seine Arme. Auch wenn er ihr kein Stück traute, ging ihm ihr Schmerz an die Nieren. Weinende Frauen hatten ihn seit jeher aus der Fassung gebracht. In dieser Beziehung war er ein elendes Weichei.

Zuerst widersetzte sie sich ihm, doch dann ließ sie es geschehen und sank schluchzend gegen seine Brust.

Er strich ihr sanft über das seidige Haar. „Ist ja gut, Liebes, beruhige dich."

„Nathan, wer bist du?", flüsterte sie nach einiger Zeit an seinem Hals. „Ich kann dich nicht manipulieren, und es gelingt mir auch nicht, in deinen Kopf zu schauen. Einer derart mächtigen Person bin ich niemals zuvor begegnet."

„Tja, Kylie, damit wären wir schon zu zweit. Auch ich bin nicht in der Lage, in deinen Geist oder dein Herz vorzudringen. Wahrscheinlich könnte ich dich manipulieren, aber ich habe es bisher nicht versucht, da ich dein Vertrauen nicht missbrauchen wollte." Er zögerte. Sollte er ihr die gnadenlose Wahrheit offenbaren oder war sie momentan bereits genug durch den Wind?

Der Alarm seines Skyphones nahm ihm die Entscheidung ab.

Hastig zog er das Teil aus der Jackeninnentasche und warf einen Blick darauf. „Tut mir leid, Kylie, aber es gibt einen Notfall. Ich muss zurück. Wir sehen uns. Und dann reden wir beide endlich einmal ganz offen miteinander."

Mit diesen Worten versetzte er sich in den Besprechungsraum der Zwischenwelt.

Kapitel 12

Als Nathan eintraf, zog Thanatos ungeduldig seine Kreise um den langen Marmortisch seines Besprechungszimmers. Die Hände hatte er hinter dem Rücken verschränkt, den Oberkörper leicht nach vorne gebeugt. Der Herrscher der Zwischenwelt passte einfach perfekt in diese düstere Umgebung. Seine stahlgrauen Augen linsten unter einer dunklen Kutte hervor, die er grundsätzlich trug, um nicht von seinen Handlangern erkannt zu werden. Eigentlich kannte kaum jemand sein wahres Gesicht.

Gabriel saß bereits am Tisch und tippte wie üblich auf sein Tablet ein. Lou glänzte durch Abwesenheit.

„Thanatos, schön, dich wiederzusehen. Hast du den Urlaub genossen?“, erkundigte Nathan sich mit zynischem Unterton. Für gewöhnlich nicht seine Art, doch die Sache mit Kylie zehrte an seinen Nerven.

Thanatos verharrte in der Bewegung, zog ein Zigarettenpäckchen aus seiner Kutte und steckte sich eine Kippe an. „Hab du erst einmal eine Frau, die wird dir schon sagen, dass du hin und wieder eine Auszeit benötigst.“ Versonnen pustete er ein paar Ringe in die Luft, wobei eine gezackte Narbe an seinem Kinn sichtbar wurde.

Wie wahr! Nathan könnte sich durchaus vorstellen, sich mit Kylie im Sandstrand unter Palmen zu vergnügen. *Blöder Gedanke! Weg damit!*

Beschwichtigend hob er eine Hand. „Schon gut. Nur organisier dir beim nächsten Mal bitte einen Stellvertreter. Aber wo brennt es denn überhaupt?“

„Wir können diese ständigen Terroranschläge

nicht länger hinnehmen“, äußerte Thanatos, nachdem er und Nathan ebenfalls an dem Tisch Platz genommen hatten. „Sie bringen das komplette System durcheinander. Erneut sind viele Menschen, deren Zeit noch nicht abgelaufen war, gestorben.“

„Was genau ist geschehen?“, erkundigte Nathan sich. „Ich war unterwegs und habe nichts mitbekommen.“

„Wie schon vor einigen Wochen sind in mehreren Ländern Bomben detoniert. Doch dieses Mal sind Unmengen unschuldiger Leute mit in den Tod gerissen worden. Es ist höchste Zeit einzugreifen!“

In dieser Sekunde materialisierte sich Lou neben ihnen, der gerade den Reißverschluss seiner Lederhose schloss. Ein leichter Schwefelgeruch waberte prompt durch den Raum. Der Höllenhund, der in einer Ecke friedlich auf einer Decke gedöst hatte, zuckte hoch und gab ein jaulendes Geräusch von sich. Eine Flamme schoss aus seiner Nase, doch glücklicherweise beruhigte er sich, bevor er einmal mehr Teile des Besprechungszimmers in Brand setzte.

„So langsam gehen mir diese ständigen Unterbrechungen auf den Sack“, verkündete Lou, während er sich auf einen Stuhl fallen ließ. „Jedes Mal, wenn ich mit meiner Frau allein sein will, fliegt irgendetwas in die Luft.“

„Da hast du ausnahmsweise einmal recht. Obendrein sieht das nach jeder Menge Arbeit aus“, warf Gabriel ein. „Ich darf gar nicht daran denken, wie lange es wieder dauern wird, bis wir die vielen Opfer dem Himmel oder der Hölle zugeordnet haben. Und dann noch das Theater mit der Wiedergeburt. Es ist immer so unsagbar schwer, in Erfahrung zu bringen, wer wirklich eine weitere Chance verdient hat."

Lou nickte. „Wenn ich diesen verfickten Bombenleger irgendwann in die Finger kriege, drehe ich ihm eigenhändig den Hals um."

Nathan hatte unterdessen auf Durchzug geschaltet und sein Augenmerk dem Bildschirm an der Wand gewidmet. Dieses Gemeckere kannte er zur Genüge und wusste, dass es vergebliche Liebesmüh war, sich auf eine Diskussion mit den beiden einzulassen.

Durch konstantes Blinken signalisierte der Computer, wie sehr seine Algorithmen durcheinandergewirbelt worden waren. Nathan verabscheute Attentate. Doch was ihn gerade am meisten belastete, war eine einzige Frage: War die Frau, die er noch kurz zuvor in seinen Armen gehalten hatte, für die vielen Toten verantwortlich?

„Kümmert ihr euch um die Zuordnung der Seelen, ich versuche derweil, den Attentäter zu finden!", wies er die drei Männer im Raum mit bestimmendem Unterton an. Er wandte sich Lou zu. „Es könnte sein, dass ich später deine Hilfe benötige. Sollte es mir nicht endlich gelingen, Kylie zum Reden zu bewegen, müssen wir notfalls Gewalt anwenden, und darin bist du sicher versierter als ich."

„Du denkst, sie steckt hinter alledem?"

„Wäre möglich."

Lou nickte. „Warum hält sich der Grad meiner Überraschung bloß in Grenzen? Sag nicht, ich hätte dich nicht gewarnt."

Diese Spitze völlig ignorierend, versetzte Nathan

sich in sein Loft, wo er in den Sessel vor dem riesigen Monitor sank und die schrecklichen Ereignisse erst einmal in Ruhe analysierte.

Auf einer Autobahn liegende Flugzeugteile brannten, ebenso die Überreste mehrerer Fahrzeuge. Personen rannten panisch umher, schrien vor Schmerzen oder fielen sich weinend in die Arme. Er entdeckte Leichenteile und blutüberströmte Opfer.

An anderer Stelle stiegen dicke Rauchwolken aus einem Bahnhof auf, auch hier taumelten Verletzte durch die Gegend. Er zappte weiter und sah einen entgleisten Zug, dann einen Lieferwagen, der in eine Menschenmenge gerast war. Die Florida Keys waren teilweise zerstört worden, genau wie ein schickes Hotel in Paris, aus dem schwarze Qualmwolken aufstiegen.

Er lehnte sich zurück und fuhr sich mit der Hand übers Gesicht. Jetzt hatte es Florida und Paris also doch noch erwischt. Nicht, dass es ihn verwunderte.

Kylies Rechtfertigungen kamen ihm wieder in den Sinn. Warum wurden bei manchen Anschlägen Hunderte von Menschen getötet, wohingegen es bei anderen nur Leichtverletzte gab?

Zufall oder pure Absicht?

Urplötzlich drängte sich ihm der Eindruck auf, hier könnten mehrere Personen mit völlig unterschiedlichen Zielsetzungen am Werk sein. Ratlos schüttelte er den Kopf. *Himmel noch mal, das machte doch alles keinen Sinn!*

Er presste einen Knopf an der Armlehne seines Sessels. „Clarice, kommst du mal bitte!“, sprach er in das eingebaute Mikrofon.

Keine zwei Minuten später stand eine junge rothaarige Frau mit altbackenem Pagenschnitt im Raum. Sie trug ein weißes Kleid, in dem sie mit ihrer blassen Hautfarbe wirkte wie der Tod persönlich. Schon mehrfach hatte Nathan sie darauf hingewiesen, dass es keine Pflicht war, im Himmel weiß zu tragen, doch seine neue Assistentin war das, was man gemeinhin als Streberin bezeichnen konnte, daher ließ er sie gewähren.

„Clarice, auf der Erde sind einige schreckliche Attentate geschehen. Würdest du mir bitte die Orte zusammentragen und herausfinden, wie viele Tote und Verletzte es gab. Zur Not kannst du dir bei Thanatos Unterstützung holen."

Sie nickte und tippte eifrig auf das Skypad ein, das sie immer in der Hand hielt, als wäre es mit ihr verwachsen. „Geht klar, Boss. Sonst noch etwas?" Sie blickte auf und ihr Blick fiel auf die gruseligen Aufnahmen, die im Hintergrund über den Bildschirm flimmerten. „O mein Gott", murmelte sie. „Das ist ja grausam."

„Ja, deswegen benötige ich auch einen genauen Überblick."

Mit offenem Mund starrte Clarice weiterhin wie gebannt auf die Ereignisse auf der Erde.

„Bekommst du das hin?", hakte Nathan nach, als sie nicht reagierte.

Nach wie vor hüllte sich die Kleine in Schweigen. Er rollte mit den Augen. Mit manchen Nachwuchsengeln war in Krisensituationen leider gar nichts anzufangen.

Vor ewigen Zeiten hatte er die Engel erschaffen.

Sie waren die kleinen Helferlein im Himmel, die alles unter Kontrolle hielten. Doch mit dem zahlenmäßigen Anstieg der Seelen hatten die Engel dies irgendwann nicht mehr bewältigen können. Seitdem bildete er interessierte Himmelsbewohner zu sogenannten Karriereengeln aus. Sie kümmerten sich um die Engelkohorten, die hin und wieder ein wenig planlos waren, strukturierten die notwendigen Aktionen und griffen den überforderten Engeln obendrein tatkräftig unter die Arme.

Clarice war ein solcher Karriereengel. Sie war fleißig und übereifrig, aber auch naiv und schoss leider hin und wieder übers Ziel hinaus. Doch mit viel Geduld und gutem Willen würde sie hoffentlich bald eine hervorragende Führungskraft abgeben.

Hastig schaltete er den Bildschirm aus, denn auch er empfand kein gesteigertes Interesse daran, sich diese Gräueltaten länger zu Gemüte zu führen.

„Clarice, du fällst mir jetzt aber nicht in Ohnmacht, oder?“, startete er den nächsten Versuch, seine schockgefrostete Assistentin in die Realität zurückzuholen.

Langsam wandte sie sich ihm mit schreckgeweiteten Augen zu. Eine Träne kullerte über ihre Wange. „Wer tut denn so etwas Fürchterliches?“

„Genau das möchte ich herausfinden!“ Er versuchte, die offensichtliche Gereiztheit in seiner Stimme zu unterdrücken. Doch seine Nerven waren gerade angespannt wie Gitarrensaiten. Er räusperte sich. Die Kleine konnte nun wirklich nichts für die Situation. „Daher benötige ich diese Informationen. Fühlst du dich dazu in der Lage, oder soll ich jemand anderen damit beauftragen?“

„Ich werde es versuchen“, murmelte sie, bevor sie auf dem Absatz kehrtmachte und mit hängenden Schultern aus dem Raum tappte.

Seine Blicke folgten ihr. Sie wirkte völlig erschüttert. In dieser Sekunde wurde ihm eine Sache bewusst: Es war höchste Zeit, diesem schändlichen Treiben auf der Erde ein Ende zu bereiten. Viel zu lange hatte er hingenommen, dass hier irgendjemand Gott spielte. Immerhin war er der einzig wahre Gott und damit verantwortlich für die Welt, ihre Bewohner und deren Schicksal. Seine Geduld war nun endgültig erschöpft.

Selbst wenn Kylie nicht die Drahtzieherin hinter alledem sein sollte, stand sie in irgendeiner Verbindung mit den Anschlägen. Ihre ständige Anwesenheit an den Zielorten konnte kein Zufall sein. Er musste sie endlich dazu bewegen, ihm die ganze Wahrheit zu offenbaren.

Als er sich wieder nach Indien versetzte, bot sich ihm in der Vorhalle von Kylies Tempel ebenfalls ein Bild des Schreckens. Einige der antiken Vasen waren zu Bruch gegangen. Vorhänge und Gemälde hingen schief oder waren ramponiert. Voller Entsetzen entdeckte er Indira, die blutüberströmt am Boden lag. Er eilte auf sie zu, bemerkte jedoch rasch, dass hier jegliche Hilfe zu spät kam.

Kurz war er versucht, sie ins Leben zurückzuholen. Doch damit würde er erneut gegen alle Regeln verstoßen, die er vor Jahrtausenden aufgestellt hatte. Nein, er durfte nicht abermals über Leben und Tod eines Menschen entscheiden. Das mit Delilah musste eine Ausnahme bleiben, denn sie war seine einzige Chance, Lou unter Kontrolle zu halten.

Gedankenverloren ließ er seine Blicke durch die verwüstete Halle wandern. *Ob Kylie dafür verantwortlich war?*

Als er den Garten betrat, herrschte auch dort ein unglaubliches Durcheinander. Palmen und Sträucher lagen am Boden. Aufgescheuchte Tiere rannten wild umher.

Wobbel hoppelte ihm aufgeregt entgegen, wobei er ein tiefes Brummen ausstieß, das fast an Gebrüll erinnerte. Niemals zuvor hatte er den Koala derart verstört erlebt, daher packte er ihn sanft und zog ihn tröstend in seine Arme. Der Kleine zitterte am ganzen Leib und schmiegte sich eng an ihn. Zum Glück schien er unverletzt zu sein.

Es war nicht zu übersehen, dass hier eine Urgewalt gewütet hatte. Dieses Chaos hatte gewiss kein normaler Mensch verursacht. Aber würde Kylie allen Ernstes ihren Zorn an ihren Tieren auslassen? *Niemals!*

Ähnlich einer fetten Spinne kroch ein unangenehmes Gefühl Nathans Wirbelsäule empor. Den kleinen Wobbel auf dem Arm, der wie ein Klammeräffchen an ihm hing, durchsuchte er das ganze Haus, stets darauf bedacht, keiner Schlange zu begegnen. Doch sowohl die Reptilien als auch Kylie waren wie vom Erdboden verschluckt.

Zum ersten Mal bemerkte er, wie riesig und luxuriös dieser Palast war. Überall verweilten kostbare Vasen und goldverzierte Uhren. Prächtige Teppiche und Statuen zierten die Räume. Der süßliche Geruch von Blumen durchflutete das komplette Gebäude.

Beim Blick auf die vielen vergoldeten Zwergelefanten, die ein riesiges Zimmer für sich beanspruchten, wurde es ihm schwer ums Herz. Kylie hatte ihrem verstorbenen Kiran eine eigene Gedenkstätte errichtet. Wie sehr musste sie das Tier geliebt haben.

Wieder in der Lobby angekommen, fiel sein Blick auf etwas Glitzerndes am Boden. Als er sich bückte und Kylies Anhänger aufhob, schloss er erschüttert die Augen.

Er hatte keine Ahnung, was sich in diesem Haus zugetragen hatte. Aber eine Sache wurde ihm in diesem Augenblick bewusst: Kylie war eine der mächtigsten Göttinnen der Welt. Sollte es in der Tat jemandem gelungen sein, sie zu überwältigen, musste er sich ernsthafte Sorgen um sie machen.

Kapitel 13

Als Kylie die Augen aufschlug, stieg ihr ein modriger Geruch in die Nase. Sie blinzelte. Um sie herum herrschte Dunkelheit. Erst langsam gewöhnten sich ihre Augen an die Lichtverhältnisse. Sie lag in einer Art Höhle auf einem kalten Steinboden. Ein schwacher Lichtschein fiel durch einen bogenförmigen Eingang herein.

Einem Instinkt folgend wollte sie aufspringen, doch die schweren Eisenketten, mit denen sie an Händen und Füßen gefesselt war, verhinderten dies.

Sie unternahm den Versuch, die Ketten per Gedankenkraft zu zerstören, scheiterte jedoch kläglich. Offensichtlich waren sie mit einem Zauber belegt.

Wer mochte zu so etwas in der Lage sein? Nathan?

Sie hatte doch gleich geahnt, dass er eine unglaubliche Macht in sich trug. Beabsichtigte er, sie zu quälen oder zu foltern, da er der Meinung war, sie würde die Welt in Schutt und Asche legen? Hatte er sie allen Ernstes in die Hölle verfrachtet?

Verdammt, wenn er ihr doch bloß glauben würde!

Wie konnte sie ihn nur davon überzeugen, dass sie bereits seit langer Zeit keine Gefahr mehr für die Menschheit darstellte?

Nachdem er Hals über Kopf verschwunden war, hatte sie sich unablässig das Gehirn über seine wahre Identität zermartert. Gedankenverloren war sie dabei durch ihren Garten gewandert, den kleinen Wobbel auf dem Arm. Bis ein mächtiger Windstoß sie wie aus heiterem Himmel von den Füßen gefegt hatte.

Auch Wobbel war kreischend davongeweht worden.

Ehe sie noch nach dem Koala hatte sehen können, war sie erneut durch die Luft geflogen. Wie von unsichtbaren Schnüren gezogen, schoss sie mehrfach kreuz und quer durch die Vorhalle ihrer Villa und krachte wiederholt heftig mit dem Kopf gegen eine Wand – so lange, bis es ihr schwarz vor Augen wurde.

Danach fehlte jegliche Erinnerung. Jetzt half nur noch beten, dass der Angreifer zumindest Indira und ihre Tiere verschont hatte.

„Hallo, Kali!“, eine dröhnende Stimme riss sie aus ihren Überlegungen. Sie zuckte zusammen. Diese Stimme hätte sie unter tausenden wiedererkannt. In Sekundenschnelle gefror das Blut in ihrem Körper zu Eis.

Aber das war vollkommen unmöglich, sie musste träumen!

Die schweren Schritte, die sich ihr näherten, raubten ihr kurzzeitig die Fassung. Wild zerrte sie an ihren Ketten, bis sie sich schmerzhaft in ihr Fleisch gruben.

Ein Schatten fiel über sie. „Was ist Süße, kennst du mich noch?“

Es gab keinen Zweifel mehr! Ihr totgeglaubter Ehemann schien am Leben zu sein, oder sein Geist suchte sie gerade heim, um Rache zu verüben.

„Shiva, du verdammter Dreckskerl, binde mich auf der Stelle los!“, fauchte sie, wohl wissend, dass das nicht helfen würde.

Er lachte hölzern. „Lange nicht gesehen, aber sofort wiedererkannt, richtig?“, verhöhnte er sie.

Sie musterte ihn eindringlich, konnte jedoch nur die Umrisse der Person erkennen, die da neben ihr stand. Hochgewachsen und kräftig ragte er über ihr auf. Kein Zweifel: Es handelte sich in der Tat um Shiva.

Er war einer der wenigen Götter, die ihr schon immer kräftemäßig überlegen gewesen waren. Als sie ihm vor vielen tausend Jahren zum ersten Mal begegnet war, hatte sie seine Macht zutiefst beeindruckt. Als stattlicher, attraktiver Mann war er damals bereits mit einigen Frauen liiert gewesen, wohingegen sie durch Jugend und Unerfahrenheit glänzte. Es war Liebe auf den ersten Blick gewesen. Zumindest was sie betraf.

Fortan gingen sie in seinem unterirdischen Palast im heiligen Berg Kailash einem glücklichen Dasein nach. Es war so gekommen, wie sie es sich immer erträumt hatte: Der Mann ihres Lebens war ihr gegenübergetreten und hatte sie aus ihrer Einsamkeit befreit. Sein Hochzeitsgeschenk war Kiran gewesen, was ihr Glück noch perfektioniert hatte.

Doch nach und nach stellte sich heraus, dass Shiva keineswegs ein wahrer Traumprinz war, sondern eine ausgeprägte destruktive Seite besaß, die er ganz offen auslebte. Alles, was ihm in die Quere kam und nicht seinem Geschmack entsprach, vernichtete er. Vollkommen gleich, ob Menschen, Städte oder Bauwerke. Rein gar nichts war vor seinem Zorn gefeit. Über Jahre hinweg versuchte sie, ihn zur Friedfertigkeit zu bewegen. Doch zwecklos: Sie war nicht in der Lage, ihn zu bekehren.

Ob seiner blinden Zerstörungswut baute sich nach

und nach Hass in ihr auf, der sie letztendlich von Parvati in Kali verwandelte und ihre perfide Seite zum Vorschein brachte, von der sie niemals zuvor etwas erahnt hatte. Plötzlich fand sie Gefallen an Shivas Gräueltaten, genoss es, wenn er Dörfer und Landschaften dem Erdboden gleichmachte, um sie seinen Wünschen entsprechend neu zu gestalten. Häufig unterstützte sie ihn sogar dabei. Alles zwischen ihnen war wieder in bester Ordnung. Über Jahrhunderte hinweg bildeten sie eine unzertrennliche Einheit und liebten es, die Welt zu verändern.

Doch irgendwann verging ihr der Spaß am Töten und Zerstören. Sie strebte nach einem Leben in Frieden. Der Teil in ihr, der sich den Wiederaufbau wünschte, setzte sich durch. Es widerte sie an, wenn Shiva Menschen und Tiere niedermetzelte oder Naturkatastrophen heraufbeschwor. Die Liebe, die sie einst für ihn empfunden hatte, ging in abgrundtiefen Hass über. Sie wandte sich immer stärker von ihm ab und ließ sich am Fuße des Himalaja heimlich einen Palast erbauen, in den sie sich nach der Fertigstellung zurückzog.

Doch als sie offiziell alle Brücken zu Shiva abbrach, machte er ihr einen gewaltigen Strich durch die Rechnung. Durch einen mächtigen Zauber nahm er ihr einen Teil ihrer Kräfte. Er sah sie als sein Eigentum an, holte sie zurück in seinen heiligen Berg und schikanierte sie nach Lust und Laune.

Je stärker sie sich ihm widersetzte, desto brutaler wurde er. Letztendlich schlug, folterte und vergewaltigte er sie. Mehrfach gelang ihr die Flucht, doch er fand sie immer wieder. Sie war die Gefangene ihres eigenen Ehemannes geworden. Selbst ihre Eltern konnten ihr nicht helfen; Shivas Macht war einfach zu stark.

Irgendwann sah sie keinen anderen Ausweg mehr, als ihn zu ermorden. Über Jahre hinweg studierte sie Schlangen und deren Gift. Hin und wieder injizierte sie sich das Gift sogar selbst, um seine Wirkungsweise zu erproben. Was wahrlich kein Spaß war.

Währenddessen baute sie eine ganz spezielle Beziehung zu diesen Tieren auf. Die Reptilien gehorchten ihr blind, beteten sie geradezu an und bissen sie wundersamerweise nicht ein einziges Mal. Nach vielen Jahren gelang es ihr schließlich, eine Kobra zu züchten, die in der Lage sein sollte, Shiva zu töten.

Und bis zum heutigen Tag war sie davon ausgegangen, es hätte funktioniert.

Ein Zittern überkam sie, das ihr kurzzeitig die Luft abstellte. Die Gewissheit, dass ihr etwas Furchtbares bevorstand, entlockte ihr ein unterdrücktes Wimmern. Er würde ihr heimzahlen, was sie ihm angetan hatte, sie foltern und vielleicht sogar versuchen, sie ebenfalls zu töten.

Schlagartig begriff sie die Zusammenhänge: Er war derjenige, der darauf aus war, die Menschheit zu eliminieren. Sich sein eigenes Königreich zu erschaffen, war seit jeher sein Ziel gewesen. Einzig der Heilige Berg Kailash im Himalaja, den er über alles liebte, sollte in seinem Ursprungszustand bleiben. Shiva war drauf und dran, die Weltherrschaft an sich zu reißen.

Sie kannte ihn nur zu gut. Politiker und Wirtschaftsbosse zu manipulieren, war eine seiner leichtesten Übungen, genau wie das Auslösen von Naturkatastrophen. Auch war er vermutlich stets darüber im Bilde gewesen, wo sie sich aufgehalten hatte. Das würde erklären, dass sich die Terroranschläge häufig in ihrer Nähe abgespielt hatten. Oder an Orten, die ihr ans Herz gewachsen waren. Er hatte mit ihr gespielt und ihr einmal mehr seine Macht demonstriert.

Unter Garantie war es auch Shiva gewesen, der versucht hatte, das Kreuzfahrtschiff in Venedig umstürzen zu lassen. Doch wieso hatte er dieses Unterfangen nicht zu Ende gebracht?

Ob es Nathan gelungen war, dieses Vorhaben zu stoppen? Falls ja, musste Nathan eine noch größere Macht in sich tragen als Shiva. Doch wie war das möglich? Einmal mehr zerbrach sie sich den Kopf darüber, wer Nathan in Wirklichkeit war. Bereits mehrfach hatte sie all die mächtigen Götter im Geiste Revue passieren lassen, war aber zu keinem Ergebnis gekommen.

Aber eins wusste sie mit Sicherheit: Sie war zum Spielball zweier extrem gefährlicher Männer geworden. Die Absurdität der Lage war kaum mehr zu übertreffen.

Karma!, schoss es ihr durch den Kopf.

Doch das Schicksal schien es nicht gut mit ihr zu meinen, denn dieses Spiel konnte sie nicht gewinnen. Wie in aller Welt sollte sie Nathan beweisen, dass Shiva für das Übel auf der Erde verantwortlich war, solange ebendieser sie in seiner Macht hatte?

Ihr tot geglaubter Ehemann beugte sich indessen über sie und riss sie aus ihren Überlegungen. Alles, was sie aufgrund der spärlichen Beleuchtung erkennen konnte, war das Weiß seiner Augäpfel. Ein gruseliger Anblick.

„Und, mein geliebtes Weib, hast du mich vermisst?“ Sein herber männlicher Duft legte sich über all ihre Sinne und brachte sie zum Würgen. Nie wieder hatte sie in die Nähe dieses Mannes geraten wollen.

Sie schluckte den Kloß in ihrem Hals hinunter. „Oh ja, genauso sehr wie ein Erdbeben. Mach mich los und dann verschwinde! Du hattest deinen Spaß.“

„Oh, nein, Süße. So einfach kommst du mir nicht davon. Weißt du eigentlich, wie schmerzhaft es ist, durch Schlangengift zu sterben? Am Anfang setzen Lähmungserscheinungen ein. Danach scheinen dich bestialische Krämpfe innerlich zu zerreißen, bis du letztendlich nicht mehr atmen kannst und qualvoll erstickst. Aber ich versichere dir, ich habe viel Schlimmeres mit dir vor. Als Allererstes werde ich dich brandmarken, damit du endlich begreifst, wem du gehörst.“

Er hob etwas vom Boden auf. Kylies Atem setzte aus, als sie das glühende Eisen in seiner Hand entdeckte. Erneut wand sie sich und zerrte an ihren Ketten. Sie mobilisierte all ihre göttlichen Kräfte, doch erfolglos.

Langsam näherte sich das glimmende Metall ihrem Gesicht. Voller Verzweiflung drehte sie den Kopf beiseite. Aber auch das half ihr nicht. Sie spürte die Hitze, noch ehe Shiva ihr das Brandeisen brutal auf die Wange drückte. Als es sich zischend in ihr Fleisch fraß, schien der Schmerz ihren Schädel explodieren zu lassen.

Ihr markerschütternder Schrei hallte durch die Höhle, bevor ihr Gehirn die Tortur nicht länger ertragen konnte und sie das Bewusstsein verlor. Ohnmächtig sackte sie in sich zusammen.

Kapitel 14

Voller Besorgnis durchkämmte Nathan mithilfe seiner Gesichtserkennungssoftware die ganze Welt. Doch Kylie war und blieb verschwunden. Wobbel hockte auf seinem Schoß und weigerte sich hartnäckig, auch nur einen Millimeter zu weichen. Das, was sich in Kylies Tempel zugetragen hatte, war offenbar zu viel für den kleinen Koala gewesen.

Clarice war es mittlerweile gelungen, Nathan eine detaillierte Aufstellung über die Anschlagsorte und Opfer zur Verfügung zu stellen. Dummerweise waren sie über die ganze Welt verstreut und boten keinerlei Anhaltspunkt über Kylies Aufenthaltsort. Sollte sie sich obendrein unter der Erde befinden, waren leider auch die modernsten Computer des Himmels nicht in der Lage, sie ausfindig zu machen.

In diesem Moment nahm Nathan den Geruch von Verbranntem wahr. Verwundert blickte er um sich.

Himmlische Katze! Aus seiner Hosentasche drang Rauch. Auch Wobbel hatte das inzwischen registriert und hüpfte verängstigt zu Boden, um sich einmal mehr unter dem Sofa zu verschanzen.

Nathan fasste in seine Hosentasche und förderte Kylies Kette mit dem Anhänger zutage. Sie glühte rot wie Feuer und hatte soeben seine Jeans in Brand gesetzt. Glücklicherweise verspürte er kaum Schmerz, dennoch sprang er hektisch aus der Hose und warf sie von sich. Auch wenn Wunden bei ihm sofort verheilten, gab es gewisse Stellen, an der er sie erst gar nicht haben wollte.

Wie erstarrt glotzte er auf das glühende Medaillon

in seinen Fingern. Eine eiskalte Hand schien ihm die Gurgel zuzudrücken, denn ein Gefühl sagte ihm, dass in dieser Sekunde irgendetwas mit Kylie vor sich ging. Entweder sie schwebte in großer Gefahr oder sie erlitt qualvolle Schmerzen.

Ohne sich vor Augen zu führen, dass er keine Hose trug, versetzte er sich mitsamt Kette in die Zwischenwelt und zitierte Lou ebenfalls dorthin.

Dieser erschien ausnahmsweise prompt, verharrte dann aber in der Bewegung und musterte Nathan von oben bis unten. „Heilige Scheiße!“, stieß er schließlich aus. „Was auch immer du von mir willst, die Antwort lautet nein!“

Nathan spähte verdutzt an sich hinab. „Oh, das hatte ich völlig vergessen. Aber das spielt jetzt keine Rolle.“ Er streckte Lou die Hand mit dem Anhänger entgegen, der langsam wieder in seinen silbrigen Ursprungszustand überging. Nathan durfte sich gar keine Gedanken darüber machen, warum.

„Die hier gehört Kylie. Als ich sie wegen der Terroranschläge zur Rede stellen wollte, habe ich einen Teil ihrer Villa verwüstet vorgefunden. Doch Kylie war verschwunden. Das Medaillon brannte soeben förmlich. Es scheint irgendeine Verbindung zwischen ihr und der Kette zu bestehen. Ich befürchte, dass ihr etwas zugestoßen ist. Meinst du, wir können anhand der Kette herausfinden, wo sie sich befindet?“

Lou griff danach. „Lass mich das Teil mitnehmen. Vielleicht kann eine der uralten Hexen in der Hölle etwas in Erfahrung bringen. Die kennen sich mit derartiger Magie aus.“

Nathan zögerte. „Pass bitte darauf auf.“

„Keine Sorge, Romeo, ich werde alles tun, damit du deine Süße wiederbekommst. Aber tu mir in der Zwischenzeit den Gefallen und zieh dir eine Hose an. Und gib vor allem acht, dass du in diesem Aufzug nicht Gabriel in die Arme läufst." Mit diesen Worten hatte er sich auch schon in Luft aufgelöst.

„Wir müssen nach Tibet", verkündete Lou, als sie sich einige Stunden später erneut in der Zwischenwelt trafen. „Zum heiligen Berg Kailash. Dort soll sich die Besitzerin des Amuletts aufhalten. Es ist sicher kein Zufall, dass sich der Sage nach der Gott Shiva in dieser Ecke niedergelassen haben soll."

Nathan erbleichte. „Ach du meine Güte!", stieß er aus. „Ich ahne Fürchterliches."

Lou zog eine Augenbraue hoch. „Würde es dir viel ausmachen, mich einzuweihen?"

„Kylie denkt, sie hätte ihn getötet. Aber was, wenn es nicht funktioniert hat und er zurückgekehrt ist? Sollte sie sich jetzt in seiner Gewalt befinden, dann gnade ihr Gott."

„Treffend bemerkt. Na, dann nichts wie hin, mein Lieber. Wir müssen nach dem Eingang einer Höhle suchen. Zu dumm, dass die Wohnorte dieser verflixten Götter nicht in Google Maps vermerkt sind."

„Zur Hölle! Dass ich wegen dir irgendwann noch eine Bergtour machen muss, hätte ich nicht mal in meinen kühnsten Träumen vermutet", fluchte Lou, als sie durch das schneebedeckte Himalaja-Gebirge stapften. „Hier friert man sich ja die Eier ab."

Das entsprach leider der Wahrheit. Der Schnee

knirschte unter ihren Füßen, während ein eiskalter Wind über sie hinwegfegte. Doch Nathan nahm das alles kaum wahr, viel zu sehr sorgte er sich um Kylie.

Der Anhänger in seiner Hosentasche blieb unterdessen kühl, was ihm eine Heidenangst einjagte. Wenn es Shiva wirklich gelungen war, von den Toten aufzuerstehen, hatte er vielleicht auch Mittel und Wege gefunden, um Kylie ins Jenseits zu befördern.

Nathan wollte diesen Gedanken nicht weiterspinnen. Wenngleich ihn immer noch Zweifel quälten, ob sie die Person war, die für die katastrophalen Zustände auf der Erde verantwortlich war, lag ihm viel an ihr. Und obwohl er nicht in ihr Herz blicken konnte, sagte ihm sein Instinkt, dass sich dort mehr Gutmütigkeit und Liebe befanden, als Kylie sich selbst zugestand.

„Hier, Nathan, schau mal! Das könnte der Eingang zu einer Höhle sein“, unterbrach Lou seine Gedankengänge.

Tatsächlich, hinter einem Felsen ging es ins Innere des Berges.

„Dann nichts wie hinein!“

Der düstere, stickige Gang, durch den sie sich ihren Weg bahnten, ließ Nathan angewidert die Nase rümpfen. Hin und wieder viel ihm ein Wassertropfen auf den Kopf. Dunkelheit und Enge waren einfach nicht sein Ding. Zu sehr hatte er sich an die endlosen Weiten des Himmels gewöhnt.

Als sich ein bedrückendes Gefühl in seiner Brust ausbreitete, zwang er sich mit äußerster Willenskraft, gleichmäßig zu atmen. Nein, die Blöße würde er sich ganz sicher nicht geben, in Lous Nähe einen klaustrophobischen Anfall zu erleiden.

„Autsch“, murmelte er, als er über einen Stein stolperte. „Mensch, ist das dunkel hier! Es werde Licht!“

Rasch wurde der schmale Gang von einem fahlen Lichtschein erhellt. Schon einen Hauch besser, dennoch blieb der erhoffte Wohlfühlfaktor aus. In dieser Sekunde stiegen aus Lous Handflächen kleine Flammen empor, die die Finsternis nun vollends durchdrangen und ihnen die Fortbewegung um ein Weiteres erleichterten.

Erstaunt sah Nathan auf, als der Gang nach einer gefühlten Ewigkeit in einer hohen Höhle endete, die auf der gegenüberliegenden Seite von einem gigantischen goldenen Tor beherrscht wurde.

Lou stieß einen anerkennenden Pfiff aus. „Wer hätte das gedacht! Warum muss bei diesen verrückten Göttern immer alles dermaßen protzig sein? Bin mal gespannt, was sich hinter dieser Tür noch so verbirgt.“ Er blickte in Nathans Richtung. „Wollen wir?“

Dieser nickte. „Sollen wir klopfen oder uns einfach Einlass gewähren?“

Lou verzog das Gesicht. „Eine derartige Frage kannst auch nur du stellen. Du befürchtest, deine Kleine könnte in Gefahr schweben. Also würde ich vorschlagen, wir verzichten heute mal auf Small Talk. Einverstanden?“

Nathan nickte und schloss die Augen. Keine Sekunde später öffnete sich das Tor leise knarrend. Sie betraten einen gefliesten Innenhof, von dem mehrere Türen abzweigten. Es verstand sich von selbst, dass auch diese in Gold gehalten waren. Prächtige Kronleuchter erhellten die Umgebung. Der süßlich-holzige Geruch von Räucherstäbchen lag in der Luft.

Während sie sich noch interessiert umschauten, fegte völlig unerwartet eine kräftige Windbö durch den Hof, die sie beide von den Füßen riss. Kurzzeitig wurden sie hoch in die Luft gewirbelt, ehe sie ächzend zu Boden krachten.

„Irgendjemand freut sich mächtig, uns zu sehen“, knurrte Lou verärgert, als er sich aufrappelte.

Auch durch Nathan jagte in diesem Augenblick eine Welle des Zorns. Eine Gefühlsregung, die er in dieser Intensität selten verspürte. „Ja, den Eindruck habe ich auch. Ich kann es kaum glauben, dass es wirklich jemand wagt, mir die Stirn zu bieten. Aber jetzt ist Schluss mit lustig!“

Lou grinste. „So gefällst du mir. Vielleicht solltest du dich einmal vorstellen.“

„Gute Idee.“ Nathan konzentrierte sich und keine Sekunde später flogen alle angrenzenden Türen auf. Ein lautes Donnern erschütterte die Halle und ließ den Boden vibrieren, während Blitze wild umherzuckten. Die Luft war geradezu elektrisch aufgeladen.

„Wow!“, murmelte Lou, der das Schauspiel beeindruckt beobachtete. „Nicht schlecht für einen alten Mann.“

Ein großer, ganz in Weiß gehüllter Inder mit pechschwarzem Haar schoss in dieser Sekunde aus einer der geöffneten Türen. „Wer wagt es?“, brüllte er.

Nathan hob eine Hand. Prompt flog der Kerl, bei

dem es sich höchstwahrscheinlich um Shiva handelte, quer durch die Halle und krachte scheppernd gegen eine Wand, bevor er daran herabrutschte und auf dem Boden aufschlug.

„Wo ist Kylie?“, fragte Nathan.

„Verschwindet aus meinem Heim!“, fauchte der Inder, ehe er mit der Geschwindigkeit und Beweglichkeit einer Sprungfeder hochschoss.

„Wo ist Kylie?“, erkundigte Nathan sich erneut, während ein Blitz durch den Raum zuckte, der zwischen Shivas Füßen in den Boden einschlug und mit seiner Heftigkeit die Fliesen zum Zerspringen brachte.

„Nathan, hilf mir!“, vernahmen sie in diesem Moment das leise Wimmern einer weiblichen Stimme.

Vor Erleichterung brach Nathans Konzentration für einen Augenblick in sich zusammen. Das nutzte der indische Gott, um sich in Luft aufzulösen.

Lou reagierte blitzschnell. „Hol du das Mädchen, ich versuche, diesen Feigling zu verfolgen!“, stieß er aus. Keine Sekunde später war auch er verschwunden.

Ohne einen weiteren Moment zu zögern, rannte Nathan in die Richtung, aus der Kylies Flüstern gekommen war. Er spurtete eine Steintreppe hinab. Unten angekommen flog krachend eine Tür vor ihm auf, bevor er in einem dunklen Gewölbe die am Boden liegende Frau entdeckte.

„Nathan“, hauchte sie schwach. „Bist du es wirklich?“

„Kylie, hab keine Angst mehr. Ich hole dich hier

raus."

Als er näher herantrat, erschrak er. Ihre linke Gesichtshälfte war völlig entstellt. Auf ihrer Wange prangte eine Art Brandzeichen, das bei genauerem Hinsehen einen Dreizack darstellte.

„Es heilt nicht", krächzte sie mit mutloser Stimme. „Er hat mich für alle Ewigkeit gezeichnet, mich als die Seine gebrandmarkt. Und es schmerzt so fürchterlich!"

Die Tränen, die ihr übers Gesicht rannen, schienen direkt in Nathans Herz zu tropfen.

„Beruhige dich, alles wird gut."

„Wie denn? Diese Ketten lassen sich nicht lösen. Ich habe schon alles versucht. Vielleicht solltest du besser verschwinden, ehe er dir auch noch irgendetwas Schreckliches antut."

„Das wird ganz sicher nicht passieren. Und du schließt jetzt deine Augen!"

„Was hast du vor?"

„Kylie, vertrau mir. Nur ein einziges Mal."

Sie nickte schwach, während ihre Lider zuklappten.

Keine Sekunde später schossen vier gleißende Blitze durch den Raum und zertrümmerten ihre Ketten. Nathan beugte sich zu ihr herunter und hob sie vorsichtig auf seine Arme.

„Bringst du mich in die Hölle?", erkundigte sie sich. Ihre Augen waren nach wie vor geschlossen. Offenbar fehlte ihr der Mut, sie erneut zu öffnen.

Er hauchte ihr einen sanften Kuss auf die Stirn. „Nein, Liebste, mir schwebt etwas völlig anderes vor. Du brauchst jetzt keine Angst mehr zu haben."

Mit diesen Worten entführte er die völlig entkräftete Frau in seinen Armen in den Himmel.

Kapitel 15

Helligkeit blendete Kylie, als sie die Augen aufschlug. Sie blinzelte mehrmals, bis sie erkannte, dass sie in einem riesigen Bett lag. Wände und Decken um sie herum waren in Weiß gehalten.

Ein Krankenhaus?

Ihr entfuhr ein gurgelnder Laut, als die Erinnerung einsetzte. Zaghaft fuhr sie sich mit den Fingerspitzen einer Hand über die verletzte Gesichtshälfte. Mit Verwunderung ertastete sie lediglich ein paar leichte Hautunregelmäßigkeiten auf ihrer Wange. Dem fürchterlichen Schmerz nach zu urteilen, hatte sie sich die Wunde viel schlimmer vorgestellt.

Wie Blitze während eines schweren Gewitters zuckten die Gedanken unterdessen durch ihren Kopf. *Hatte sie geträumt? Aber wieso dann die fremde Umgebung? Ob sie tot war?*

Bei der Vorstellung musste sie um ein Haar lächeln. Das hier wirkte wie der Himmel, doch dort würde sie sich gewiss nicht wiederfinden, bei alledem, was sie in ihrem Leben verbrochen hatte.

Vorsichtig setzte sie sich auf. Eine unvorstellbar weiche Decke war über ihrem Körper ausgebreitet worden, darunter war sie nackt. Sie scannte ihren Leib von oben bis unten, konnte aber keine weiteren Blessuren erkennen.

In diesem Moment öffnete sich eine Tür.

„Nathan!“, entfuhr es ihr. „Wo bin ich?“ Ihre Blicke flogen über den Mann, der in der hellblauen Jeans und dem weißen Hemd, das er lässig darüber trug, plötzlich gar nicht mehr wirkte wie der Bad

Boy, den sie kennengelernt hatte. Einzig sein rabenschwarzes Haar und der Dreitagebart gaben ihm einen leicht verwegenen Touch.

Ein warmes, prickelndes Gefühl machte sich bei seinem Anblick rasend schnell in ihr breit, das sie gar nicht so richtig deuten konnte. Vermutlich die Erleichterung, dass er vor ihr stand und nicht Shiva.

Er zog sich einen Stuhl neben ihr Bett und ließ sich darauf nieder. „Wie geht es dir?"

„Überraschend gut, aber was ist geschehen? Ist das hier ein Krankenhaus?"

Er schmunzelte. „Nicht ganz." Vorsichtig griff er nach ihrer Hand.

Sie seufzte leise, so beruhigend fühlte sich diese sanfte Berührung an.

Er suchte den Augenkontakt zu ihr. „Du bist im Himmel."

Sie schluckte. „Ich bin tot? Aber ich gehöre nicht zu den Guten. Da muss ein Irrtum vorliegen."

„Nein, Kylie, du bist nicht tot. Ich habe dich lediglich hier vor Shiva in Sicherheit gebracht."

Sie riss die Augen auf. „Es war also kein Traum? Er ist in der Tat zurück?"

„Offensichtlich."

Ein Frösteln durchzog prompt ihren Leib und vertrieb die wohlige Wärme, die sie zuvor verspürt hatte. Hilfe suchend verstärkte sie den Griff um Nathans Hand. „Mein Gesicht, wie schlimm ist es?"

Nathans Blicke wanderten wie eine zärtliche Liebkosung über ihre Wange. „Du siehst wundervoll aus - wie immer."

„Aber …"

„Das Brandzeichen ist verschwunden. Es sind einzig ein paar winzige Narben zurückgeblieben, die ließen sich leider nicht beheben, da die Verletzung zu schwer war. Offenbar war das Brandeisen mit irgendeinem Gift getränkt."

„Gibt es hier einen Spiegel?"

„Sicher. Aber vertrau mir, dieser kleine Makel lässt dich schöner erscheinen, als jemals zuvor."

„Das sagst du jetzt bloß, um mich zu beruhigen."

Er seufzte leise. „Ach, Kylie, warum reduziert alle Welt jeden bloß auf sein Aussehen? Du hast doch so viel mehr zu bieten."

Gedankenverloren vergrub sie die Zähne in ihrer Unterlippe. „Aber wie hast du das vollbracht? Und wer bist du wirklich?"

Nathan grinste. „Nun denk doch mal nach. Wer könnte mächtiger sein als Shiva?"

Sie starrte ihn aus großen Augen an. „Ein Erzengel?"

„Ja, die wären höchstwahrscheinlich ebenfalls in der Lage gewesen, Shiva zu bezwingen. Aber ich hätte ihnen gewiss untersagt, dich den Himmel betreten zu lassen. Denn eigentlich haben lebende Wesen hier nichts zu suchen. Selbst meinem Stellvertreter Gabriel habe ich bisher nicht erlaubt, seinem Freund hier oben Einlass zu gewähren. Und ich bin mir sicher, sollte er dich hier vorfinden, wird er so lange auf meinen Nerven herumtrampeln, bis auch sein Lebenspartner endlich einen Fuß in die himmlischen Gefilde setzen darf."

Sie schlug sich eine Hand vor den Mund. „O mein Gott!", hauchte sie. „Nein, sag mir, dass das nicht wahr ist! Dass du nicht unser aller Schöpfer bist."

„Tut mir leid, aber das kann ich nicht. Vielleicht verstehst du mein Verhalten in mancherlei Hinsicht ja jetzt ein wenig besser."

Kylie fühlte sich, als hätte sie soeben der Schlag getroffen. Ungläubig schnappte sie nach Luft. Sekundenlang starrte sie Nathan bloß an. Plötzlich verknüpften sich all die losen Enden in ihrem Kopf und sie begriff, was sich in letzter Zeit zugetragen hatte.

„Unfassbar! Ich hatte Sex mit dem lieben Gott. Zu dumm, dass ich keine Freundinnen habe, denen ich das erzählen kann. Sie würden platzen vor Neid", murmelte sie verwirrt vor sich hin. „Ich hatte eine komplett andere Vorstellung von dir."

Ihre Aussage belustigte ihn. „Alt, grauhaarig, mit Vollbart und weißer Kutte? Den Heiligenschein nicht zu vergessen." Er zwinkerte ihr verschmitzt zu. „Was für ein Klischee."

„Das heißt, ich dürfte überhaupt nicht hier sein?"

„Richtig. Aber ich dachte mir, wenn ich schon der Boss bin, kann ich auch mal die Regeln ändern."

„Was wirst du jetzt mit mir machen?"

Er legte den Kopf schief und betrachtete sie eindringlich. Der Schalk, aber auch etwas ziemlich Heißes, blitzten in seinen himmelblauen Augen auf. „Was willst du denn, dass ich mit dir mache?"

Allein seine Blicke genügten, um ein köstliches Prickeln in ihrem Körper loszutreten. „Bis vor wenigen Sekunden hatte ich mir noch gewünscht, du würdest mich in deine starken Arme nehmen, festhalten und für kurze Zeit all die schrecklichen Umstände vergessen lassen." Sie hielt einen Augenblick inne.

„Aber jetzt …“

Er stand auf. „Ich bin immer noch derselbe. Also rutsch rüber!“

In diesem Moment setzte ihr Verstand wieder ein und ihr wurde bewusst, dass sie Nathan im Grunde genommen hassen müsste. „Warte!“ Ihre erhobene Hand ließ ihn in der Bewegung verharren. „Wenn du wirklich der liebe Gott bist, warum hast du das alles zugelassen? Wieso hast du zugesehen, wie die Welt zugrunde geht und dich nicht schon viel früher darum gekümmert?“ Sie rang hektisch um Atem. „Diese Unmengen hilfloser Tiere, die unentwegt abgeschlachtet werden. Manche Arten sind mittlerweile vollkommen ausgestorben. Und Kiran! Sie alle könnten noch am Leben sein, wenn du verdammt noch mal deinen Job gemacht hättest!“, quiekte sie hysterisch, bevor ihr dicke Tränen über die Wangen kullerten. „Du bist keinen Deut besser als Shiva. Was habe ich nur verbrochen, dass ich grundsätzlich an solche Männer gerate?“

Sie warf sich zur Seite und vergrub das Gesicht in einem der flauschigen Kissen, während sie hemmungslos schluchzte. Die Ereignisse der letzten Tage forderten ihren Tribut. Sie war nervlich am Ende. Wie ein Kartenhaus schien die ganze Welt über ihr zusammenzubrechen. Ihr Gehirn wollte weder begreifen, dass Shiva nach wie vor am Leben war, noch dass sie sich auf eine Affäre mit Gott eingelassen hatte. Wie in Dreiteufelsnamen sollte jetzt alles weitergehen?

Aber hatte sie wirklich soeben den Allmächtigen angeschrien und übel beschimpft? Sie war wohl nicht mehr ganz bei Sinnen. Eine Strafe würde sicher nicht lange auf sich warten lassen.

Da legte sich eine warme Hand auf ihre Schulter. „Rutsch rüber, Kylie“, bat Nathan sie mit samtweicher Stimme erneut.

Zögerlich gehorchte sie, wagte jedoch nicht aufzuschauen. Er sank neben sie auf die Matratze und zog sie in seine Arme.

„Nathan, es tut mir leid“, hauchte sie an seinem Hals. „Ich hätte das nicht sagen dürfen. Entschuldige, ich habe nicht nachgedacht. Im Moment ist das alles ein bisschen viel für mich.“

„Ist schon gut, Liebes. Du hast ja recht, doch leider kann ich nicht jedes Geschöpf retten. Die Erde verkraftet nun mal einzig eine gewisse Bevölkerungszahl, ehe sie selbst zugrunde geht. Aber lass uns ein anderes Mal darüber reden, dann erkläre ich dir die Zusammenhänge. Du bist gerade ziemlich durch den Wind.“

„Du bist mir nicht böse?“

„Ach woher denn! Immerhin weiß ich jetzt, dass du mir auch weiterhin deine offene und ehrliche Meinung sagen wirst. Etwas, was die wenigsten Personen in meinem Umfeld tun. Obendrein war mir bewusst, dass es ein Schock für dich sein würde, meine wahre Identität zu erfahren. Wären die Umstände nicht derart unglücklich gewesen, hätte ich es auch sicher nicht so lange vor dir geheim gehalten.“

Seine beruhigende Stimme und die Wärme seines Körpers brachten sie ein wenig zur Ruhe. Allmählich legte sich wieder ein wohltuendes Gefühl über sie, während sie bloß noch eins denken konnte: *Gott, steh mir bei!* Und das im wahrsten Sinne des Wortes, denn im Moment hatte sie keinen blassen Schimmer, wie sie ohne Nathans Unterstützung mit Shiva fertigwerden sollte. Allein bei der Vorstellung, er könne sie zurückholen und erneut in seinem Palast als Gefangene halten, drehte sich ihr beinahe der Magen um.

„Meine Tiere!“, stieß Kylie aus, nachdem sie in Nathans tröstlicher Umarmung einen Teil ihres Seelenfriedens wiedergefunden hatte. „Und Indira. Weißt du, wie es ihnen geht?“

Er räusperte sich. „Indira hat den Angriff leider nicht überlebt. Wobbel habe ich ebenfalls in den Himmel gebracht. Ihm ist nichts geschehen, außer dass Shiva ihn zu Tode erschreckt hat. Auch deine restlichen Tiere scheinen keinen großen Schaden genommen zu haben. Aber ich konnte mir das nicht allzu genau ansehen, dazu fehlte mir die Zeit.“

Sie rückte ein Stück von ihm ab und suchte nach seinem Blick. „Wenn du wirklich Gott bist, könntest du Indira dann nicht zurückholen?“

„Könnte ich.“

Sie jaulte gequält auf. „Aber warum tust du es dann nicht? Mir zuliebe. Bitte! Sie hat den Tod nicht verdient. Nicht so jung, und schon gar nicht meinetwegen.“

Er fuhr sich hektisch mit einer Hand durchs Haar, denn der leidende Ausdruck in ihren tränenverschleierten Augen ging ihm durch und durch. „Kylie, versteh doch! Fast alles, was auf der Erde geschieht, hat einen Sinn. Ein komplexes Computernetzwerk wacht darüber. Ich greife da nicht ein."

„Obwohl du dazu in der Lage wärst?"

„Definitiv. Doch ich kann nicht anfangen, Ausnahmen zu machen. Das würde das komplette Gefüge ins Wanken bringen." Mit schlechtem Gewissen dachte er an Delilah. Er konnte nur hoffen, dass Kylie das niemals zu Ohren kommen würde.

Sie schmachtete ihn aus großen Augen an. „Nathan, bitte. Für mich."

In diesem Moment verspürte er den unbändigen Drang, ihr die Welt zu Füßen zu legen, doch er konnte sich nicht von ihr um den Finger wickeln lassen. Das hatten in seinem langen Dasein schon zu viele versucht. Jeder im Himmel besaß irgendeinen geliebten Angehörigen, den er gerne in seiner Nähe gehabt hätte oder zu dem er zurückkehren wollte.

„Tut mir leid, Kylie. Indiras Zeit war offenbar abgelaufen. Falls nicht, wird das geprüft werden, und sollte sie es wirklich verdient haben, wird sie in anderer Gestalt wiedergeboren. Bitte gib dich damit zufrieden."

Sie schloss sekundenlang die Augen. „Ich habe ja wohl kaum eine Wahl. Aber dann lass mich zumindest zu meinen Tieren. Vielleicht benötigen sie Hilfe."

Nathan sog scharf die Luft ein. „Solange wir nicht wissen, wo Shiva sich aufhält, wäre das zu gefährlich. Ich habe schon jemanden geschickt, der nach deinen Tieren sieht, also mach dir keine Sorgen."

Doch so schnell gab sie sich nicht geschlagen. „Nathan, bitte, ich muss mich mit eigenen Augen davon überzeugen, dass es ihnen gut geht."

Er schob sie aus seinem Arm, stieg aus dem Bett und eilte in einen Nebenraum. Kurz darauf kehrte er mit einem weißen Hemd in der Hand zurück, das er ihr zuwarf. „Hier, zieh das über, dann zeige ich dir etwas."

Sie gehorchte prompt und kletterte ebenfalls aus dem Bett.

Beeindruckt begutachtete Nathan sie. Dass diese aufregende Frau nichts am Leib trug als eins seiner Hemden, vermittelte den Eindruck, sie würde zu ihm gehören. Ein sanftes Schmunzeln zuckte um seine Mundwinkel. „An den Anblick könnte ich mich gewöhnen, der hat was."

Er griff nach ihrer Hand und führte sie durch einen hellen Flur in einen Raum, der voll und ganz von einer weißen Ledersitzgruppe beherrscht wurde. Erst auf den zweiten Blick nahm Kylie den gigantischen Bildschirm an einer der Wände wahr. Dieser erwachte soeben leise rauschend zum Leben und es erschien ein Park, der langsam herangezoomt wurde.

Überrascht schlug sie sich eine Hand vor den Mund, als sie begriff, dass es sich dabei um ihren Garten handelte. Mehrere Personen waren damit beschäftigt, die Spuren der Verwüstung zu beseitigen. Sie entdeckte eine Frau, die gerade den kleinen Mungo verarztete. Ein junger Mann kümmerte sich um ihren Elefanten, ein anderer versuchte, die aufgeregten Sittiche einzufangen.

Erneut schossen ihr die Tränen in die Augen.

Verdammt, der Mann an ihrer Seite machte sie verletzlich! Seine Fürsorge traf sie mitten ins Herz. Das wollte und durfte sie nicht zulassen. Dennoch wandte sie sich ihm einem Instinkt folgend zu und fiel ihm um den Hals. „Nathan, ich danke dir."

Er packte sie mit einer Hand an der Taille, während er ihr mit der anderen sanft übers Haar strich. „Ist ja gut, meine Schöne, beruhige dich."

Erneut stürzten bei ihr alle Dämme ein. Hemmungslos weinte sie einmal mehr an seiner Schulter.

Er hielt sie geduldig fest und atmete ihren exotischen Duft tief ein. Als sie sich enger an ihn schmiegte, unterdrückte er ein wohliges Seufzen. Diese Frau fühlte sich so unsagbar gut in seinen Armen an. Er würde alles dafür geben, sie nie wieder loslassen zu müssen.

Erst nach einer gefühlten Ewigkeit kam sie zur Ruhe. Als sie ihm völlig unerwartet in den Hals biss, entfuhr ihm ein keuchendes Geräusch. „Offenbar geht es dir besser?"

Sie küsste sich seinen Hals hinauf, was seinen ganzen Leib zum Prickeln brachte und ihm eine heftige Gänsehaut bescherte.

„Nate", hauchte sie, während sie lustvoll an seinem Ohrläppchen knabberte. „Ich benötige jetzt deine Nähe, bitte."

„Ich bin doch bei dir."

„Das genügt mir nicht." Das Timbre ihrer Stimme klang heiser, war nun Erotik pur. „Ich muss dich spüren, ganz tief in mir. Bitte, hilf mir, die Ereignisse für kurze Zeit zu vergessen. Oder hast du jetzt kein Interesse mehr daran, nachdem deine Tarnung aufgeflogen ist?"

Verdutzt runzelte er die Stirn. „Was hat denn das eine mit dem anderen zu tun? Im Grunde genommen fühle ich mich jetzt wesentlich wohler, denn dieses Versteckspiel hat mir von Anfang an nicht behagt. Aber bist du sicher, dass du das wirklich willst? Auf gar keinen Fall möchte ich deinen schwachen Moment ausnutzen. Ich könnte dich auch einfach bloß in meinen Armen halten."

Als Antwort verschloss sie ihm mit ihren Lippen den Mund. Überrascht rang er um Atem. Sie schmeckte nach dem Salz ihrer Tränen, doch als sie ihre Zunge in seinen Mund gleiten ließ, nahm er das kaum mehr wahr.

Ein begehrliches Ziehen breitete sich von einer Sekunde auf die nächste in seinem Unterleib aus. Diese Frau brach über ihn herein wie eine Naturgewalt. Ob er wollte oder nicht, binnen Sekunden wurde er steinhart. So schnell hatte er vermutlich in seinem ganzen Leben noch keinen Ständer bekommen. Automatisch umfassten seine Hände ihren prächtigen Po und pressten ihr Becken gegen seine Erektion. Als sie in seinen Mund keuchte, entfuhr auch ihm ein haltloses Stöhnen.

Du liebe Güte, war er jemals derart geil gewesen? Falls ja, konnte er sich nicht mehr daran erinnern.

Er löste sich von ihren Lippen und suchte nach ihrem Blick. Sie wirkte erschöpft und schutzlos, dennoch stand in ihren Augen auch unverkennbare Lust.

Er zögerte. *War das wirklich der richtige Zeitpunkt für Sex?* Aber einverstanden, wenn er sie mit körperlicher Nähe dazu bringen konnte, die fürchterlichen Ereignisse aus ihrem Kopf zu verdrängen, dann würde er sie notfalls die ganze Nacht lang vögeln. Zudem verschaffte es ihm Genugtuung, dass sie sich ein weiteres Mal auf ihn einließ, obwohl sie jetzt über seine wahre Identität im Bilde war. Er konnte nur hoffen, dass sie nicht beabsichtigte, ihn durch Körpereinsatz zu manipulieren. Denn auch das wäre nichts Neues für ihn. Nicht alle weiblichen Wesen im Himmel glänzten durch engelhaftes Verhalten.

Rasch verdrängte er die düsteren Gedanken. Er würde es jetzt einfach auf sich zukommen lassen. „Ich hatte solche Angst um dich", hauchte er nahe an ihren Lippen, bevor er sie mit einer Leidenschaft küsste, die ihm vollkommen fremd war.

Stöhnend drängte sie sich näher an ihn und ließ ihn jede Rundung ihres Körpers spüren. Sekunden später geschah etwas, was er nie für möglich gehalten hätte: Er verlor die Beherrschung. Das Verlangen nach dieser einzigartigen Frau schien ihn förmlich zu zerreißen.

Unbeherrscht hob er sie hoch, trug sie durch den Raum und setzte sie auf einem weißen Sideboard ab, bevor er sich zwischen ihre gespreizten Schenkel schob. „Ich will dich auch. Jetzt sofort! Geht das für dich in Ordnung?" Ehe sie noch antworten konnte, ließ er bereits mit den Fingern einer Hand ihre Hemdknöpfe aufspringen. Als der Stoff vor ihrem Körper auseinanderklaffte, glitten seine Hände über ihre perfekten Brüste mit den aufgerichteten Nippeln, bevor er ihren Busen zärtlich knetete.

Kylie legte stöhnend den Kopf in den Nacken. „Und ob das in Ordnung geht. Aber bitte, überlass heute mir die Führung."

„Tut mir leid, das steht gerade nicht in meiner Macht. Ich würde auf der Stelle kommen, wenn ich mich dir jetzt ausliefern würde. Beim nächsten Mal, versprochen."

Ihr Zögern entging ihm nicht. Dennoch griff sie nach seiner Hose und öffnete sie. Sein steinharter Schwanz sprang heraus, als würde er die Freiheit suchen.

Den Blick nach unten gerichtet schmunzelte sie, während sie sich genüsslich über die Unterlippe leckte. „Wow, du scheinst mich tatsächlich vermisst zu haben. Wer hätte das gedacht." Sie sah auf. „Einverstanden, nimm mich, Nate!"

Das ließ er sich nicht zweimal sagen. Er wusste, er würde sich hinterher seines Verhaltens schämen, doch er war gerade nicht mehr Herr seiner Sinne. Mit hartem Griff packte er Kylie an der Taille, zog sie ein Stück nach vorne und schob sich mit einem kräftigen Stoß zwischen ihre Schenkel.

Ihnen beiden entfuhr ein lautes Stöhnen, als er in sie eindrang. „Himmel, was machst du nur mit mir?", presste er hervor und hielt in der Bewegung inne.

„Nathan, bitte", wimmerte sie. „Ich brauche dich."

„Ja doch, gib mir eine Sekunde!"

Er atmete vernehmlich aus, bevor er sich ein Stück aus ihr herauszog und erneut tief in sie hineinstieß. Ihre Augen verschleierten sich, während ihr ganzer Körper erbebte. In diesem Moment konnte er sich nicht mehr zurückhalten. Er war verloren. Hemmungslos gab er ihnen, was sie beide so dringend benötigten.

Selten zuvor hatte ihn Sex wirklich erfüllt, aber dieses Mal überwältigten ihn die Gefühle. Die Angst, die er um Kylie ausgestanden hatte, hatte in seinem

Kopf ein unglaubliches Chaos angerichtet. Ihr jetzt so nahe zu sein, war fast mehr, als er verkraften konnte.

Völlig weggetreten schob er sich ein ums andere Mal in diese wundervolle Frau hinein. Ihre Finger krallten sich Halt suchend in seine Schultern, während ihre Blicke sich trafen. Die Glut in ihren Augen törnte ihn zusätzlich an.

Das Sideboard vibrierte unter ihrem Hintern und das Licht flackerte, als sie laut schreiend fast zeitgleich einen gewaltigen Höhepunkt erreichten. Es war das süßeste und befriedigendste Gefühl, das Nathan in seinem langen Leben verspürt hatte. In dieser Sekunde begriff er, dass er Kylie nie wieder verlieren wollte.

Ein lange vermisstes Wohlbefinden hatte sich nach dieser heftigen Nummer in Kylie eingestellt. Inzwischen lagen sie beide wieder in dem bequemen Bett. Nathan hielt sie im Arm, während sie mit ihren Fingernägeln verspielt über seinen Brustkorb kratzte.

„Glaubst du mir mittlerweile, dass ich nicht für die schrecklichen Ereignisse auf der Erde verantwortlich bin?“, erkundigte sie sich zaghaft.

Er stieß leise zischend die Luft aus. „Was für eine Frage! Aber so leid es mir tut, auch wenn ich eben kurzzeitig die Kontrolle verloren habe, werde ich erst voll und ganz von deiner Unschuld überzeugt sein, sobald wir den wahren Verursacher gefunden haben.“

Ein Schlag ins Gesicht hätte nicht schmerzhafter sein können. Seine Antwort tat ihr in der Seele weh.

Was war bloß mit ihr los? Warum war sie in seiner Nähe derart empfindlich?

Einmal mehr begriff sie, dass er keine leichte Beute war. Jeder andere Mann hätte ihr nach diesem atemberaubenden Sex aus der Hand gefressen. Doch nicht so Nathan! Genau genommen war diese Charakterstärke bewundernswert.

„Shiva“, bekundete sie. „Sein Ziel war es seit jeher, gewisse Dinge zu zerstören, um sie durch etwas Neues zu ersetzen, das eher seiner Vorstellung entsprach. Wobei er vor nichts haltmachte. Vollkommen gleich, ob Mensch oder Tier. Selbst Landschaften oder ganze Städte mussten schon unter seinem Wahn leiden.“

„Ich weiß. Glaube ja nicht, es wäre mir verborgen geblieben, was ihr beide damals in eurer wilden Zerstörungswut angerichtet habt. Doch zu dieser Zeit hatte ich andere Probleme, als mich um ein paar verrückte Götter zu kümmern. Shiva war übrigens nie richtig tot. Das Gift der Schlange hatte ihn in eine Art Koma versetzt, aus dem er bereits vor einigen Jahren erwacht ist.“

„Woher weißt du das?“

„Ich habe auch so meine Kontakte. Hast du eine Idee, wo er sich aufhalten könnte?“

„Schwierig, er verfügt über viele Rückzugsorte.“ Sie sinnierte kurz, ehe sie eine Entscheidung traf. „Auch wenn es mir vor dieser Vorgehensweise graut, wäre ich der perfekte Lockvogel, denn er wird nicht ruhen, ehe er mich erneut mit Haut und Haaren besitzt oder getötet hat. Will heißen, ich muss zur Erde zurück.“

„Vergiss es!“

Der bestimmende Tonfall setzte rasch wieder ein Glücksgefühl in ihr frei. Sie war ihm nicht völlig gleichgültig und das beruhigte sie. Gemächlich rappelte sie sich hoch und stützte sich auf einem Ellbogen ab. Prüfend nahm sie den Allmächtigen ins Visier. „Wo soll das mit uns beiden hinführen, Nathan?“

Er zuckte mit den Schultern. „Wenn ich das bloß selbst wüsste. Ich traue dir keinen Meter und dennoch bist du das Beste, was mir je passiert ist. Laut Lous Worten bin ich endlich von den Toten auferstanden.“

Sie lächelte. „Ich denke, ich hätte auch nichts gegen eine Affäre mit dir einzuwenden.“ Sie beugte sich über ihn und küsste sich zärtlich seinen Bauch hinab.

Er sog zischend die Luft ein. „Was genau verstehst du unter einer Affäre?“

„Man sieht sich gelegentlich und hat aufregenden Sex.“ Ihre Finger umfassten seinen Schwanz, der sich unter ihren geschickten Berührungen prompt wieder aufrichtete. Ein triumphierendes Grinsen tanzte über Kylies Gesicht. Es machte sie unsagbar an, dass dieser mächtige Mann derart auf sie reagierte.

Ihm entfuhr ein unterdrücktes Keuchen. „Das soll alles sein?“

Überrascht schaute sie auf. „Du willst mehr?“ Sie hauchte ihm sanfte Küsse auf seine Erektion.

„Was spricht dagegen?“

Seine Worte ließen ihr Herz sekundenlang aussetzen, bevor sich eine Gefühlsregung in ihr aufbaute, die sie kaum mehr kannte: Hoffnung. Doch für den Moment ging ihr das alles viel zu schnell. „Lass uns später darüber reden. Zuerst schuldest du mir etwas: nämlich Sex auf meine Art. Ich muss endlich wieder die Kontrolle über meine Orgasmen erlangen. Irgendwie gelingt es dir jedes Mal, mich davon abzuhalten."

„Deine Lustschreie haben nicht den Eindruck erweckt, dir hätte meine Vorgehensweise missfallen. Aber warum ist es dir so wichtig, die Oberhand zu behalten?"

„Du weißt, dass ich mich keinem Mann mehr unterordnen will."

„Oh, Kylie, hatten wir dieses Thema nicht bereits? Wann begreifst du endlich, dass das gar nicht in meiner Absicht liegt? Ich …" Die Worte erstarben ihm auf den Lippen, als sie in Richtung seines Schritts rutschte und seine Härte in ihren Mund saugte. Er schnappte nach Luft, ließ sie aber anstandslos gewähren.

Sie leckte zärtlich an ihm, biss ihn sanft und reizte ihn nach allen Regeln der Kunst. Allerdings ließ sie nicht zu, dass er Erlösung fand. Nathans Körper vibrierte unter ihren Lippen, während sich seine Muskulatur versteifte. Sein heiseres Stöhnen war Musik in ihren Ohren.

Herrlich! Sie liebte es, einen Mann in den Wahnsinn zu treiben. Und dass es sich bei diesem Mann zufälligerweise um Gott handelte, machte das Ganze umso aufregender.

Letztendlich griff er in ihr Haar und drückte sie

gegen sich, sodass sein Schwanz noch tiefer in ihre Kehle rutschte. „Kylie, bitte, bring es zu Ende“, hauchte er mit vor Erregung bebender Stimme. „Meine Güte, Lou hatte recht, du bläst wirklich wie der Teufel.“

Überrascht blickte sie auf. „Wie bitte?“, nuschelte sie.

„Ach, vergiss es!“ Gierig stieß er jetzt in ihren Mund hinein, während er ihren Hinterkopf festhielt und ihr damit einmal mehr die Macht über die Geschehnisse raubte.

Seinem entrückten Gesichtsausdruck nach zu urteilen, war er schon viel zu weit, um überhaupt noch zu begreifen, was er da gerade tat. Denn im Moment hatte sein Verhalten rein gar nichts mehr mit einem Gentleman oder dem lieben Gott gemein.

Schmunzelnd entwand sie sich aus seinem Griff und entließ ihn aus ihrem Mund.

Er stöhnte. „Kylie, nein, das kann unmöglich dein Ernst sein. Wenn du jetzt aufhörst, werde ich verrückt.“ Die Glut in seinen Augen war das Schärfste, was sie in ihrem ganzen Leben gesehen hatte.

Sie schwang ein Bein über ihn und kletterte auf ihn. Danach beugte sie sich nach vorne und küsste ihn verheißungsvoll auf den Mund. „Nathan, entspann dich! Ich habe doch gerade erst angefangen.“

Er schloss die Augen und holte tief Luft. „Du hast gut reden. Als ob du nicht genau wüsstest, was du mit mir anstellst. Himmel, Kylie, du bringst mich um den Verstand!“

„Das war der Plan.“

Sie setzte sich auf, brachte ihr Becken in Position

und ließ seine Härte tief in sich hineingleiten. Er zuckte in ihr, was ihr verdeutlichte, dass er keinerlei Kontrolle mehr über seinen Körper hatte. Um es nicht zu schnell zu beenden, hielt sie einfach still.

Sekunden später öffnete Nathan die Lider und suchte nach ihrem Blick. Prompt versank sie in diesem tiefen Blau, das mehr Wärme ausstrahlte, als sie es jemals zuvor bei einem Mann gesehen hatte. Ehe sie sich noch vollends an ihn verlor, unterbrach sie den Augenkontakt und legte den Kopf in den Nacken. Sie hob ihr Becken an und begann, ihn langsam und genüsslich zu reiten.

Er stöhnte auf. „Das ist pure Folter. Willst du mich zum Betteln bringen?“

„Hervorragende Idee. Glaube mir, sobald ich mit dir fertig bin, wirst du mir jeden noch so schrägen Wunsch erfüllen. Ich mache nämlich süchtig, weißt du?“

Ein Grinsen zuckte um seine Mundwinkel. „Reißt es dich aus deiner unerschütterlichen Ruhe, wenn ich dir sage, dass mir eine Affäre mit dir nicht genügt.“

Prompt hielt sie in der Bewegung inne und starrte ihn ungläubig an. „Ich habe dir schon einmal gesagt, du sollst nicht mit mir spielen.“

„Liebste, mach mit mir, was immer du willst. Aber eins sollte dir klar sein: Falls du wirklich nicht für diese schrecklichen Ereignisse auf der Erde verantwortlich bist, dann will ich dich mit Leib und Seele, nicht nur deinen Körper.“

Tausende von Emotionen jagten bei seinen Worten durch ihren Kopf und brachten sie vollständig aus dem Konzept. Sie sackte in sich zusammen. „Jetzt hast du mir den Spaß tatsächlich verdorben."

Dieser Moment der Unachtsamkeit reichte aus. Nathan packte sie an der Taille und warf sie herum, ohne aus ihr herauszugleiten. Plötzlich lag sie auf dem Rücken und er war über ihr. „Kylie, gib uns eine Chance, bitte!" Sein eindringlicher Blick ging ihr durch und durch, setzte Gefühlsregungen frei, mit denen sie nicht umgehen konnte.

Vehement schüttelte sie den Kopf. „Tut mir leid, aber das wird nicht funktionieren. Niemals wieder will ich eine Beziehung. Das mit Shiva war zu grausam."

„Ich bin nicht er."

„Als ob ich das nicht wüsste." Sie warf ihm einen flehentlichen, ja fast schon verzweifelten Blick zu. „Nathan, denk doch mal nach! Ich mit meiner schwarzen Seele. Und du, das genaue Gegenteil. Ich könnte dir und deinen Ansprüchen niemals gerecht werden."

„Das wage ich zu bezweifeln. Aber warum lassen wir es nicht einfach auf uns zukommen? Denn genau in dieser Sekunde, wo ich tief in dir bin, sagt mir ein Gefühl, dass das mit uns beiden etwas ganz Großes werden könnte." Er blickte an sich hinab, zu der Stelle zwischen ihren Schenkeln, an der sie miteinander verbunden waren. „Möchtest du wieder nach oben? Allerdings vermittelst du gerade nicht den Eindruck, es wäre dir unangenehm, unter mir zu liegen. Scheint, als ob du inzwischen Vertrauen zu mir gefasst hättest."

Als er sich in ihr bewegte, kroch ein Stöhnen ihre Kehle empor. „Verdammt, Nathan, hör auf zu reden und fick mich endlich!“

Schmunzelnd genoss er seinen Sieg über sie. „Du lenkst ab, meine Schöne. Wenn auch auf eine sehr erregende Art und Weise. Aber einverstanden.“

Als er sie schließlich heftig nahm, schlug die Lust über ihr zusammen wie eine gigantische Welle und zog sie mit sich in die Tiefe. Sie ließ sich fallen, stürzte ins Bodenlose und konnte es nach so vielen Jahren endlich wieder genießen, sich einem Mann vorbehaltlos hinzugeben.

Kapitel 16

Ein paar Tage später befand Kylie sich noch immer im Himmel. Das helle Zimmer, das Nathan ihr zur Verfügung gestellt hatte, war ein Traum.

Sie verharrte auf einem flauschigen Sofa und genoss eine der Fernsehserien, die in einem himmlischen Filmstudio gedreht worden waren. Die Familiensaga bescherte ihr richtig gute Laune. Wobei sie nicht allein die Kulissen faszinierten, auch die Schauspieler waren ein absolutes Highlight. Was nicht verwunderlich war, denn viele der weltbesten Akteure, die bereits vor sehr langer Zeit verstorben waren, übten ihren Beruf jetzt im Himmel aus. Demzufolge punkteten die Filme und Serien durch einen unglaublichen Unterhaltungswert. Marlon Brando, James Dean, Audrey Hepburn und einige andere wiederzusehen, war einfach ein Hochgenuss.

Auch hatte Nathan ihr verraten, dass die Konzerte, die mit steter Regelmäßigkeit im Himmel stattfanden, sich ebenso großer Beliebtheit erfreuten. Wer wäre nicht von Elvis Presley, Freddy Mercury oder Michael Jackson angetan?

Anfänglich war sie noch darüber verwundert gewesen, wie viele Prominente hier ihr Dasein genossen, obwohl man ihnen zu Lebzeiten die schlimmsten Vergehen unterstellt hatte. Doch inzwischen war ihr klar geworden, dass man den Nachrichten- und Fernsehsendern der Erde am besten keinen Glauben mehr schenkte.

In diesem Moment ließ sie ein Scheppern aufblicken. Als sie die Ursache erkannte, legte sich ein

Lächeln über ihr Gesicht. Ihr kleiner Freund Wobbel vertrieb sich gerade die Zeit damit, eins der gut bestückten Bücherregale auszuräumen. Ein Buch nach dem anderen fiel zu Boden.

Rasch sprang sie auf und hielt den Koala davon ab, diese sicherlich uralten Schätze zu demolieren. Sie nahm ihn auf den Arm, was ihm sichtlich gefiel, denn er schmiegte sich prompt an sie.

Das Bärchen war in der Tat zu ihrem ständigen Begleiter geworden. Doch nicht nur an Wobbel hatte sie sich gewöhnt, sondern auch an Nathan. Häufig hatten sie unglaublichen Sex, alberten herum und fassten nach und nach Vertrauen zueinander.

Allerdings ging sie immer wieder auf Abstand, wenn er ihr gefühlsmäßig zu nahekam. Denn ihr war sehr wohl bewusst, wie wenig Sinn das machte. Sie waren wie Licht und Schatten, Schwarz und Weiß. Daher musste sie Nathan verlassen, solange sie noch die Kraft dazu besaß.

Doch es gab ein Problem: Sie konnte dem Himmel nicht ohne seine Hilfe entkommen. Und fatalerweise war er nicht gewillt, sie gehen zu lassen, bevor Shiva gefasst war. Und obwohl Nathan überall nach ihm suchen ließ, schien ihr totgeglaubter Ehemann wie vom Erdboden verschluckt zu sein.

Leider hatte die Erfahrung sie gelehrt: Wenn Shiva eins besaß, dann war das Geduld. Er würde dieses Spiel im Notfall jahrelang durchziehen. Währenddessen bekriegten sich die Politiker und die Wirtschaftsbosse der Erde weiterhin, die Terroranschläge nahmen kein Ende und die Klimaerwärmung stieg stetig an. Und irgendwann würde einer dieser verrückten

Machthaber die Welt zerstören. Sei es, weil er das für einen cleveren Schachzug hielt oder weil Shiva ihm den Befehl dazu erteilte.

Sie küsste Wobbel sanft auf den Kopf und sog seinen unverkennbaren Eukalyptusgeruch ein, während ihr ein leises Seufzen entfuhr. Nicht, dass es ihr in ihrer momentanen Umgebung nicht gefallen würde. Doch sie musste dem Treiben auf der Erde ein Ende setzen, denn sie war vermutlich die Einzige, die Shiva Einhalt gebieten konnte.

Zudem hatte der Himmel einen weiteren gravierenden Nachteil: Außer Wobbel und Unmengen von Katzen, die für gewöhnlich im Handumdrehen wieder verschwanden, gab es hier keinerlei Tiere, denn deren Seelen wanderten an einen anderen Ort.

Diese Entscheidung war vor sehr langer Zeit getroffen worden, da Haustiere aufgrund ihres geringen Lebensalters überhandgenommen hatten. Einzig den früheren Herrchen war es erlaubt, den Tierhimmel zu betreten. Sofort hatte sie sich nach Kiran erkundigt. Doch bei Göttern und heiligen Wesen verhielt es sich ein wenig anders. Sollten sie wirklich einmal sterben, gab es keine Auffangstation für sie. Sie waren für alle Ewigkeit verschwunden. Eine erschreckende Vorstellung, die Kylie nicht weiter nachverfolgen wollte.

Ihr fehlten ihre Elefanten und Tiger. Der kleine Mungo, die Affen und die Pandas nicht zu vergessen. Und vor allem ihre Schlangen. Auch wenn ein Leben hier oben denkbar wäre, wollte sie zumindest hin und wieder auf die Erde.

Doch zuerst musste sich das Problem mit Shiva

lösen.

Ein wahrer Teufelskreis!

Sie benötigte dringend einen Plan, um dem Himmel zu entkommen.

Tag für Tag machte Nathan sie mit neuen Abschnitten des Himmels vertraut, was sie infrage stellen ließ, ob er sie jemals zur Erde zurückkehren lassen würde. Denn es war zu befürchten, dass sie inzwischen über mehr Informationen verfügte, als irgendein Wesen außerhalb des Himmels besitzen sollte.

Immer wieder bestaunte sie gigantische Wohnviertel mit Hochhäusern, die nach oben hin kein Ende nehmen wollten. Dennoch muteten alle Gebäude hell und freundlich an. Gelegentlich vernahm man im Freien Geigenmusik, auch wenn man nie ein Orchester oder einen Lautsprecher entdeckte. In einiger Entfernung erstreckte sich ein rötliches Gebirge, das sich vor dem herrlich blauen Himmel beeindruckend abzeichnete.

Einkaufspassagen und gemütliche Straßencafés, in denen sich lachende, zufriedene Menschen tummelten, waren allgegenwärtig. An jeder Straßenecke schlichen die himmlischen Katzen umher. Hin und wieder schwirrten blond gelockte Engel vorbei, doch die Jungs und Mädchen trugen keine Flügel auf dem Rücken, sondern Rotoren, und fungierten als Botenjungen, Bedienungen oder Verkäuferinnen.

Alle Transportmittel bewegten sich lautlos und völlig emissionsfrei, daher war die Luft zu jeder Zeit erfrischend und erinnerte ans Hochgebirge. Obendrein schien die Atmosphäre mit irgendetwas angereichert zu sein, das konstant gute Laune verbreitete.

Gelegentlich bummelten sie und Nathan durch die Läden. Die Kleidung, die hier angeboten wurde, war durch die Bank weg brav, bieder und hell. Zwar gab es auch den einen oder anderen Designerladen, der ausgefallenere Stücke anbot, doch die meisten Himmelsbewohnerinnen machten offensichtlich einen großen Bogen um diese Shops.

Seltsamerweise stand ihr der Sinn in dieser Umgebung jedoch nicht nach verrückten oder sexy Kleidungsstücken. Daher hüllte sie sich grundsätzlich in eins von Nathans Hemden. In Verbindung mit Jeans fühlte sie sich darin rundum wohl.

Häufig wurde Nathan während ihrer Spaziergänge erkannt und angesprochen. Natürlich wurde dabei auch Kylie neugierig in Augenschein genommen, zumal sie manchmal Händchen hielten, was Nathan kein Stück peinlich zu sein schien.

Dessen ungeachtet, mit welcher Lappalie er auch immer behelligt wurde, begegnete er jeder Person mit dem nötigen Respekt. Dieser Mann war einfach perfekt. Und sie konnte es drehen und wenden, wie sie wollte, er war schlicht und ergreifend zu gut für sie.

Als sie eines Abends in einem kleinen Restaurant Platz nahmen, seufzte sie ob der behaglichen Umgebung vor Glück. Im Hintergrund plätscherten mehrere Springbrunnen gemütlich vor sich hin und verliehen diesem Ort eine Friedfertigkeit, die Kylie niemals zuvor erlebt hatte. Essen entsprach im Himmel reinem Genuss. Niemand war darauf angewiesen, denn im Prinzip waren die Personen ja bereits tot. Dennoch gab es hier jede Menge hervorragende Restaurants.

Einige der anwesenden Damen beäugten Nathan interessiert. Versonnen nahm auch sie ihren attraktiven Begleiter ins Visier. „Wieso hast du keine Frau? Die Ladys hier himmeln dich an wie Groupies einen Star. Du könntest vermutlich jede von ihnen haben."

„Ich hatte ja bereits erwähnt, dass mir viele Frauen aufgrund meines hohen Alters prinzipiell vorkommen wie Kinder. Das soll jetzt nicht herablassend klingen, aber die wenigsten Himmelsbewohnerinnen begegnen mir auf Augenhöhe. Nur ein Bruchteil von ihnen erweitert ihren Horizont, sobald sie erst einmal hier eingetroffen sind. Vielmehr leben sie glücklich und zufrieden vor sich hin. Was sollte ich auf Dauer mit einer solchen Partnerin anfangen?"

Er griff über den Tisch hinweg nach ihrer Hand. „Deine Anwesenheit ist im Grunde genommen ein Glücksfall für mich, denn es nervt schon ein wenig, derart angebetet zu werden. Ich gehe kaum noch ins Theater, Kino oder zu Konzerten, da mir dort grundsätzlich irgendwelche Verehrerinnen nachstellen. Manche schrecken noch nicht einmal davor zurück, sich mir hemmungslos anzubieten." Er blickte an sich hinab. „Und dieses Aussehen erleichtert es mir nicht gerade."

„Wie muss ich mir dein wahres Aussehen vorstellen?"

„Ich glaube, es gibt kein Erscheinungsbild, das ich noch nicht ausprobiert habe. Meistens bin ich jedoch als grauhaariger, ein wenig betagter Gentleman aufgetreten. Das vermittelt Respekt und hält zudem viele Frauen davon ab, sich mir an den Hals zu werfen." Er schmunzelte. „Doch ich kann nicht beurteilen, ob ich in dieser Form deine Aufmerksamkeit erregt hätte. Daher musste ein Facelifting her. Meinen momentanen Anblick verdankst du übrigens Lou."

„Verstehe." Ein Grinsen zuckte um ihre Mundwinkel. „Der Herrscher der Hölle hat definitiv Geschmack. Aber eines muss ich dir sagen: Das Aufregendste an dir sind deine Augen. Sie nahmen mich von der ersten Sekunde an gefangen. Und die wirst du wohl kaum verändert haben."

„Richtig." Er drückte ihre Hand. „Deine Worte geben mir die Hoffnung, dass auch du irgendwann begreifen wirst, wie unwichtig Äußerlichkeiten sind. Alles, was zählt, sind innere Werte. Schönheit ist vergänglich, wohingegen ein reines Herz das wertvollste Gut ist, das man besitzen kann."

Ein wenig verunsichert spielte sie mit einer ihrer Haarsträhnen. „Warum hast du eigentlich keine Göttin an deiner Seite? Das wäre doch eine perfekte Partnerin für dich", lenkte sie rasch ab.

„Du wirst lachen. Vor sehr langer Zeit war ich in der Tat mit einigen Göttinnen liiert. Aber diese Frauen passten einfach nicht zu mir. Die meisten von ihnen sind egozentrisch, überdreht und größenwahnsinnig."

„Denkst du das auch von mir?"

„Am Anfang habe ich dich durchaus in diese Schublade einsortiert. Ich vermute, früher warst du genau die Art Frau, die ich abstoßend gefunden hätte. Aber dein langes Dasein und die vielen Qualen, die du erleiden musstest, haben dich verändert. Du denkst nicht mehr einzig an dein Wohlergehen, sondern an die Tiere und die Natur. Und glaube ja nicht, mir wäre entgangen, dass du dem kleinen Mädchen in Miami das Leben gerettet hast, obwohl du sehr wohl weißt, dass du deine göttlichen Kompetenzen damit überschritten hast.“

Ups! Das war ihr völlig entfallen.

„Du hättest das Kind allen Ernstes sterben lassen?“

„Aller Voraussicht nach *habe* ich es sterben lassen. Denn falls die Zeit der Kleinen abgelaufen war, geht kein Weg mehr daran vorbei.“

Seine Worte irritierten sie. „Manchmal habe ich das Gefühl, dich überhaupt nicht zu kennen. Wie kannst du so eiskalt sein? Du bist der liebe Gott und würdest tatenlos zusehen, wie ein Kind direkt vor deinen Augen stirbt? Das kann nicht dein Ernst sein, oder?“

„Glaube nicht, dass mir das Freude bereiten würde, aber im Laufe der Zeit habe ich mich daran gewöhnt.“ Er suchte nach ihrem Blick. „Kylie, du weißt selbst, dass die Bevölkerungszahlen nicht überhandnehmen dürfen. Die Maschine, die ich gebaut habe, entscheidet über Leben und Tod. Sie addiert positive und negative Handlungen jedes einzelnen Menschen. Auch ist sie darüber im Bilde, wie sich die Zukunft jedes Individuums gestalten wird. Es kann durchaus von Vorteil sein, jemanden schon als Kind sterben zu lassen, bevor er zum Massenmörder wird oder in seinem Leben mehr Qualen ertragen müsste, als gut für ihn sind. Außerdem treibt das Wissen, sterblich zu sein, die Menschen an und motiviert sie, mit ihrem Leben etwas anzufangen.“

„Puh“, Kylie stieß zischend die Atemluft aus. „Schwer vorstellbar. Erzähl mir, wie alles begann!“

Nathan lehnte sich zurück. „Oh, das ist derart lange her, dass ich mich kaum mehr erinnere.“ Nachdenklich legte er die Stirn in Falten. „Eines Tages wurde ich mir meiner Existenz bewusst. Anfänglich war ich ein hüllenloses Wesen, einzig mein Geist war vorhanden. Aus einer Eingebung heraus erschuf ich das Universum und entschied, mich in menschlicher Form auf der Erde niederzulassen. Dafür kreierte ich eine kleine Insel inmitten des Meeres und nannte sie Paradies.“

„Du hast also keine Eltern?“

Er schüttelte den Kopf.

„Wie traurig.“

„Nicht der Rede wert. Ich kenne es ja nicht anders. Auch die Begriffe Alter und Zeit spielen für mich lediglich eine untergeordnete Rolle. Da ich für immer da sein werde.“ Er suchte nach ihrem Blick. „Was ist mit deinen Eltern? Wie ist euer Verhältnis?“

„Ich sehe sie leider sehr selten, da sie die Götter des Himalaja-Gebirges und verschiedener anderer Berge sind. Diese Wunder der Natur vor Menschen, Erdbeben und Witterungseinflüssen zu schützen, ist ein wahrer Fulltime-Job. Ich wurde in einem Palast hoch oben auf dem Himalaja von Dienern und Privatlehrern aufgezogen. Es kam mir immer vor wie mein ganz persönliches Schloss. Und Shiva war der Prinz, der mich aus dieser Einöde befreite. Zumindest dachte ich das damals.“

Sie zuckte entschuldigend mit den Schultern. „Aber nichtsdestotrotz sind meine Eltern für mich da, falls ich wirklich einmal Hilfe benötige. Dummerweise ist Shiva viel mächtiger als sie, daher konnten sie mir in dieser Hinsicht leider keine große Unterstützung bieten. Wo auch immer sie mich versteckten, er fand mich und holte mich zurück."

Versonnen biss sie sich auf der Unterlippe herum. „Hast du meine Eltern erschaffen?"

„Im weitesten Sinne, ja. Denn ich erschuf die Gebirge. Ich glaube, an dem Tag, als ich den Himalaja ins Leben rief, war ich ein wenig angeheitert und bin leicht übers Ziel hinausgeschossen. Daher reichen die Gebirgsspitzen fast bis an den Himmel heran. Gleichzeitig wurden deine Eltern geboren - als Wächter dieses unvergleichlichen Massivs." Nathan warf ihr einen bedeutungsschweren Blick zu „In welchem Verwandtschaftsgrad *wir beide* zueinander stehen", er deutete mit dem ausgestreckten Zeigefinger zwischen ihnen hin und her, „ist sicher Auslegungssache."

Sie schmunzelte. „Das heißt, genau genommen schlafe ich mit meinem Opa. Ich wusste doch von Anfang an, dass da eine Verbindung zwischen uns besteht."

Er verzog das Gesicht. „Lass das lieber, sonst kann ich nicht garantieren, ob mir der Sex mit dir weiterhin Freude bereiten wird."

Sie bedachte ihn mit einem gekonnten Augenaufschlag. „Vertrau mir, dafür werde ich schon sorgen. Außerdem habe ich kein Problem mit rüstigen älteren Männern."

„Na, danke schön aber auch. Jetzt fühle ich mich doch gleich viel besser. Das Thema Inzucht belastet dich nicht?“

„Natürlich nicht. Das ist in Indien weder strafbar noch etwas Außergewöhnliches. Also mach dir deswegen keine Gedanken. Erzähl mir lieber, wie die Menschheit entstand.“

„Nun ja, mit der Zeit wurde es mir langweilig auf dieser Insel. Ich wünschte mir Gesellschaft. Allein mein Wille reichte aus, um die Erzengel zu erschaffen - genau wie das eine oder andere Tier. Mit den Schlangen ist mir allerdings ein Fehler unterlaufen. Sie entsprachen nicht so ganz meiner Vorstellung, kamen eher einer Übung gleich. Im Lauf der Zeit gelang es mir glücklicherweise, Tiere mit Armen und Beinen hervorzubringen.“

Er hielt inne und schien abermals zu überlegen. „Eine innere Stimme sagte mir, dass es zum Aufbau der menschlichen Rasse einer Frau bedurfte. Daher gestaltete ich Adam und Eva.“ Ein unterdrücktes Seufzen entfuhr ihm. „Doch schon damals liefen die Dinge aus dem Ruder, denn Eva fand wesentlich größeren Gefallen an Lou als an Adam.“

Kylie kicherte. „Lou ist aber auch echt heiß.“

Nathan warf ihr einen strafenden Blick zu, ging jedoch nicht auf die Bemerkung ein. „Bevor die Situation vollkommen eskalierte, kreierte ich den Himmel und die Hölle, wohin ich Lou verbannte. Das Paradies vernichtete ich mithilfe eines Vulkanausbruchs, da ich genug von dieser Insel hatte.“ Entschuldigend zuckte er mit den Schultern. „Damals war ich noch jung und ein wenig impulsiv.“

Er griff nach seinem Weinglas und nahm einen Schluck. „Irgendwann kam Eva glücklicherweise zur

Besinnung, sodass es mit der Vermehrung doch noch funktionierte. Danach machte ich mich an den Ausbau der Erde. Ich erschuf Unmengen weiterer Tier- und Pflanzenarten. Alles sollte so abwechslungsreich gestaltet sein wie möglich. Ich entwarf Hochgebirge, Wüsten, Dünen, Regenwälder und vieles mehr. Auch legte ich Wert darauf, dass die Menschen in die unterschiedlichen Regionen passten. Diejenigen, die viel Zeit in der Sonne verbrachten, erhielten eine dunklere Haut. Der blassere, kaukasische Typ war eher für die Kälte geeignet. Manchen verpasste ich schmalere Augen, als Schutz vor Sandstürmen, Sonne und Schnee."

Er seufzte leise. „Nie hätte ich gedacht, dass die Erdenbewohner derart intolerant sein würden und sich nicht gegenseitig respektierten."

„Dein Sohn", setzte Kylie vorsichtig an, „was geschah mit ihm?"

„Kein schönes Thema. Er war der verzweifelte Versuch, mit der Menschheit in engeren Kontakt zu treten. Nachdem das mit der Sintflut und den Geboten schon nichts gebracht hatte, dachte ich, jemand der mitten unter ihnen lebt, könnte sie wieder auf den Pfad der Tugend zurückführen."

Gedankenverloren nahm er erneut einen Schluck von seinem Wein. „Aber irgendwie ging auch das mit Jesus in die Hose. Er spricht nicht mehr mit mir, da er mir niemals verziehen hat, dass ich die Kreuzigung zuließ. Mittlerweile fristet er sein Dasein in irgendeiner Kommune auf Ibiza." Rechtfertigend hob er eine Hand in die Luft. „Aber Himmel noch mal, es hatte symbolischen Charakter - ebenso wie seine

Auferstehung. Er sollte die Sünden der Menschheit auf sich nehmen."

Nathan zuckte mit den Schultern. „Vielleicht hätte er auch einfach die Römer nicht derart provozieren sollen. Er dachte, er wäre der Sohn vom Chef und ihm könne nichts passieren. Warum musste er derart angeberisch übers Wasser laufen und es dann noch in Wein verwandeln?" Er winkte ab. „Aber lassen wir das lieber."

Er suchte nach Kylies Blick. „Womöglich verstehst du jetzt auch, warum ich irgendwann resigniert habe. Nach seiner Kreuzigung ging alles weiter wie zuvor. Kreuzzüge und sexueller Missbrauch waren an der Tagesordnung, unverschämterweise durchgeführt unter dem Deckmantel der Kirche oder meinem Namen. Dazu kamen die Weltkriege und vieles mehr. Ich entschied, dass der Menschheit nicht mehr zu helfen war und zog mich zurück. Fortan beschäftigte ich mich mit Büchern, Sport und schrägen Hobbys, das war wesentlich unterhaltsamer, als sich weiterhin mit diesen undankbaren Geschöpfen auseinanderzusetzen."

Er lehnte sich nach vorne und fuhr ihr sanft mit einem Finger über die Wange. „Erst eine waschechte indische Göttin hat mich aus meiner Lethargie erweckt und mir meine eigentliche Verantwortung wieder vor Augen geführt. Und dafür danke ich dir."

Ihre Blicke versanken ineinander, bis etwas gegen den Tisch rumpelte. Erschrocken schauten sie beide zu Boden. Eine weiße Katze schmiegte sich an Kylies Wade. Sie lächelte und strich dem Tier sanft über den Rücken. In dieser Sekunde löste es sich in Luft auf.

„Huch!“, stieß sie aus. „Ich glaube, daran werde ich mich nie gewöhnen.

Nathan grinste. „Ja, so ist das mit den sieben Leben. Kaum sind die Biester hier, sind sie auch schon wieder verschwunden. Und ich kann dir sagen, manchmal tauchen sie in den unpassendsten Situationen auf.“ Er musterte sie nachdenklich. „Hättest du Interesse daran, den Himmel einmal zu verlassen? Ich möchte dir nicht das Gefühl vermitteln, hier eingesperrt zu sein.“

Ein Fünkchen Hoffnung stieg in ihr auf. „Darf ich zu meinen Tieren?“

Er schüttelte den Kopf. „Vorerst nicht. Aber Lous Frau, Delilah, würde dich für ihr Leben gerne kennenlernen.“

„Du willst mich in die Hölle bringen?“

„Nein, die betrete ich selbst nur im äußersten Notfall. Die beiden besitzen ein süßes Häuschen in einer mystischen Ecke Englands. Nur wenige Götter und Unsterbliche haben zu dieser Wohnsiedlung Zutritt, daher solltest du dort in Sicherheit sein. Womöglich täte dir etwas Abwechslung gut.“

In dieser Sekunde war sie heilfroh, dass Nathan keinen Blick in ihren Kopf werfen konnte. Sie dachte nämlich einzig an die Möglichkeit, von England aus zu verschwinden, um nach ihren Tieren zu sehen. Und natürlich, um sich auf die Suche nach Shiva zu machen.

Jep, sie war definitiv ein Miststück!

Ein Mann wie Nathan hatte Besseres verdient. Er legte ihr quasi die Welt zu Füßen, sie hingegen suchte unentwegt nach einer Gelegenheit, ihn zu verlassen.

Mit einem erbärmlichen Gefühl im Magen nickte sie. „Liebend gerne würde ich die Frau kennenlernen, die den Teufel gezähmt hat.“ Skeptisch schaute sie an sich hinab. Wie üblich trug sie eins von Nathans Hemden über einer Jeans. „Kann ich in diesem Aufzug dort auftauchen?“

„Können schon. Die Frage ist, ob du es willst. Dass du bislang nicht ein einziges Mal shoppen warst, liegt sicher daran, dass die Mode hier oben deinen Ansprüchen nicht gerecht wird. Zwar gibt es im Himmel ein paar hervorragende Designer, doch es mangelt an der Kundschaft. Die bösen Mädchen landen nämlich für gewöhnlich bei Lou. Aber wir haben Zugriff auf verschiedene irdische Online-Shops. Meine Assistentin ist sehr bewandert in diesen Dingen. Möglicherweise findet sie ja ein paar Kleidungsstücke, die dich eher ansprechen. Was denkst du, soll ich sie damit beauftragen?“

„Gute Idee. Du wirst lachen, aber aus irgendeinem Grund spielen Klamotten, Schmuck oder Make-up gerade keine große Rolle für mich. Ehrlich gesagt fühle ich mich in deinen Hemden pudelwohl. Vielleicht liegt es ja daran, dass ich momentan nicht das Gefühl verspüre, ich müsste andere Menschen vor den Kopf stoßen oder provozieren.“

Nathan zwinkerte ihr zu, beugte sich zu ihr nach vorne und küsste sie liebevoll auf den Mund. „Du könntest in Sack und Asche gehen und wärst für mich dennoch die aufregendste Frau dieses Universums“, hauchte er gegen ihre Lippen.

Sein prickelnder Atem in Verbindung mit dem Kompliment lösten eine angenehme Wärme in ihrem Inneren aus. Am liebsten hätte sie ihm jetzt die Arme um den Hals geschlungen und ihn bis zur Ohnmacht geküsst. Peinlich berührt schloss sie stattdessen die Augen, denn ihr schlechtes Gewissen brüllte in dieser Sekunde noch lauter.

Kapitel 17

„Aber das ist ja alles weiß!“, äußerte Kylie mit Blick auf den Berg Klamotten, den Nathans rothaarige Assistentin über einen Sessel drapiert hatte. Offensichtlich war die Kleine so konservativ, wie sie wirkte. Wobei Kylie weniger Anstoß daran nahm, dass Weiß in Indien als Trauerfarbe galt, eher erschien ihr die helle Kleidung als ein Symbol der Unschuld, was kein Stück zu ihr passte.

Das Mädchen zuckte entschuldigend mit den Schultern. „Ich dachte, das wäre okay. Es gibt natürlich auch farbige Sachen. Ich kann mal schauen.“ Hektisch tippte sie auf ihr Skypad ein. „Hellblau? Rosa?“

Kylie seufzte. Nein, wie ein riesiges Bonbon wollte sie erst recht nicht aussehen. „Lass es gut sein. Weiß ist schon in Ordnung.“ Sie griff nach den Kleidern, Röcken und Hosenanzügen und musterte sie. „Was meinst du, Clarice, was würde Nathan gefallen?“

„Oh, ich weiß nicht so genau.“ Verunsichert spielte sie mit dem Pad in ihrer Hand. „Vielleicht ein Kleid.“

Kylie nickte. „Ja, Kleid hört sich gut an.“

„Bleiben Sie jetzt eigentlich für immer hier?“, wollte Clarice wissen. „Bin ich dann zukünftig auch Ihre Assistentin?“

Kylie nahm das zurückhaltende Mädchen intensiver in Augenschein. Clarice war irgendwie niedlich und erinnerte sie ein wenig an Indira. Ihre Dienerin war ebenso eingeschüchtert gewesen, als sie vor vielen Jahren zu ihr gekommen war, doch nach und nach hatte sie sich zu einer selbstbewussten Frau entwickelt.

Ein Kloß bildete sich in Kylies Kehle. Manchmal konnte sie es gar nicht fassen, dass ihre treue Dienerin nicht mehr unter den Lebenden weilte. Natürlich, Indira wäre ohnehin irgendwann gestorben. Aber doch nicht in so jungen Jahren, und schon gar nicht durch Gewalteinwirkung.

Prompt stieg erneut Zorn auf Shiva in ihr auf. Sie holte tief Luft und versuchte, sich zu beruhigen, bevor sie noch das Gefühl überkam, irgendetwas zertrümmern zu müssen.

„Ich kann nicht mit Bestimmtheit sagen, wie lange ich bleiben werde“, bemerkte sie in Richtung von Nathans Assistentin. „Aber sicher nicht für die Ewigkeit. Ich passe nicht hierher.“

„Schade, ich mag Sie. Und der Boss ist momentan so gut gelaunt wie niemals zuvor.“

„Du nennst Nathan Boss? Das finde ich süß.“

„Ja, das ist mir einmal herausgerutscht. Er hat mit schallendem Gelächter darauf reagiert, so behielt ich es bei. Benötigen Sie mich noch?“

Kylie schüttelte den Kopf. „Nein, nicht nötig.“ Sie wies auf den Kleiderberg. „Ich danke dir für die Sachen. Mit Sicherheit werde ich etwas Passendes finden.“

„Nichts zu danken, Chefin. Es war mir eine Freude.“ Mit einem verschmitzten Grinsen auf dem Gesicht verschwand die Kleine.

Chefin! Wie süß!

Neugierig machte Kylie sich über den Klamottenberg her. Die meisten Kleidungsstücke waren recht prüde, um nicht langweilig zu sagen. Sie griff nach einem weißen Kleid mit Faltenrock und schlüpfte hinein. Auch wenn der Ausschnitt ganz keck war, ging der Rock bis weit übers Knie und ließ sie wirken wie eine sittsame Schülerin. Es fehlten einzig die Kniestrümpfe.

Als sie jedoch kurz darauf ein paar Overknee Stiefel mit High Heels und einen breiten Gürtel fand, kam ihr eine Idee.

Nathan saß an seinem Schreibtisch und überprüfte die Liste der Neuankömmlinge, als es klopfte. „Komm rein, Clarice!“, rief er augenblicklich, da er Auswertungen über die himmlische Bevölkerungsentwicklung erwartete. In letzter Zeit gingen die Zahlen zurück. Güte und Herzlichkeit sanken auf der Erde. Lou hatte mittlerweile wesentlich mehr Neuzugänge zu verzeichnen. Eigentlich ein Glücksfall, so war Nathan nicht gezwungen, postwendend neue Bauvorhaben im Himmel in Auftrag zu geben. Aber er wusste auch, dass diese Abwärtsspirale irgendwann gestoppt werden musste.

„Geht klar, Boss“, antwortete eine Frauenstimme, nachdem sich die Tür geöffnet und wieder geschlossen hatte.

Irritiert über den samtigen Klang dieser Worte hob er den Kopf. Keine Sekunde später schnappte er nach Luft. „Kylie!“, entfuhr es ihm. Es fehlte nicht viel und der Anblick hätte ihn vom Stuhl gehauen.

„Ist das Outfit okay für den Besuch bei Lou?“, fragte sie mit sexy Unterton, während sie sich im

Kreis drehte.

„Nicht dein Ernst, oder?“ Sein Blick heftete sich auf ihr ausladendes Dekolleté, das in einer Art Korsage steckte. Ein breiter Gürtel betonte ihre Wespentaille und presste zudem ihre wundervollen Brüste perfekt in Position. Der kurze Faltenrock und die hohen Stiefel, die ihre ellenlangen Beine in Szene setzten, rundeten das Gesamtbild ab.

Er hatte Kylie schon lange nicht mehr geschminkt gesehen. Mit den dunkel umrahmten Augen und den knallroten Lippen wirkte sie wie die pure Sünde. Die weiße Farbe, die sie trug, strahlte plötzlich nichts Braves mehr aus.

Prompt setzte ein Prickeln in seinem Schritt ein. Kaum zu glauben, aber diese Frau schaffte es mit ihrer Abgeklärtheit doch immer wieder, ihn in Versuchung zu führen.

Gemächlich erhob Nathan sich, umrundete den Schreibtisch und wanderte langsam auf sie zu. Eine Armlänge von ihr entfernt kam er zum Stillstand

Aufgrund Kylies hoher Absätze befanden sich ihre Gesichter fast auf gleicher Höhe. Mit Unschuldsmiene musterte sie ihn aus großen Augen.

„Nie im Leben wirst du in diesem Outfit Lous Haus betreten“, raunte er mit dunkler Stimme.

„Entspricht es etwa nicht deinem Geschmack, Boss?“

Ein Grinsen zauberte sich auf sein Gesicht. „Die Anrede hat was, daran könnte ich mich glatt gewöhnen. Aber mir war bisher nicht bewusst, dass man hier derart sündige Klamotten erstehen kann.“

Sie grinste und schenkte ihm einen gekonnten

Augenaufschlag. „Ich musste ein paar kleine Veränderungen vornehmen."

„Verstehe. Da ich nicht zulassen werde, dass Lou deinetwegen Ärger mit seiner Frau bekommt, kann ich dich unmöglich so gehen lassen." Er legte ihr eine Hand in den Nacken und zog ihren Kopf näher zu sich. „Verzeih mir, aber ich werde jetzt dein Make-up ruinieren." Besitzergreifend pressten sich seine Lippen auf ihre. Was sie kein Stück zu stören schien, denn sie sank glücklich seufzend in seine Arme. Seine Hände glitten an ihrem Körper hinab, unter den kurzen Rock und umfassten ihren Po.

Ein Keuchen entfuhr ihm. „Ich kann mir kaum vorstellen, dass die Unterwäsche ausverkauft war", murmelte er an ihrem Mund.

„O mein Gott, wie konnte das nur passieren!", stieß sie in gespieltem Entsetzen aus. „Ich werde es wiedergutmachen, Boss, versprochen." Sie löste sich aus seiner Umarmung und sank vor ihm auf die Knie. Rasch öffnete sie seine Hose und schob diese mitsamt Boxershorts ein Stück herab. „Ihm scheint meine Aufmachung zu gefallen", hauchte sie derweil. Ohne eine weitere Sekunde zu zögern, saugte sie seinen bereits steifen Schwanz in ihren Mund.

Nathan ließ stöhnend den Kopf in den Nacken fallen und griff in ihr Haar. „Darauf kannst du wetten. Himmlische Katze! Wenn uns jetzt jemand sehen würde, wäre mein Ruf für alle Zeiten ruiniert."

In diesem Moment flog die Tür auf und ein rothaariger Wirbelwind jagte ins Zimmer. „Boss, es tut mir leid, dass es so lange gedauert hat, aber … Oh, Gott! Oh, Gottogottogott!" Klappernd ging ihr

Skypad zu Boden.

Nathan seufzte. „Clarice, geh jetzt! Und tu einfach so, als hättest du nichts gesehen.“

Doch das Mädchen verharrte wie versteinert, während ihre Wangen den gleichen Farbton annahmen wie ihr Haar. Kylie warf ihm von unten herauf einen fragenden Blick zu. Als sie sich von ihm lösen wollte, hielt er ihren Kopf jedoch fest gegen sich gepresst. Clarice musste beim besten Willen nicht noch einen Blick auf seine mächtige Latte erhaschen.

„Clarice, würdest du uns jetzt bitte alleine lassen?“, wiederholte er, dieses Mal voller Ungeduld.

Sie nickte, dann fuhr sie wie der Blitz herum und jagte auf die Tür zu. „Tut mir leid, ganz furchtbar leid. Ich habe nichts gesehen, rein gar nichts“, flötete sie währenddessen. Mit einem Knall fiel die Tür hinter ihr ins Schloss.

Erleichtert ausatmend nahm Nathan seine Hand von Kylies Hinterkopf. Gierig schnappte diese nach Luft, nachdem sie seine Erektion aus ihrem Mund entlassen hatte. Ein leises Kichern entfuhr ihr. „Ich hoffe, die Kleine hat jetzt keinen Schock fürs Leben bekommen.“

„Ich habe eher Bedenken, der ganze Himmel könnte davon erfahren.“

Kylie rappelte sich lachend auf. „Wäre das so schlimm?“

Nun musste auch Nathan schmunzeln. „Wer weiß, vielleicht würde mein Ansehen ja sogar weiter steigen. Die Göttin der Zerstörung, gebändigt, vor mir auf den Knien, das gelingt sicher nicht vielen Männern.“

Sie warf ihm einen lasziven Blick zu. „Du denkst ernsthaft, du hättest mich gebändigt?"

„Habe ich nicht?" Noch ehe sie antworten konnte, griff er nach ihrem Oberarm und zerrte sie auf seinen Schreibtisch zu. Mit einer Hand wischte er ein paar Papiere beiseite, die wild durch den Raum flatterten. Danach drückte er Kylie bäuchlings auf die Tischplatte. Mit einem großen Schritt platzierte er sich hinter ihr und packte sie mit beiden Händen an der Hüfte. Der kurze Rock und der fehlende Slip gewährten ihm einen erstklassigen Ausblick zwischen ihre Schenkel.

„Was für ein Arsch", murmelte er. „Meine Güte, Kylie, du bringst mich wirklich dazu, auch noch meine letzten Skrupel fallen zu lassen. Spreiz deine Beine, und dann halt still!"

Sie gehorchte prompt. Als er mit zwei Fingern sanft in sie hineinglitt, wimmerte sie leise. Sie war feucht und mehr als bereit für ihn. Diese Frau war einfach unersättlich, doch er konnte nicht leugnen, dass das sein Verlangen noch schürte. Rasch brachte er seine Härte zwischen ihren Beinen in Position.

„O mein Gott, Nate!", schrie sie auf, als er mit einem kraftvollen Stoß in sie eindrang.

Er beugte sich von hinten über sie. „Wie schlimm ist es, dass du gerade die Kontrolle abgeben musst?", raunte er ihr ins Ohr.

„Ich bin mir nicht sicher, könnte ich eine weitere Kostprobe erhalten?"

Dass ihr Widerstand von Mal zu Mal schmolz, gefiel ihm. „Aber sicher doch." Und dann vögelte er sie mit einer Heftigkeit, die die Welt in den Hintergrund treten ließ. Ihre Körper bewegten sich in vollkommenem Einklang, während ihr Stöhnen den Raum erfüllte.

Keiner von ihnen registrierte, dass Clarice einmal mehr mit weit aufgerissenen Augen im Zimmer stand, da sie ihr geliebtes Skypad hatte holen wollen.

Kapitel 18

Als sie sich am darauf folgenden Abend Lous und Delilahs Häuschen näherten, flammte in Kylie ein Fünkchen Nervosität auf. Ein ungewohntes Gefühl, doch das alles hier war ihr derart fremd, dass sie am liebsten auf dem Absatz kehrtgemacht hätte. Das schicke weiße Kleid, das sie trug, passte genauso wenig zu ihr wie der Besuch bei irgendwelchen Freunden. Sie war seit jeher eine Einzelgängerin gewesen und kannte gemütliches Beisammensein nicht. Folglich hatte sie nicht die geringste Ahnung, welche Verhaltensregeln angebracht waren.

Hilfe suchend schielte sie zu Nathan hinüber. Dieser steckte heute in Jeans und einem blauen Blazer über einem weißen Hemd. Und wirkte darin mindestens genauso aufregend wie in der schwarzen Lederjacke.

Er schien ihre Gefühlslage zu bemerken, denn er griff nach ihrer Hand und drückte sie aufmunternd. „Mach dir keine Gedanken, Delilah ist ein herzensguter Mensch."

Ein sarkastisches Lachen entfuhr ihr. „Verrate mir bitte, was ich mit einem herzensguten Menschen anfangen soll."

Er warf ihr einen tadelnden Blick zu. „Kylie, warum rückst du dich immer in ein derart schlechtes Licht?"

Ehe sie antworten konnte, wurde bereits die Tür geöffnet. Lou lehnte lässig im Rahmen. Wie üblich trug er sein schwarzes Lederoutfit. „Hallo, ihr beiden Hübschen. Dass ich irgendwann freiwillig den Allmächtigen in mein Haus lassen würde, hätte ich bisher nicht einmal zu träumen gewagt.“ Er zuckte mit den Schultern. „Aber was tut man nicht alles, um seine Frau bei Laune zu halten.“ Sein Blick heftete sich auf die Narbe auf Kylies Wange. Er stutzte. Die Lässigkeit fiel ihm schlagartig aus dem Gesicht, während sich ein dunkler Schatten über seine Augen legte.

Kylie entging sein Entsetzen nicht. „Sehe ich derart grässlich aus?“, entfuhr es ihr.

Rasch gewann Lou seine Fassung zurück und schüttelte den Kopf. „Nein, nein. Alles gut.“

„Oh, ihr seid schon da!“, ertönte in diesem Augenblick eine Frauenstimme aus dem Hintergrund, ehe eine gut gelaunte Blondine in einem knallroten Kleid auftauchte. Ihre Blicke wanderten interessiert zwischen Kylie und Nathan hin und her, wobei auch ihre Augen sekundenlang auf der Narbe in Kylies Gesicht verweilten.

Am liebsten wäre Kylie in diesem Moment im Erdboden versunken. Natürlich, sie verteufelte diesen Schönheitsfehler, aber bislang war ihr gar nicht bewusst gewesen, wie auffällig das Schandmal war.

„Hallo, Kylie, ich bin Delilah. Ich habe schon viel von dir gehört. Schön, dich endlich kennenzulernen“, riss Lous Frau sie aus ihren Gedanken und streckte ihr eine Hand entgegen.

Geistesabwesend griff Kylie nach der ihr angebotenen Hand. „Ich freue mich auch, Delilah. Und ich war ebenfalls neugierig auf die Frau, die Lou so viel bedeutet.“

Schmunzelnd legte Delilah ihr einen Arm um die

Taille und dirigierte sie durch eine hell eingerichtete Villa in einen gepflegten Garten. „Fühl dich ganz wie zu Hause. Wir werden einen Aperitif auf der Terrasse nehmen, bevor wir grillen. Aber keine Sorge, Lou hat mir erzählt, dass Fleisch nicht gerade dein Lieblingsgericht ist."

Als Nathan den Frauen folgen wollte, packte Lou ihn völlig unverhofft mit festem Griff am Oberarm. „Warum hast du ihr die Narbe nicht entfernt?", zischte er ihm zu.

Überraschung machte sich auf Nathans Gesicht breit. „Weil ich es nicht kann."

„Wie bitte?"

„Ja, meinst du, ich hätte nicht alles versucht? Warum musstet ihr sie derart anstarren? Sie weiß nicht, wie auffällig es in Wirklichkeit ist. Die Atmosphäre im Himmel macht glücklich und lässt alles Böse und Hässliche nur halb so schlimm erscheinen."

Lou nickte. „Das brauchst du mir nicht zu erzählen. Ich weiß noch, als Delilah einmal mit Gabriel den Himmel aufgesucht hat, war sie hinterher richtiggehend high." Er musterte ihn aus schmalen Augen. „*Kannst* du ihr die Narbe nicht entfernen, oder *willst* du es nicht?"

Nathan entgleisten die Gesichtszüge. „Meine Güte, was ist denn jetzt schon wieder dein Problem? Bist du am helllichten Tag bereits betrunken?"

„In der Hölle lungern genügend schräge Typen herum, die ihre Partnerin verunstaltet haben, damit sie sie niemals verlässt."

Nun rang Nathan um Atem. „Du denkst, ich hätte … Nein, das glaube ich jetzt nicht!" Er schüttelte entsetzt den Kopf. „Meine Güte, Lou, gerade merke ich zum ersten Mal seit sehr langer Zeit wieder, wie unterschiedlich wir beide doch sind. Glaubst du ernsthaft, ich würde einer Frau so etwas antun, um sie an mich zu binden? *Du* bist das personifizierte Böse, nicht *ich*. Vergiss das niemals!“ Hektisch fuhr er sich mit einer Hand durchs Haar. „Vielleicht sollten wir lieber wieder verschwinden. Das mit dem Besuch war offensichtlich keine gute Idee.“

„Warum kommt ihr nicht?“, unterbrach Delilah sie, die völlig lautlos neben ihnen aufgetaucht war. Verständnislos flitzten ihre Blicke zwischen Lou und ihm hin und her.

„Danke für deine Gastfreundschaft. Aber schick bitte Kylie her!“, bat Nathan. „Wir gehen.“

Delilah stemmte empört die Hände in die Hüften und richtete ihre Aufmerksamkeit auf Lou. „Was hast du wieder angestellt?“

Dieser schloss für eine Sekunde die Augen. „Schon gut, mein Fehler.“ Er wandte sich Nathan zu. „Vergiss einfach, was ich gesagt habe. Aber bitte geht nicht, Delilah hat sich so auf den Abend gefreut.“

Nathan zögerte einen Augenblick, dann nickte er und marschierte in den Garten hinaus, wo Kylie neben Lous Höllenhund Zeus in die Hocke gesunken war und den kleinen mopsähnlichen Kerl voller Hingabe streichelte.

Als sie lächelnd aufsah, blieb Nathan sekundenlang das Herz stehen. Die Aura, die sie in diesem Moment umgab, stellte alles in den Schatten, was er bisher zu Gesicht bekommen hatte. Obwohl sie Welten davon entfernt war, erschien sie ihm plötzlich mädchenhaft und unschuldig. Einfach nur froh darüber, in der Nähe des kleinen Hundes sein zu dürfen. Diese sichtbare Glückseligkeit in Verbindung mit der ihr angeborenen, machtvollen Ausstrahlung, ergaben genau die Partnerin, die er sich immer an seiner Seite gewünscht hatte.

Wie aus heiterem Himmel wurde ihm bewusst, dass die Frau vor seinen Augen rein gar nichts mehr mit Kali gemein hatte. Sie schien sich wieder in Parvati zurückverwandelt zu haben. Obwohl er nicht in ihr Herz blicken konnte, wusste er instinktiv, dass dort keinerlei Bösartigkeit mehr vorhanden war. Nun musste Kylie das nur noch selbst begreifen.

Er war ein solcher Idiot gewesen! Wie hatte er nur die ganze Zeit über vermuten können, sie wäre für diese niederträchtigen Anschläge verantwortlich? Bei nächster Gelegenheit musste er ihr sagen, dass er ihr glaubte.

Seine Blicke wanderten unentwegt über sie hinweg, denn er war einfach nicht imstande, die Augen von ihr abzuwenden. Die hässliche Narbe in ihrem Gesicht nahm er kaum wahr. Kylie war für ihn nach wie vor die schönste Frau, die ihm jemals begegnet war. Ihre Lebenserfahrung und Weitsicht beeindruckten ihn. Genau wie er war sie über alles im Bilde, was sich auf dieser Erde abspielte. Das Gesprächsthema würde ihnen sicher niemals ausgehen.

Schreckliche Erlebnisse hatten sie geprägt, dennoch hatte sie nicht resigniert. Womit sie ihm um Welten voraus war, denn er hatte die Erde und die Menschheit bereits abgeschrieben gehabt. Kylie war diejenige gewesen, die ihn aufgerüttelt hatte. Erst sie hatte seinem Dasein einen neuen Sinn gegeben. Ab sofort würde er alles daransetzen, um sie niemals wieder zu verlieren.

Ihr zufriedenes Glucksen, als der Höllenhund seine rosafarbene Zunge über ihre Finger hinweggleiten ließ, riss Nathan aus seinen Gedanken. Es musste eine unglaubliche Qual für sie darstellen, nicht bei ihren Tieren sein zu dürfen. Prompt entschied er, sie nicht länger von ihnen fernzuhalten. Er würde eine Lösung finden, ohne Kylie dabei irgendeiner Gefahr auszusetzen.

In Schweigen gehüllt ließ er sich an dem gedeckten Tisch nieder und versuchte den Aufruhr in seinem Inneren unter Kontrolle zu bekommen. Diese Frau hatte seine Welt mächtig auf den Kopf gestellt.

„Kylie, würdest du mir Zeus kurz ausleihen?“, erkundigte Lou sich einige Zeit später.

Mittlerweile saßen sie alle am Tisch und tranken köstlichen Rotwein. Der kleine Höllenhund schien in Kylie eine neue Freundin gefunden zu haben, denn er hatte es sich auf ihrem Schoß bequem gemacht und genoss es sichtlich, von ihr hinter den gebogenen Hörnern gekrault zu werden.

Rasch nahm sie ihre Hände von dem Tier. „Natürlich.“

Lou sprang auf, griff nach Zeus und hob ihn hoch, während dieser mit einem leisen Knurren seinen Unmut ausdrückte.

Der Herrscher der Hölle blickte erstaunt drein. „Sieh mal einer an! Ist ja gut, du treuloses Geschöpf.

Du darfst ja gleich zurück. Ich kann deine Begeisterung für den Platz auf Kylies Schenkeln durchaus verstehen, aber dennoch wirst du mir jetzt einen kleinen Gefallen erweisen."

Verwundert beobachte Kylie, wie Lou seinen Hund zu dem riesigen Grill trug, der auf einer Seite des Gartens aufgestellt war. „Na los, Zeus, du bekommst auch ein paar der Würstchen", flüsterte er ihm währenddessen zu.

Sie erschrak, als aus der Nase des Höllenhundes zwei Stichflammen herausschossen, die in Sekundenschnelle die Holzkohle entzündeten.

„Braves Tier", lobte Lou ihn, während er Zeus zurückbrachte. „Ich bin zwar auch ziemlich bewandert im Umgang mit Feuer, aber Zeus ist und bleibt der perfekte Grillanzünder." Er setzte den Hund zu ihren Füßen ab. „Vorsicht, er glüht manchmal ein wenig nach."

Verwunderung und Amüsement hielten sich in Kylies Kopf die Waage, als sie den qualmenden Höllenhund betrachtete, der sich an ihre Beine schmiegte und aus großen Kulleraugen bettelnd zu ihr aufschaute. Doch ihr war sehr wohl bewusst, würde sie ihn jetzt erneut auf ihrem Schoß platzieren, wäre das schicke Kleid reif für den Müll. Sie entschied sich dagegen. Einmal in ihrem Leben konnte auch sie die Etikette wahren.

Im Hintergrund knisterte das Feuer, während sich rasch der rauchige Duft von Holzkohle und gegrilltem Fleisch über das Anwesen legte. Obwohl Kylie sich niemals von einem Tier ernähren könnte, empfand sie den Geruch als angenehm.

Unauffällig musterte sie Lou und Nathan. Es war ein geradezu irreales Bild. Die Herrscher über Himmel und Hölle beim Barbecue vereint. Das passte so gut zusammen wie der Wolf zum Lämmchen. Noch irritierender fand sie allerdings Lous Frau, Delilah. Sie schien ein wahrer Engel zu sein, obendrein war sie Ärztin mit Leib und Seele. Vielleicht würde Kylie ja irgendwann erfahren, was diese beiden unterschiedlichen Personen zusammengeführt hatte. Ihre Neugier war auf jeden Fall entfacht.

Doch wenngleich Delilah sich im Verlauf des Abends große Mühe gab, gute Laune zu verbreiten, blieb Kylie nicht verborgen, dass die Atmosphäre zwischen den Männern angespannt war.

Schweigend machten sich die Herren der Schöpfung über riesige Burger und Steaks her, während Delilah und sie sich an Gemüse hielten. So lecker das Essen auch war, Kylie hatte einfach keinen Appetit. Obwohl Nathan ihr das sicher übel nehmen würde, entschied sie, die Party vorzeitig zu verlassen. Sie konzentrierte sich auf ihren Palast in Indien und versuchte, sich zu teleportieren.

Vor Wut hätte sie um ein Haar laut gebrüllt, als sie bemerkte, dass es nicht funktionierte.

Dieser Mistkerl! Selbst auf der Erde hatte er sie noch unter Kontrolle!

Er hatte sie einzig hierhergebracht, da sie in dieser Umgebung weiterhin seine Gefangene war.

Von Minute zu Minute verschlechterte sich ihre Laune. Seit sie den Himmel hinter sich gelassen hatte, war die innere Ruhe, die sie tagelang verspürt hatte, sowieso dahin. Es war also eine Tatsache, dass die Atmosphäre im Himmel ein konstantes Glücksgefühl erzeugte.

Verdammt, sie musste hier weg! Sie hielt dieses traute Beisammensein nicht länger aus.

Unter dem Vorwand, das Badezimmer aufsuchen zu müssen, sprang sie auf. Sie benötigte dringend ein paar Minuten für sich, bevor ihre Stimmung endgültig in den Keller rauschte. Keineswegs wollte sie riskieren, dass sich die Blumen im Garten in Unkraut verwandelten oder das Essen verdarb. Nicht, dass das nicht schon vorgekommen wäre.

Sie hatte das Haus kaum betreten, als Nathan bereits neben ihr stand. „Was hast du vor?"

Erzürnt starrte sie ihn an. „Was denkst du wohl? Mir die Nase pudern."

„Kylie, bitte erspare es dir, mich auf den Arm zu nehmen."

„Befürchtest du, ich könnte aus dem Badezimmerfenster klettern? Ich habe nämlich bereits bemerkt, dass ich mich hier nicht wegteleportieren kann. Du wusstest es, richtig?"

Er griff nach ihren Oberarmen, drehte sie zu sich um und bedachte sie mit einem eindringlichen Blick. „Versteh doch, ich habe Angst um dich."

Sie schüttelte seine Hände ab. „Bitte fass mich nicht an! Ich möchte jetzt einfach nur für ein paar Minuten allein sein. Ist das zu viel verlangt?"

Unschlüssig musterte er sie. Sein mitfühlender Blick ließ ihre Wut ein wenig abkühlen. Stattdessen stiegen Gefühle in ihr auf, die sie vollkommen verwirrten. Einerseits wollte sie Nathan verlassen, andererseits war er vermutlich der Einzige, der ihr helfen konnte, ihren inneren Frieden wiederzufinden. Dieser Mann war in jeglicher Hinsicht einzigartig, und das hatte rein gar nichts damit zu tun, dass er der liebe Gott war.

„Möchtest du vielleicht lieber in den Himmel zurück?“, erkundigte er sich mit sanfter Stimme.

Sie konnte es kaum fassen. Obwohl sie erneut versucht hatte, ihn zu hintergehen, schien er keinen Groll gegen sie zu hegen. Ein ums andere Mal vergab er ihr all ihre Fehler. Dazu mochte wohl nur der Allmächtige höchstpersönlich in der Lage sein.

Sie kam zu keiner klaren Entscheidung, ob sie Nathan jetzt lieber küssen oder doch eher von sich stoßen sollte, bevor er sich endgültig ganz tief in ihr Herz schlich. Dieser Zwiespalt der Gefühle zerrte heftig an ihren Nerven. „Gib mir bitte ein paar Minuten, um zu mir selbst zu finden, dann geht es sicher wieder“, äußerte sie schließlich mit zittriger Stimme. „Aber eine ganz andere Sache: Was stimmt nicht zwischen dir und Lou?“

Nathan kratzte sich gedankenverloren am Kinn. „Würdest du mir zutrauen, dich mit irgendwelchen miesen Tricks an mich zu binden?“

Sie blinzelte überrascht. „Nun ja, ehrlich gesagt habe ich mir schon häufiger die Frage gestellt, ob ich den Himmel jemals wieder verlassen darf.“

Ernüchtert starrte er sie an. „Meine Güte, du auch noch! Warum sieht denn heutzutage jeder nur noch das Schlechte in anderen Menschen? Was habe ich bloß falsch gemacht?“ Sein Blick wanderte zu ihrer Wange. „Lou vertritt die Meinung, ich hätte dir die Narbe absichtlich nicht entfernt, damit du bei mir bleibst. Denkst du das ebenfalls?“

„Um Himmels willen, nein! Der Gedanke wäre mir niemals gekommen. Du bist nicht wie Shiva. Dein Problem ist eher, dass du zu anständig für diese Welt bist.“ Sie suchte nach seinem Blick und hielt ihn fest. „Aber bitte, verändere dich nicht. Falls irgendwann auch noch du den Glauben an das Gute verlieren solltest, dann ist die Menschheit endgültig dem Untergang geweiht.“

Die Erleichterung über ihre Worte war ihm deutlich ins Gesicht geschrieben. „Ich danke dir. Es bedeutet mir viel, dass du an mich glaubst. Und, Kylie, ich werde dich gehen lassen, wenn es das ist, was du wirklich willst.“ Er beugte sich nach vorne und hauchte ihr einen sanften Kuss auf die Lippen, bevor er zurücktrat. „Bitte erschrick nicht, wenn du in den Spiegel schaust. Und vergiss niemals, für mich bist du die schönste Frau der Welt.“

„Schon klar. Delilahs und Lous entsetzte Mienen haben mich bereits auf das Schlimmste vorbereitet.“ Mit diesen Worten wandte sie sich ab und steuerte rasch das Badezimmer an, denn sie war nicht imstande, Nathans liebevolle Blicke länger zu ertragen.

Zur Hölle! Tausende von Emotionen jagten durch ihren Kopf, die sie einfach nicht sortiert bekam. Sie wollte ihn verlassen. Doch er schien Gefühle für sie zu hegen, obwohl sie mittlerweile hässlich war wie die Nacht.

Wie sollte bloß alles weitergehen? Ein dichter Schleier der Verwirrung hatte sich über sie gelegt, als sie mutig das Badezimmer betrat und sich dem Spiegel näherte.

Nathan starrte ihr derweil unschlüssig hinterher. Ob sie seelischen Beistand benötigte? Doch vielleicht war es in der Tat besser, vorerst einmal den Rückzug anzutreten. Sie war eine starke Persönlichkeit und würde über ihr entstelltes Gesicht hinwegkommen.

Widerwillig wanderte er zurück nach draußen, hielt dann jedoch in der Bewegung inne, als Delilahs Stimme an sein Ohr vordrang.

„Verdammt, Lou, hast du denn nicht gesehen, wie er sie ansieht? Er liebt sie! Niemals würde er ihr irgendetwas Böses antun.“

Versonnen lehnte Nathan sich mit der Schulter gegen den Terrassentürrahmen und ließ den Kopf in den Nacken fallen. *Was sie nicht sagte!* Dass es hin und wieder noch Menschen wie Delilah gab, die ein Herz aus Gold besaßen, milderte den Aufruhr in seinem Inneren ein wenig.

„Ist ja gut“, brummte Lou. „Ich verstehe nur nicht, dass er nicht imstande sein soll, ihr zu helfen. Er kann Tote zum Leben erwecken, warum ist er dann nicht in der Lage, diese hässliche Narbe zu entfernen?“

„Gift“, verkündete Nathan, während er sich vom Türrahmen abstieß und auf die Terrasse hinaustrat. „Shiva hat ein extrem aggressives Gift angewandt. Ich vermute, es handelt sich um modifiziertes Schlangengift. Es kommt sicher nicht von ungefähr, dass ich diese Biester nicht leiden kann. Sie scheinen in der Tat mächtiger zu sein als ich.“

Die beiden zuckten zusammen und blickten überrascht auf.

„Wie lange stehst du schon da?“, murmelte Lou.

Nathan seufzte. „Lange genug."

Delilah warf ihm einen eindringlichen Blick zu. „Du musst ihr helfen, Nathan. Kylie ist innerlich total zerrissen. Ich denke, sie empfindet sehr viel für dich. Aber sie lässt die Gefühle nicht zu, da sie irgendeine fürchterliche Angst in sich trägt."

„Du hast recht. Sie ist der Meinung, sie könnte niemals an meiner Seite bestehen, da sie durch und durch bösartig ist."

Lou räusperte sich. „Ich bin sicher nicht der gefühlvollste Geselle und mir ist die Ironie dieser Unterhaltung durchaus bewusst. Aber ich möchte eine Sache klarstellen: Ich habe Delilah damals auch gehen lassen, weil ich mutmaßte, das mit uns beiden würde niemals funktionieren. Ich, der Inbegriff des Bösen", er pikste sich mit einem Finger in die Brust, „und sie, ein Engel. Die Situation war genauso grotesk wie bei Kylie und dir." Seine Augen hefteten sich auf seine Frau. „Allerdings habe ich recht schnell begriffen, dass ein Dasein ohne sie keinen Sinn mehr machte."

„Ich kann dich gut verstehen", äußerte Nathan. „Glücklicherweise bin ich ein sehr geduldiger Zeitgenosse und werde Kylie alle Zeit der Welt geben. Aber entschuldigt uns jetzt bitte. Ich denke, ich sollte sie zurückbringen. Sie wird sicher nicht glücklich sein, nachdem sie zum ersten Mal ohne die beruhigende Wirkung des Himmels in einen Spiegel geblickt hat."

Kylie schoss schweißgebadet aus einem Albtraum hoch. Einmal mehr hatte sie ihren geliebten Elefanten

Kiran sterben gesehen.

Sogleich zog Nathan, der inzwischen fast jede Nacht bei ihr verbrachte, sie in seine Arme. Mit einem Fingerschnippen aktivierte er eine gedämpfte Beleuchtung. „Alles gut, es war nur ein Traum.“ Er strich ihr besänftigend über den Rücken.

Seine Nähe tat unsagbar gut, daher schmiegte sie sich enger an ihn. „Nathan, ich träume ständig von Kirans Tod. In meinem Garten lebt ein süßes Elefantenbaby. Bitte, lass mich überprüfen, ob es dem kleinen Kerl gut geht. Diese Ungewissheit treibt mich in den Wahnsinn.“

„Du könntest ihn über den Bildschirm beobachten.“

Sie schaute zu ihm auf und schüttelte den Kopf. „Als ob ich das nicht schon tausendmal getan hätte. Ich muss ihn berühren, um zu spüren, in welcher Verfassung er sich befindet. Nathan, bitte! Ich weiß, du meinst es nur gut, aber ich bin nicht die Frau, die man in einem Käfig halten kann. Ich komme damit auf Dauer nicht klar.“

Sekundenlang inspizierte er wortlos ihr Gesicht. Sein intensiver Blick drang bis in ihr tiefstes Inneres vor und trat eine leichte Unruhe in ihr los.

„Du beabsichtigst, mich zu verlassen, richtig?“ Das unterschwellige Beben seiner Stimme machte deutlich, wie sehr ihn diese Vorstellung belastete.

Sein Scharfsinn überraschte sie, denn es ging ihr in der Tat nicht allein um ihre Tiere. Sie wollte zur Erde zurück, um Shivas Aufenthaltsort ausfindig zu machen und ihn zu töten. Als sie in Delilahs und Lous Badezimmerspiegel geschaut hatte, war ihr bewusst geworden, dass er sie in ein Monster verwandelt hatte. Und das würde er ihr büßen. Sicher, ihn zu überwältigen, würde kein Kinderspiel werden, doch notfalls ginge sie gemeinsam mit ihm unter.

Es fiel ihr unsagbar schwer, Nathan zu belügen, doch sie hatte keine Wahl. „Denkst du wirklich, ich wäre darauf aus, dich zu verlassen? Wo sollte ich denn hingehen, so wie ich aussehe? Das Beste, was mir je passiert ist, bist du. Zudem fühle ich mich im Himmel wohl. Hier starren mich die Menschen zumindest nicht an, als wäre ich eine Aussätzige." Sie strich ihm zärtlich mit einer Hand über die nackte Brust. Meistens schliefen sie unbekleidet, um die Wärme und Nähe des anderen in vollem Maße auszukosten.

Die Unentschlossenheit in seinen Augen blieb ihr nicht verborgen. Er misstraute ihr. *Zurecht!* Folglich legte sie noch einmal nach, denn gerade war ihr eine Idee gekommen, wie sie sich eventuell über seine Macht hinwegsetzen konnte. Doch dafür musste sie ihn auf die Erde locken. „Du kannst mich ja begleiten. Was sollte mir in deiner Nähe schon geschehen?"

Eine dicke Träne kullerte über ihre Wange, während sie den Mann an ihrer Seite aus großen Augen flehentlich ansah. Sie musste sich kaum Mühe geben, um Traurigkeit zu simulieren, denn der Gedanke daran, ihn zu verlieren, zerriss ihr beinahe das Herz. „Nate, bitte, ich halte das nicht mehr aus. Ich muss zu meinen Tieren. Nur ganz kurz!"

Er holte vernehmlich Luft und schloss für eine Sekunde die Augen. „Kylie, sieh mich bitte nicht an, als wollte ich dich zu meiner Gefangenen machen. Einverstanden, wir werden gemeinsam nach deinem Elefanten sehen. Ich gehe davon aus, dass ich dich vor Shivas Einfluss abschotten kann."

Er suchte nach ihrem Blick. „Aber eine ganz andere Frage: Wirst du aus freien Stücken mit mir zurückkehren? Du bedeutest mir sehr viel. Inzwischen habe ich auch begriffen, dass du nicht für diese fürchterlichen Anschläge verantwortlich bist. Du wärst gar nicht mehr in der Lage dazu, etwas derart abgrundtief Böses zu tun." Er küsste sie sanft auf die Stirn, bevor er ihr wieder in die Augen sah. „Ich will dich nicht verlieren, meine Schöne. Erst seitdem du bei mir bist, weiß ich, wie einsam ich all die Jahre über war. Ich brauche dich. Bitte verlass mich nicht!"

Sie blinzelte, da es ihr kaum gelang, seinem Blick standzuhalten. So viel Wärme lag in seinen Augen, dass es sie innerlich zu verbrennen schien. „Aber das liegt doch gar nicht in meiner Absicht. Ich möchte lediglich kurz zu meinen Tieren."

„Wie könnte ich dir diesen Wunsch abschlagen."

„Ich danke dir." Sie reckte den Hals und platzierte ein zärtliches Küsschen auf seinen Lippen. Als er ihr entgegenkam, vertiefte sie den Kuss. Sekunden später legte sie ihm eine Hand in den Nacken und vergrub die Finger in seinem Haar. Ihr Mund und ihre Zunge nahmen ihn mit einer derart verzehrenden Glut in Besitz, dass Nathan keinen Zweifel mehr daran hegte, dass sie soeben von ihm Abschied nahm.

Sein Herz schien bei der Vorstellung zu zerspringen. Aber was sollte er tun? Er konnte sie wohl kaum zu einer gemeinsamen Zukunft zwingen. Zumal er nicht wusste, ob sie überhaupt etwas für ihn empfand, denn sie hatte sich niemals zu ihren Gefühlen geäußert. Doch er hielt es für das Klügste, die Sache langsam anzugehen. Kylie zu bedrängen, würde sie einzig in Panik versetzen. Im Moment fiel es ihm allerdings unsagbar schwer, sich in dieser Hinsicht weiterhin zurückzuhalten.

Als er ihren Kuss mit der gleichen Leidenschaft erwiderte, entglitt ihnen im Handumdrehen die Kontrolle über das Geschehen. Ihre Körper suchten die Nähe des anderen, rieben sich gierig aneinander und entfachten ein loderndes Feuer der Lust in ihnen.

Er hauchte ihren Namen, als er sie auf den Rücken drehte und sich über sie schob. „Ich brauche dich so sehr. Nicht nur in meinem Bett, sondern vor allem in meinem Leben."

Ihr entfuhr ein kehliges Stöhnen. „Nathan, nimm mich! Bitte."

Gut, er hatte verstanden! Das war nicht das, was sie hören wollte.

Bereitwillig spreizte sie ihre Schenkel. Ohne eine weitere Sekunde zu zögern, schob er seine pochende Erektion in sie hinein.

Während er sie hemmungslos nahm, vergrub sie ihre kräftigen Fingernägel tief in seinem Rücken. Doch er genoss den sanften Schmerz, der ihn ein wenig von der Qual in seinem Herzen ablenkte.

Sie liebten sich wie entfesselt, brachten das Licht zum Flackern und den Boden zum Erbeben. Unmengen von Emotionen drängten an die Oberfläche und machten sie beide verletzlich. Als Kylie letztendlich kam, stöhnte sie seinen Namen. Ihr ganzer Körper bebte, während sich eine kleine Träne unter ihren geschlossenen Lidern hervorpresste.

In dieser Sekunde wusste Nathan mit Gewissheit, dass das hier gerade ein Abschied war.

Übermütig jagte Kylie durch ihren Garten, drückte und herzte all ihre Tiere und weinte dabei wie ein Schlosshund. Nathan wich ihr dabei keinen Schritt von der Seite. Sie spürte, dass er sie unter seinen persönlichen Schutz gestellt hatte, denn sie hatte das Gefühl, sich unter einer unsichtbaren Glocke zu bewegen, die vermutlich nichts und niemand durchdringen konnte. Dennoch wirkte Nathan angespannt und wahre Sorge zeichnete sich in seinem Gesicht ab.

Kaum vorstellbar. Er war Gott! Hatte rein gar nichts zu befürchten, dennoch bangte er um sie!

In diesem Moment stürzten die Mauern, die sie vor langer Zeit um ihr Herz aufgebaut hatte, krachend in sich zusammen. Bereits der Sex hatte sie verletzlich gemacht. Denn dieses Mal war Nathan nicht nur in ihren Körper, sondern obendrein ganz tief in ihr Herz eingedrungen. Sie war nicht mehr in der Lage gewesen, ihre Gefühle vor ihm abzuschotten, und hatte sich ihm mit Leib und Seele hingegeben. Zum ersten Mal seit sehr langer Zeit war es einem Mann gelungen, ihre Schutzwälle zu durchbrechen.

Ein Grund mehr, die Umstände schleunigst zu ändern, denn je länger sie bei ihm blieb, desto schwieriger würde ihr der Abschied fallen. *Sie passten ein-*

fach nicht zueinander! Irgendwann würde ihre dunkle Vergangenheit sie einholen und dann wäre der Schmerz umso größer.

Entschlossen marschierte sie in ihren Palast, auf eins der Zimmer zu, dessen Tür sich nur auf ihren Befehl hin öffnete.

Nathan folgte ihr auf dem Fuß.

Sie betrat den düsteren Raum, griff vorsichtig nach der zusammengerollten Kobra, die friedlich schlafend in einem Korb lag, und wandte sich damit um. Die Schlange erschrak und ging sofort in Angriffshaltung über. Sie spreizte ihr Nackenschild und gab ein fauchendes Geräusch von sich. Ihr Instinkt hielt sie jedoch davon ab, ihre Herrin zu beißen.

Als Nathan die aufgerichtete Kobra vor seiner Nase erblickte, wich er - wie erwartet - hektisch einen Schritt zurück. In dieser Sekunde brach seine Konzentration in sich zusammen.

Ihr Plan ging auf. Das war ihre Gelegenheit! „Nathan, verzeih mir, aber ich kann nicht anders", wisperte sie, wobei die Zerrissenheit in ihrer Stimme all ihre Emotionen widerspiegelte. „Eins musst du noch wissen: Ich liebe dich." Während sie sich mitsamt Schlange in Luft auflöste, spürte sie die heißen Tränen, die ihr über die Wangen kullerten.

Kapitel 19

Völlig außer sich versetzte Nathan sich in die Zwischenwelt und zitierte Lou herbei. Im Geheimen hatte er gewusst, dass Kylie etwas im Schilde führte. Doch er war davon ausgegangen, sie unter Kontrolle zu haben. Zugegeben, ein wenig besitzergreifend war das schon, aber in erster Linie ging es ihm darum, sie vor Shivas Rachegelüsten zu beschützen.

Wie hatte er nur so dumm sein können, sie auf die Erde zu lassen? Enttäuschung, Wut und Angst hielten sich in seinem Inneren die Waage. Wenngleich sie ihn erneut vorgeführt hatte, würde er es sich niemals verzeihen, falls ihr etwas zustoßen sollte.

Ich liebe dich!, hallten ihre Worte unablässig wie ein Mantra in seinem Schädel wider. Hatte sie das wirklich ernst gemeint oder einzig gesagt, um ihn zu beschwichtigen? Er fand keine Antwort auf diese Frage.

„Sie hat mich reingelegt!“, schleuderte er dem Herrscher der Hölle die Worte entgegen, als dieser erschien.

Lou zog verständnislos eine Augenbraue hoch. „Müsste ich wissen, wovon du redest?“

„Kylie! Sie ist verschwunden.“

„Aus dem Himmel? Wie ist ihr denn das gelungen?“

„Nein, sie hat mich dazu gebracht, sie in ihren Palast zu begleiten.“ Nathan fuhr sich hektisch mit einer Hand durchs Haar. „Aber vollkommen gleich; wir müssen sie finden. Ich vermute, sie wird nichts unversucht lassen, Shiva erneut zu töten.“

„Perfekt, damit wären all deine Probleme gelöst."

„Offenbar verstehst du nicht. Er ist um ein Vielfaches mächtiger als sie. Und ich will diese Frau nicht verlieren."

Lou fixierte ihn sekundenlang aus schmalen Augen. „Delilah lag also richtig", murmelte er mit überraschtem Unterton. „Du liebst sie wirklich. Unvorstellbar! Du und die Göttin der Zerstörung, gemeinsam, bis ans Ende eurer Tage." Er schüttelte ungläubig den Kopf. „Ich fasse es nicht."

Nathan rollte entnervt mit den Augen. „Das ist genauso ein Kalauer, wie du und eine Ärztin mit einem Herzen aus Gold, richtig?"

„Na ja, so würde ich das jetzt nicht ausdrücken."

Nathan hob eine Hand. „Lass es gut sein! Hilf mir lieber, Kylie zu finden, ehe er ihr etwas antut."

„Trägt sie ihr Medaillon?"

„Ja."

„Verdammt! Dann wird das wie die Suche nach der berühmten Stecknadel im Heuhaufen. Ich lasse alle Plätze, an denen Shiva auftauchen könnte, bereits überwachen. Bisher erfolglos. Gibt es etwas, mit dem wir sie anlocken könnten?"

„Ihre Tiere."

„Hervorragend, wir quälen ein paar und bringen es in den Nachrichten."

Nathan verzog das Gesicht. „Du bist und bleibst der Antichrist."

Lou hob abwehrend beide Hände. „Wenn du eine bessere Idee hast …"

„Nicht einmal annähernd."

„Na, siehst du."

Gespenstig klackerten die Absätze von Nathans Schuhen über den Granitboden, während er aufgeregt durch den düsteren Raum stiefelte. „Ich werde mich jetzt vor meinen Bildschirm klemmen und die ganze Welt nach ihr absuchen. Auch wenn ich befürchte, dass sie clever genug ist, nicht gefunden zu werden. Obendrein werde ich ihren Palast beobachten lassen. Irgendwann wird sie zu ihren Tieren zurückkehren." Er wandte sich Lou zu. „Tu du mir bitte den Gefallen und sag mir sofort Bescheid, falls du in der Zwischenzeit irgendetwas herausfindest."

„Geht klar. Schlimmstenfalls musst du abwarten, bis erneut eine Katastrophe oder ein Terroranschlag geschieht. Sie wird Shiva dort vermuten und höchstwahrscheinlich keine Zeit verlieren, um hinzueilen."

Nathan seufzte. „Mal den Teufel nicht an die Wand."

Lou grinste. „Ich doch nicht." Er zwinkerte ihm zu. „Halt die Ohren steif, mein Freund." Schon hatte er sich in Luft aufgelöst.

Gedankenverloren starrte Nathan auf die Stelle, an der Lou soeben noch gestanden hatte. In dieser Sekunde wurde ihm bewusst, dass sie beide in den letzten Monaten tatsächlich so etwas wie Freunde geworden waren.

Ungläubig schüttelte er den Kopf. *Es geschahen noch Zeichen und Wunder!*

Kapitel 20

Kylie hielt sich seit Tagen in einem Unterwasserhotel in Dubai auf, da sie davon ausging, dass Nathans Gesichtserkennungssoftware hier nicht funktionierte. Tag und Nacht lief der riesige Flachbildschirmfernseher im Wohnzimmer, da sie auf einen Hinweis bezüglich Shivas Aufenthaltsort hoffte.

Mit einem Glas Champagner in der Hand war sie soeben auf ein bequemes Sofa gesunken und betrachtete versonnen die bunten Fische, die hinter einer Glasscheibe genüsslich ihre Bahnen durch das tiefblaue Meer zogen. Der Anblick war traumhaft und trug ein wenig zu ihrer Beruhigung bei.

Doch diese Idylle hielt nicht lange an, denn plötzlich flackerten die Bilder eines fürchterlichen Terroranschlags über den Fernseher.

Sekundenlang wirkte Kylie wie vom Blitz getroffen und starrte ernüchtert auf die schrecklichen Aufnahmen. Rasch riss sie sich jedoch zusammen, stellte das Champagnerglas klirrend ab und sprang auf. Sie zerrte ihre Lederjacke aus der Garderobe und schlüpfte hinein.

Sekunden später befand sie sich am Piccadilly Circus in London, dem Ort der Attacke. Sie kannte Shiva zu gut und wusste, falls er dahintersteckte, würde er sich in der Nähe der Unglücksstelle aufhalten. Ein solches Spektakel live und in Farbe zu beobachten, verlieh ihm seit jeher einen ganz speziellen Kick.

Nervös tastete sie nach der Spritze mit dem Schlangengift, die sich in ihrer Jackentasche befand.

Sie hatte die Dosis erhöht. Dieses Mal würde es Shiva töten. Oder zumindest in ein wesentlich längeres Koma versetzen als beim letzten Mal. Währenddessen sollte die Welt in der Lage sein, durchzuatmen und zu ihrem früheren Frieden zurückzufinden.

Ihr war klar, dass das ein gefährliches Unterfangen war, denn Shiva war keineswegs zu unterschätzen, aber sie konnte einfach nicht zulassen, dass er sie und die Erde weiterhin drangsalierte.

Voller Wehmut schweiften ihre Gedanken zu Nathan ab. Sie vermisste ihn schmerzlich, doch ihr fehlte der Glaube an das Gelingen einer Beziehung. Hatte sie anfänglich noch vermutet, ihre tiefe Zuneigung zu ihm wäre dem trügerischen Wohlgefühl im Himmel geschuldet, wusste sie mittlerweile, dass dem nicht so war. Sie liebte diesen Mann von ganzem Herzen. Für den Moment konnte sie jedoch noch nicht einmal mit Gewissheit sagen, ob er sie überhaupt wiedersehen wollte, nachdem sie ihn erneut derart schändlich hintergangen hatte.

Aber das war ein anderes Thema, zuerst musste sie Shiva beseitigen. Und sollte sie das ungeschoren überstehen, würde sie sich weitere Gedanken über eine mögliche Zukunft an Nathans Seite machen.

Das Heulen einer Sirene riss sie aus ihren Tagträumen. Blaulichter tauchten die Umgebung in ein gespenstig flackerndes Licht. Ein leichter Nieselregen lag über der englischen Metropole und befeuchtete Kylies Haar, doch sie nahm es bloß am Rande wahr.

Einsatzfahrzeuge der Polizei und der Feuerwehr rasten unentwegt an ihr vorbei. Krankenwagen standen in Reih und Glied parat. Die Leuchtreklamen des Piccadilly Circus waren abgeschaltet worden und ließen den sonst so belebten Platz trist und unspektakulär wirken.

Da sie eine schicke Villa im Londoner Stadtteil Mayfair besaß, kannte sie sich hier bestens aus. Mit Sicherheit einer der Gründe, warum Shiva diesen Ort als Anschlagsziel auserkoren hatte. Er wusste einfach, wie er sie am härtesten treffen konnte, denn sie liebte London.

Sie bahnte sich ihren Weg durch die Menschenmassen, die ihr entgegenkamen. Manche Personen weinten, andere flüchteten panisch. Hier und da torkelte ein blutüberströmter Passant an ihr vorbei. Die Luft war erfüllt von dem Geruch von Schweiß und Angst. Die U-Bahn-Station, in der der Anschlag stattgefunden hatte, war weiträumig abgesperrt.

Die Bilder waren schockierend und die Stimmung erdrückend. All das jagte Kylie eine Gänsehaut nach der nächsten über den Rücken. Um es auf den Punkt zu bringen: London war gerade ein Ort, den man besser meiden sollte. Doch das stand nicht zur Diskussion, denn sie hatte eine Aufgabe zu erfüllen.

Wie üblich bei solchen Ereignissen ergriffen jedoch nicht alle Menschen die Flucht. Nein, es gab auch Gaffer, die sich auf gar keinen Fall entgehen lassen wollten, wie Sanitäter und Feuerwehrleute Verletzte und Tote aus der Tube heraustransportierten. Handys sowie Fotokameras liefen auf Hochtouren und hielten jede Kleinigkeit für die Nachwelt fest.

Verständnislos schüttelte Kylie den Kopf. Hatten

diese Leute denn kein eigenes Leben? Diese Idioten raubten ihr nicht nur den letzten Nerv, sondern machten es ihr obendrein immens schwer, Shiva zu finden.

Als ein kräftiger Kerl sie wegschubste, um mitsamt Smartphone einen besseren Blick auf die Geschehnisse zu erhaschen, platzte ihr der Kragen.

Sie hob eine Hand und schloss die Augen. Alle Lichter erloschen und jegliche Elektronik im Umkreis versagte. Rasch drangen Schreckensschreie zu ihr durch, dann ein lautes Raunen.

Tja, so war das heutzutage. Wenn von einer Sekunde auf die nächste die Handys ausfielen, jagte das den Leuten mehr Angst ein als eine detonierende Bombe. Doch für den Moment machte es keinen Sinn, sich länger über diese heranwachsende Generation von Schwachmaten den Kopf zu zerbrechen

Unablässig ließ sie ihren Blick über die Personen und Plätze im Umfeld schweifen. Immer wieder störten wild umherfliegende Tauben ihre Konzentration.

Ihr Atem stockte, als sie zu guter Letzt des hochgewachsenen, dunkelhaarigen Mannes gewahr wurde, der lässig an einer Hauswand lehnte und die Ereignisse dreckig grinsend beobachtete.

Hass stieg in einer derart mächtigen Art und Weise in ihr auf, dass kurzzeitig Schwindel in ihrem Kopf einsetzte. Sie schloss die Augen und atmete mehrmals tief durch, bevor sie sich entschlossen ihren Weg auf den Kerl in Lederjacke und Jeans zu bahnte, die rechte Hand dabei fest um die Spritze in ihrer Jackentasche gelegt.

Eine Armlänge von ihm entfernt blieb sie stehen.

Er verzog keine Miene, als er sie entdeckte. Was

bewies, dass er mit ihrem Auftauchen gerechnet hatte. Provozierend legte er den Kopf schief und musterte sie. Seine dunklen Augen glitzerten diabolisch, als sie sich auf die Narben in ihrem Gesicht hefteten.

Ja, er konnte stolz auf sich sein. Er hatte ihre makellose Schönheit für alle Zeiten zunichtegemacht.

Doch das belastete sie gerade weniger, als Shiva wahrscheinlich vermutete. Nathan hatte ihr geholfen, darüber hinwegzukommen. Die bewundernden Blicke, mit denen er sie grundsätzlich bedacht hatte, waren Balsam für ihre Seele gewesen. Sie hatte endlich begriffen, dass innere Schönheit ein viel wertvolleres Gut war als ein hübsches Gesicht.

„Hut ab, Kali, du bist echt mutig, hier aufzutauchen“, bekundete Shiva letztendlich mit spöttischem Unterton. „Wer waren die beiden Kerle, die es gewagt haben, in meinen Unterschlupf einzudringen, und offenbar sogar in der Lage waren, deine Visage einigermaßen wiederherzustellen?“

Sie warf ihm einen provozierenden Blick zu. „Was bekomme ich, wenn ich es dir verrate?“

Er grinste, und sah dabei umwerfend aus. Ein Lächeln, das sie vor sehr langer Zeit regelmäßig um den Verstand gebracht hatte. Doch schon seit Hunderten von Jahren verspürte sie hierbei einzig Hass.

„Was willst du denn, meine Süße?“

Sie beugte sich vertraulich zu ihm nach vorne. „Du wirst es vielleicht nicht glauben, aber Tatsache ist, dass du dir zwei sehr mächtige Feinde geschaffen hast. Hältst du es wirklich für clever, dich mit der Hölle und dem Himmel gleichzeitig anzulegen? Denn die beiden Herren waren keine geringeren als

Luzifer und Gott persönlich."

Sie erkannte das Entsetzen in Shivas Augen, als er begriff, dass sie die Wahrheit sagte. Diesen Moment der Achtlosigkeit nutzte sie, um ihn zu überwältigen. Die Fingernägel ihrer linken Hand schossen hervor und zerkratzten Shiva blitzschnell eine Wange, während sie mit der anderen Hand die Spritze mit dem Schlangengift aus ihrer Jackentasche zog und ihm die Nadel mitten ins Herz rammte. „Und alles, was ich will, ist dein Tod!", presste sie zwischen zusammengepressten Zähnen hervor.

Einen Moment lang schaute er völlig desorientiert drein, bevor sein Kopf nach unten flog. „Du verdammtes Miststück!", stieß er aus, während sein Blick sich auf die Spritze heftete. „Das wirst du mir büßen."

Sie glaubte ihm aufs Wort. Doch ehe er ihr etwas antun konnte, hatte sie ihm bereits die volle Dosis ins Herz injiziert und sich in ihren Tempel zurückversetzt. Aller Voraussicht nach verblieben ihm noch wenige Minuten, ehe das Toxikum ihn lahmlegte. Und er kannte ihre verletzlichste Stelle: ihre Tiere. Sie musste sie beschützen.

In der Tat folgte er ihr.

Kaum war sie in ihren Garten gerannt, tauchte Shiva aus dem Nichts neben ihr auf und packte sie am Arm. Sie versuchte, sich gegen seine Kräfte abzuschotten, doch er war einfach zu mächtig. Ehe sie sich versah, hatte er sie beide auch schon in das Kellergewölbe seines Tempels versetzt, in dem er sie bereits einmal gefangen gehalten hatte.

Aber im Moment belastete sie das nicht sonderlich. In wenigen Minuten würde er erneut dem Tod ins Auge blicken. Das war alles, was zählte.

Sie konzentrierte sich und schleuderte Shiva per Gedankenkraft durch den Raum. Ein hässliches Knirschen erklang, als er mit dem Rücken gegen eine der Steinwände krachte. Doch noch bevor sie sich wegteleportieren konnte, warf er sie mit seinen mentalen Fähigkeiten zu Boden. Wie Schlangen wickelten sich die verzauberten Ketten blitzschnell um ihre Arme und Beine. Und wie beim letzten Mal war sie nicht in der Lage, sie zu lösen oder sich an einen anderen Ort zu versetzen.

Einverstanden, dann würden sie eben gemeinsam draufgehen!

Sie hatte nichts mehr zu verlieren und war auf den Tod vorbereitet. Ihre Gedanken wanderten zu Nathan, Wobbel und ihren restlichen Tieren. „Lebt wohl, ich werde euch niemals vergessen“, hauchte sie, während heiße Tränen wie Feuer unter ihren Lidern brannten. Das Wissen, dass es nach ihrem Tod keinerlei Möglichkeit geben würde, irgendein geliebtes Wesen wiederzusehen, erleichterte ihr die Situation nicht gerade.

Ein Schatten fiel über sie. Shiva hatte sich neben ihr aufgebaut und starrte sie mit hasserfülltem Gesichtsausdruck an. Seine dunklen Pupillen wirkten riesig, wobei seine Augäpfel fast aus ihren Höhlen zu springen schienen. Die Kratzer auf seiner Wange waren kaum mehr sichtbar, denn sein Körper verfügte über eine immense Selbstheilungskraft. Doch gegen das injizierte Gift konnte selbst ein mächtiger Gott wie er nichts ausrichten. Auf seiner Stirn standen Schweißtropfen, sein Atem ging abgehackt und er war kaum mehr in der Lage, sich aufrecht zu halten.

Sie empfand keinerlei Mitleid für ihn. Zu lange hatte er sie malträtiert. Diese Qualen waren genau das, was er verdiente.

Als sie das Brandeisen in seiner Hand sah, stockte ihr jedoch der Atem. Sie hätte sich ja denken können, dass er ihr das Sterben nicht leicht machen würde.

„Du miese Schlampe wirst dieses Mal mit mir kommen!“, fauchte er. „Aber bilde dir ja nicht ein, das wäre es jetzt gewesen. Ich verspreche dir, wir sehen uns wieder. Und dann werde ich dich erst richtig für das büßen lassen, was du mir angetan hast.“ Mit diesen Worten positionierte er das Metall über ihrem Körper und presste das glühende Eisen direkt auf ihr Herz.

Ein höllischer Schmerz durchfuhr sie, als sich der Stahl in ihre Brust brannte. Der Geruch versengten Fleisches stieg auf, während ein infernalisches Zischen zu hören war. Bevor ihr die Sinne schwanden, spürte sie noch, wie ihr Herz den Dienst einstellte. Von einer Sekunde auf die nächste hörte es auf zu schlagen.

Kapitel 21

Lou und Nathan wanderten derweil ziellos durch London, auf der Suche nach Shiva oder Kylie. Für gewöhnlich spürte der Allmächtige die Anwesenheit anderer Götter, doch im Moment nahm er nicht das geringste Anzeichen wahr. Plötzlich signalisierten ihre Smartphones durch lautes Piepen einen Notfall.

Lou hatte das Teil im Handumdrehen aus der Innentasche seiner Lederjacke gezerrt und starrte darauf. „Ein heftiges Erdbeben hat soeben die Himalaja-Region erschüttert.“ Er warf den Kopf in den Nacken und rollte die Augen gen Himmel. „O nein, wenn wir Pech haben, geht das Theater mit der Zuordnung der Seelen jetzt schon wieder los.“

Nathan entwich alle Farbe aus dem Gesicht. „Kannst du dich an das große Beben 1897 erinnern. Das war der Tag, an dem Kylie versucht hat, Shiva zu töten.“

„Scheiße!“, fluchte Lou. „Komm, wir müssen sofort dorthin!“

Als sie das Himalaja-Gebirge erreichten, herrschte dort ein unglaubliches Ausmaß der Zerstörung. Steilwände und Gebirgskuppen waren abgerutscht und hatten den Zugang zu Shivas Gefilden verschüttet. Kleine Erdstöße brachten konstant den Boden in Bewegung und ließen Steine auf sie herabdonnern.

All das zog an Nathan vorbei wie ein schlechter Film, denn er konnte einzig an Kylie denken. Zu seinem Leidwesen gelang es ihm jedoch nicht, sich per Gedankenkraft in das Kellergewölbe zu versetzen, in dem sie beim letzten Mal festgehalten worden war. Was ihm signalisierte, dass dieser Raum nicht mehr existierte.

Er konzentrierte sich auf die Felsbrocken, die den Eingang zu Shivas unterirdischem Tempel blockierten, und brachte sie mit einem lauten Knall zum Explodieren. Steine schossen wie kleine Raketen durch die Umgebung, während ein dichter Schleier aus Staub aufstieg und sich über ihn legte. Hustend und um Luft ringend bahnte er sich seinen Weg in den Berg hinein.

Lou folgte ihm und ließ einmal mehr Flammen aus seinen Handflächen aufsteigen, damit sie sich nicht in der Dunkelheit bewegen mussten.

Unablässig bebte die Erde und herabstürzendes Gestein begrub sie ein ums andere Mal unter sich. Doch allein Wut und Sorge beherrschten in diesen Minuten Nathans Gedanken, die Enge war ihm gerade vollkommen gleich. Ein verzehrendes Feuer brannte in ihm, ein Gefühl, das er selten zuvor verspürt hatte. Denn einer Sache war er sich mehr als bewusst: Sollte er Kylie nicht zurückbekommen, würde ein Teil seines Seelenfriedens für alle Ewigkeit auf der Strecke bleiben.

Seine mentalen Kräfte waren wie entfesselt und räumten ihnen schneller den Weg frei, als sie es mit den Augen erfassen konnten. Wie von Geisterhand zersprangen die Felsstücke vor ihnen und ebneten diesen beiden mächtigen Männern den Weg.

Als sie letztendlich in dem eingestürzten Gewölbe ankamen und er Kylie unter einem Berg von Steinen entdeckte, schien sein Herz zu zerspringen. Ein stechender Schmerz durchfuhr ihn und legte in dieser

Sekunde jegliche Warmherzigkeit in Nathans Innerem lahm. Einzig die Angst um Kylie war noch vorhanden und fraß sich durch seine Adern wie pures Gift.

Shiva war ebenfalls verschüttet worden. Ein Stück entfernt lag auch er am Boden und wurde von heftigen Krämpfen geplagt. Seine Muskeln zuckten, während er gierig nach Luft schnappte.

Ein hässlicher Todeskampf.

Doch Nathan ignorierte den Sterbenden.

Er eilte zu Kylie, räumte vorsichtig einige Felsbrocken von ihr herab und bemerkte auf Anhieb, dass sie nicht mehr atmete. Ein paar ihrer Knochen waren gebrochen und ihr helles Shirt blutüberströmt.

Voller Entsetzen wandte er sich Lou zu, der wortlos danebenstand. „Ich bringe sie hier weg. Kümmere du dich um diesen Dreckskerl! Und sieh zu, dass er dieses Mal wirklich stirbt!“ Bisher hätte er nicht einmal im Traum daran gedacht, jemals eine solche Anordnung zu erteilen. Aber die tote Frau ließ ihn kurzzeitig vergessen, wer er war.

„Mit Vergnügen“, äußerte Lou grinsend. „Wer hätte das gedacht! Jetzt bin ich mir endgültig sicher, dass du sie liebst.“

Nathan nickte. „Und weißt du, was das Schlimmste ist? Ich habe es ihr niemals in aller Deutlichkeit gesagt, da ich sie nicht bedrängen wollte. Jetzt kann ich nur beten, eine zweite Chance zu bekommen.“

Nachdem erneut gleißende Blitze die Ketten an Kylies Händen und Füßen zerstört hatten, hob Nathan sie auf seine Arme und transportierte sie in den Himmel. Er legte sie auf dem Bett ihres Zimmers ab, riss ihr die Überreste des Stoffs vom Leib und ließ seine Hände über ihren malträtierten Brustkorb und die zertrümmerten Glieder wandern.

Stunden später war ihr Körper wieder intakt Bis auf ein paar weitere Narben auf ihrem Busen war sie so schön wie eh und je. Fatalerweise begann ihr Herz jedoch nicht wieder zu schlagen. Dieses verdammte Brandeisen musste einmal mehr in Gift getränkt gewesen sein.

Nathan rutschte neben sie aufs Bett, zog sie in seine Arme und ließ all seine göttliche Kraft in sie hineinfließen.

Wieder und wieder.

Stundenlang.

Doch nichts geschah.

Jegliches Zeitgefühl war ihm abhandengekommen, als er schließlich völlig entkräftet aufgab. Er betrachtete die wundervolle Frau in seinen Armen, die wie eine Puppe wirkte. Eine sehr tote Puppe allerdings.

Er konnte es nicht fassen!

Nach Tausenden von Jahren der Einsamkeit begegnete ihm endlich eine Person, die sein Herz berührte. Und ebenso schnell, wie er sie gefunden hatte, war sie wieder von ihm gegangen. Zärtlich strich er ihr über die Stirn. Ihre Haut und ihr Haar waren voller Staub.

Schwerfällig erhob er sich, schlurfte mit hängenden Schultern ins Badezimmer und befeuchtete ein Handtuch. Er konnte sie unmöglich so gehen lassen - völlig verdreckt. Das hatte sie nicht verdient.

Im Grunde genommen wäre es jetzt seine Aufgabe

gewesen, ihre Seele von ihrem Körper zu trennen und sie in die letzte Ruhestätte für Götter und unsterbliche Wesen zu überführen, wo sie für alle Ewigkeit in tiefster Dunkelheit verschwinden würde. Doch er war momentan nicht in der Lage, dieses Ritual durchzuführen. Natürlich, er hätte Lou, Thanatos oder Gabriel damit beauftragen können, aber noch hatte er sich nicht damit abgefunden, seiner geliebten Kylie nicht helfen zu können.

Himmel noch mal! Er war der liebe Gott. Das mächtigste Wesen überhaupt. Hatte der Tod wirklich eine Tür geschlossen, die selbst er nicht mehr öffnen konnte? Es musste doch eine Möglichkeit geben, sie ins Leben zurückzuholen.

Gedankenverloren starrte er in den Spiegel im Badezimmer. Das Licht, das durchs Fenster hereinfiel, ließ die Träne, die seine Wange hinabkullerte, glitzern. Ungläubig glotzte er sein Spiegelbild an. Ihm war gar nicht klar gewesen, dass er imstande war, Tränen zu vergießen, denn das war niemals zuvor geschehen.

Was hatte diese Frau nur mit ihm angestellt?

Er würde nie wieder derselbe sein. Bislang war er mit seinem Dasein im Großen und Ganzen zufrieden gewesen. Doch ihm war bewusst, dass von nun an nichts mehr so sein würde wie zuvor.

Mit den Augen folgte er den Tränen, die unablässig über sein Antlitz rannen und helle Furchen in sein verstaubtes Gesicht gruben. In dieser Sekunde riss ihn der Alarm seines Skyphones aus der Trauer. Er verließ das Bad und eilte zu seiner Jacke. Als er das Telefon herauszog, erkannte er, dass seine Anwesenheit in der Zwischenwelt benötigt wurde.

Er warf einen wehmütigen Blick auf Kylie, beugte sich über sie und küsste sie sanft auf den Mund. „Lauf nicht davon, Liebste“, flüsterte er. „Ich bin gleich zurück.“

Eine seiner Tränen tropfte auf ihre Wange. Er vernahm ein leises Zischen und beobachtete mit Verwunderung, wie die Narben auf ihrer Haut verschwanden. Rasch zog er die Decke ein Stück nach unten, wischte sich eine weitere Träne vom Gesicht und ließ sie auf die Verletzungen über ihrem Herzen tropfen. Auch diese verheilten im Handumdrehen.

Ein Hauch von Hoffnung keimte in ihm auf.

Vorsichtig benetzte er den Bereich über ihrem Herzen mit seinen Tränen, dann ihre Lippen und zu guter Letzt ihre Stirn. Er hielt den Atem an, hoffte so sehr, dass sie erwachen würde. Doch nichts! Nicht das winzigste Lebenszeichen war erkennbar.

Völlig demotiviert sprang er letztendlich auf und versetzte sich in die Zwischenwelt, wo Thanatos einmal mehr ungeduldig seine Runden um den Marmortisch zog.

„Wo brennt es denn?“, erkundigte Nathan sich entnervt.

Thanatos hielt in der Bewegung inne und blickte auf. „Du liebe Güte, was ist denn mit dir geschehen?“

Nathan winkte ab. Ja, er musste ein erschreckendes Bild abgeben: eingestaubt, mit zerfetzen Klamotten und den hellen Tränenspuren im Gesicht. Doch für den Moment spielte das keine Rolle. „Das erkläre ich dir später. Gibt es immer noch Probleme mit dem

Erdbeben und dem Terroranschlag?“

Sein Gesprächspartner schüttelte den Kopf, während sein rechtes Augenlid aufgeregt zuckte. Die gezackte Narbe an seinem Kinn schien regelrecht zu glühen. „Wenn das bloß alles wäre.“ Er wies in Richtung des Bildschirms. „Die Maschine dreht gerade völlig am Rad. So etwas habe ich noch nie erlebt. Hast du eine Idee, was die Ursache sein könnte?“

Nathan nahm den Bildschirm ins Visier. Dort, wo normalerweise Zahlenkolonnen und Namen vorbeiratterten, entdeckte er einzig Fragezeichen. Da die Maschine von seinem ureigenen Willen angetrieben wurde, begriff er augenblicklich, was der Auslöser war: Seine Trauer hatte den Computer lahmgelegt.

Aber wie sollte er das wieder reparieren? Er konnte seine Empfindungen nicht einfach abschalten. Er war kein gefühlloser Roboter, bei dem man den Stecker zog, um ihn außer Betrieb zu setzen.

„Kylie ist tot“, hauchte er völlig tonlos.

Thanatos bedachte ihn mit einem verdatterten Blick. „Das tut mir leid. Doch was hat das mit der Maschine zu tun?“

Nathan blickte auf. „Ich habe sie geliebt. Sie war die erste Frau, für die ich so empfunden habe.“

Der Totengott stopfte sich eine Zigarette in den Mund, zündete sie an und nahm einen kräftigen Zug. „Warum erweckst du sie dann nicht wieder zum Leben? Ich weiß, die Regeln verbieten dir, in den Lauf der Geschichte einzugreifen, aber das braucht doch keiner zu erfahren.“

„Weil ich es nicht kann. Irgendein mächtiger Zauber hat sie getötet, gegen den selbst ich machtlos bin.“

„Scheiße!“, fluchte Thanatos, während er große Ringe in die Luft pustete. „Jetzt wird mir so einiges klar.“ Sein Blick wanderte zu dem Bildschirm zurück. „Die Trauer in dir bringt die Maschine aus dem Konzept.“

Nathan nickte und kämpfte erneut gegen die Tränen an, die nach außen drängen wollten.

Thanatos schielte auf Nathans Hand. „Denkst du, dein Ring könnte sie ins Leben zurückholen? Immerhin machen die Ringe uns nicht nur auf der Erde sichtbar, sondern verleihen obendrein Unsterblichkeit. Zumindest bei Personen, die das nicht bereits sind.“

In dieser Sekunde vollführte Nathans Herz einen Salto. *Gab es womöglich doch eine Lösung?* „Darauf bin ich noch gar nicht gekommen. Ich bin gleich zurück“, äußerte er und versetzte sich rasch wieder zu Kylie.

Er schnappte das Handtuch, mit dem er sie zuvor hatte säubern wollen, und wischte ihr zu allererst den Staub vom Gesicht und den Armen. Danach reinigte er liebevoll ihr Haar. Er beugte sich über sie und küsste sie erneut federleicht auf die Lippen. Sie fühlten sich zart und weich an wie eh und je, aber jegliche Wärme war entwichen.

Er griff nach dem Ring an seiner Hand, zog ihn ab und hob ihn an seinen Mund. Hoffnungsvoll hauchte er einen Kuss auf die zwei geflügelten Schlangen, bevor er ihn über Kylies Ringfinger schob. Seine Hände zitterten dermaßen, dass es ihm erst beim dritten Versuch gelang.

Danach richtete er den Blick auf ihr Gesicht. „Hiermit schenke ich dir meinen Ring. Komm zu mir zurück, Liebste! Ich brauche dich.“

Als sie Minuten später die Lider immer noch nicht aufgeschlagen hatte, stieg ein Gefühl der Wut in ihm empor, wie er es selten zuvor verspürt hatte. Er sprang auf, ergriff eine Glasschale, die auf einem Sideboard ruhte, und feuerte sie an die gegenüberliegende Wand. Aus leeren Augen beobachtete er die Splitter, die klirrend zu Boden fielen.

Genauso fühlte sich sein Herz an.

Er schloss die Augen und unternahm den Versuch, sich zu sammeln. Was sein Wutanfall soeben mit der Maschine angestellt hatte, wollte er sich gar nicht vorstellen. Es war seine Pflicht, in die Zwischenwelt zurückzukehren und nach dem Rechten zu sehen.

Einmal mehr sank er neben Kylie aufs Bett und strich ihr liebevoll übers Haar. „Es tut mir so unendlich leid, meine Schöne. Ich habe wirklich alles versucht, um dich zurückzuholen. Doch es funktioniert nicht. Aber hab keine Angst, ich werde dich nicht in die ewige Dunkelheit entlassen. Du wirst bei mir bleiben. Und mit ein wenig Glück erwachst du wieder. So wie Shiva, er kam ja auch zurück.“ Er verstummte, denn seine Stimme brach.

Erst nachdem er sich mehrmals geräuspert hatte, war er in der Lage, erneut anzusetzen. „Ich verspreche dir, ich werde auf dich warten. Du weißt ja, ich habe alle Zeit der Welt. Und mach dir keine Sorgen, ich werde mich um die gute alte Erde kümmern und alles wieder richten, was Shiva zerstört hat. Obendrein werde ich nach deinen Tieren sehen. Insbesondere nach Wobbel. Jetzt schlaf schön, Kylie. Ich liebe dich."

Seine Tränen tropften auf ihr Gesicht, als er sich über sie beugte und sie küsste. Er benötigte all seine Willenskraft, um sich von ihr zu lösen. Vorsichtig deckte er sie zu und löschte das Licht.

Nachdem er sich die Tränen von den Wangen gewischt hatte, versetzte er sich erneut in die Zwischenwelt. Wenn er sich lange genug einredete, dass Kylie irgendwann erwachen würde, gelang es ihm vielleicht, genügend Hoffnung in seinem Kopf aufzubauen, um die Maschine wieder ins Gleichgewicht zu bringen.

Epilog

„Nathan“, drang eine schwache Stimme zu ihm durch. Er klappte seinen Laptop zu, wischte sich mit einer Hand übers Gesicht und seufzte. Seine Fantasie spielte ihm erneut einen Streich.

„Nathan.“

Schon wieder!

In diesem Moment kam auch in Wobbel Bewegung, der auf dem kleinen Bäumchen neben dem Schreibtisch selig geschlafen hatte. Rasch krabbelte der Koala herunter und hopste davon.

Verdutzt starrte Nathan ihm hinterher. „Sag nicht, du hast das auch gehört?“ Um sich zu vergewissern, dass er nicht abermals einer Halluzination erlegen war, erhob er sich von seinem Stuhl und schritt durch einen Gang auf das Zimmer zu, in dem seine Liebste nach wie vor ruhte.

Vorsichtig öffnete er die Tür.

War da eine Bewegung?

„Kylie?“, fragte er ungläubig.

„Nathan, bist du das?“, krächzte eine heisere Stimme.

Wie vom Blitz getroffen erstarrte er. Sein Herz setzte einige Schläge lang aus, bevor es wild zu rasen begann.

Nein, das konnte nicht sein!

Wobbel hingegen sah das anders. Er jagte auf das Bett zu und kletterte hinauf.

Kylie stieß einen erschrockenen Schrei aus. „Wobbel?“, erkundigte sie sich Sekunden später.

Aufgrund des Lichtes, das durch die geöffnete Tür

in den Raum fiel, erkannte Nathan, dass sie den Bären in ihre Arme zog. Glücklich grunzend schmiegte der Koala sich an sie.

In diesem Moment ging Nathan das Herz auf.

Sie war tatsächlich erwacht, nach so langer Zeit!

Im Geheimen hatte er die Hoffnung niemals aufgegeben. Doch jetzt war er wie gelähmt und wusste nicht, wie er mit ihrer Rückkehr umgehen sollte. Endlich gab er sich einen Ruck und schritt auf sie zu. Vor ihrem Bett sank er in die Hocke.

Sie blickte ihn aus ihren großen dunklen Augen völlig desorientiert an. „Nathan", hauchte sie, da ihre Stimme ihr nach wie vor nicht gehorchen wollte. „Was ist geschehen?"

„Lange Geschichte, aber lass mich dich zuerst küssen."

Er scheuchte Wobbel vom Bett, der beleidigt knurrte, und beugte sich über sie. Er war nicht imstande, die Tränen zurückzuhalten, die ihm über die Wangen rannen, als sich ihre Lippen trafen. Kylies Wärme endlich wieder zu spüren, war mehr, als er ertragen konnte.

Ihr entfuhr ein glückseliges Seufzen.

Nach einiger Zeit löste er sich von ihr und sah ihr in die Augen. „Du hast mir gefehlt, meine Schöne."

Sie starrte ihn verdattert an. „Du weinst ja." Mit dem Finger einer Hand wischte sie ihm zärtlich eine Träne aus dem Gesicht. „Wie lange war ich weg?"

„212 Jahre."

Sie riss erschrocken die Augen auf. „Das glaube ich jetzt nicht!"

„Und es gab keinen Tag, an dem ich nicht nach dir

gesehen habe.“

Nun kullerte auch ihr eine Träne über die Wange. „Ich liebe dich, Nathan“, hauchte sie leise.

„Ich liebe dich auch, Kylie.“ Er küsste sie erneut, dieses Mal drückte sein Kuss all die Ängste und Sorgen aus, die er über 200 Jahre hinweg hatte verschmerzen müssen.

Als sie sich voneinander lösten, waren sie vollkommen atemlos.

Wie ein Verbrecher in der Nacht schlich Wobbel sich in diesem Augenblick wieder an und schmiegte sich an Kylie. Sie lachten beide auf, bevor sie ihn sanft kraulte. „Wieso lebt er noch?“

„Ich habe ihn unsterblich gemacht, da ich das Alleinsein nicht ertragen hätte. Nicht, nachdem ich dich verloren hatte.“

Sie schluckte vernehmlich. „Verstehe. Was ist mit meinen anderen Tieren geschehen?“

„Tut mir leid, aber ich konnte nicht alle retten.“

„Shiva?“

„Lou hat sich seiner angenommen. Keine Sorge, er wird dir niemals wieder in die Quere kommen.“ Er erhob sich. „Ich möchte dir gerne etwas zeigen.“ Er lief in den Nebenraum und kehrte einmal mehr mit einem seiner Hemden zurück.

Nachdem Kylie es sich übergezogen hatte, hob er sie auf seine Arme und trug sie in das Zimmer mit dem Bildschirm.

Dort sank er mit ihr auf das Sofa und zog sie auf seinen Schoß. „Ich war nicht ganz untätig, während du geschlafen hast.“ Der Bildschirm erhellte sich und zeigte kilometerlange Wiesen und Wälder sowie

Flüsse mit glasklarem Wasser. Letztendlich zoomte er einen Garten herbei, in dem sich Tiere tummelten. Eine attraktive schwarzhaarige Frau saß auf einer Bank und streichelte ein Tigerbaby, das mit seinen kleinen Pfoten an ihrem Sari herumspielte.

Kylie schlug sich eine Hand vor den Mund. „O mein Gott! Mein Tempel. Und ich kann es nicht glauben, ist das tatsächlich Ganga?“

„Deine Schwester erfreut sich mittlerweile wieder bester Gesundheit und kümmert sich bereits seit einigen Jahren um deine Tiere. Ich bin mir sicher, du wirst dich schnell an deine neuen Schützlinge gewöhnen. Die Erde ist übrigens fast geheilt. Nachdem Shivas Einfluss verloren gegangen war, hat sich vieles zum Guten gewandt.“

Sanft strich er ihr mit den Fingerspitzen einer Hand über die Wange. „Und wenn wir beide zukünftig gemeinsam daran arbeiten, wird sie bald voll und ganz zu ihrer früheren Blüte zurückfinden.“ Er warf ihr einen bedeutungsschweren Blick zu. „Ich kann dich nicht noch einmal verlieren, Kylie. Bitte versprich mir, dass du mich niemals wieder verlassen wirst.“

„Aber wo werden wir wohnen? Im Himmel oder bei meinen Tieren?“

„Das überlasse ich ganz dir.“

„Oh, Nathan, ich bin gerne hier oben. Und wenn ich jederzeit nach meinen Lieblingen sehen dürfte, wäre das ein Traum.“

„Dann lass uns diesen Traum leben. Einverstanden?“

Sie nickte und schlang ihm die Arme um den

Hals. „Ich kann mir nichts Schöneres vorstellen. Du und ich, für alle Ewigkeit.“

Leise grunzend krabbelte der Koala neben sie auf das Sofa.

Kylie lachte. „Wobbel nicht zu vergessen.“

Wenn ihr ab sofort keine Neuveröffentlichung mehr verpassen möchtet, dann registriert euch unter der Rubrik News für meinen Newsletter.

http://www.amandafrost.de/

Und falls ihr gerne mehr über Luzifer, Thanatos und Gabriel erfahren möchtet, dann lest doch in meine Tod-Reihe rein (vorausgesetzt, ihr kennt sie nicht bereits).

Vom Tod geküsst (Teil 1)

Er ist der Tod! Und er kommt, um sie zu holen!

Doch was, wenn sie nicht sterben kann? Und zudem völlig fasziniert von dem teuflisch gut aussehenden Fremden ist? Diese Frage muss sich die Krankenschwester Lilly stellen. Denn anscheinend gibt es nur eine Alternative: Sie muss sterben, ansonsten wird Sebastian in der Hölle schmoren. Doch soll das wirklich das Ende sein?

Wofür lebst du, wenn du längst gestorben bist?

Packende Fantasy, prickelnde Erotik und eine Liebe, die sich über den Tod hinwegsetzt.

Vom Tod geliebt (Teil 2)

Was könnte eine erfolgreiche Fantasy-Autorin mehr begeistern als ein Zusammentreffen mit einem Wesen der Unterwelt? Natürlich nichts! So ist Olivia hin und weg, als sie den smarten Alexander kennenlernt, der von sich selbst behauptet, der Tod persönlich zu sein. Als sie jedoch herausfindet, dass er sie belogen hat, bricht für sie eine Welt zusammen. Was sie allerdings nicht weiß: Die einzige Chance, Alexanders Leben zu retten, ist ihre Liebe!

Ist der Tod das Ende oder erst der Anfang?

Packende Fantasy, prickelnde Erotik und eine Liebe, die den Tod besiegen will!

Vom Tod begehrt (Teil 3)

Was, wenn dem Herrscher der Hölle plötzlich langweilig wird und er sich in den Kopf setzt, die Menschheit ein wenig aufzumischen? Dumm nur, dass der Ring, der ihm auf der Erde Gestalt verleihen soll, eine massive Fehlfunktion hat. So landet Luzifer statt auf den Partymeilen der internationalen Metropolen in einem 500-Seelen-Nest in Südengland und sitzt dort fest. Und ausgerechnet die bodenständige Ärztin Delilah, der reinste Engel, rettet ihn aus einer prekären Situation. Was für eine Ironie des Schicksals. Wo er doch einfach nur seinen Spaß haben wollte! Doch die junge Frau scheint ganz andere Pläne mit ihm zu haben.

Dürfen sich Gut und Böse verlieben?

Packende Fantasy, prickelnde Erotik und eine Liebe, die es niemals geben dürfte!

Weitere Bücher der Autorin:

Endless – In einem anderen Leben (Teil 1)

Mein Name ist Audrey Keen, geboren wurde ich 1766 als Emily Beauchamp im kanadischen Quebec. Ach, was ich noch erwähnen sollte: Ich bin unsterblich!

Alle, die ich je geliebt habe, sind tot. So habe ich mich schweren Herzens entschieden, keinen Menschen mehr an mich heranzulassen. Stattdessen habe ich mein Leben der Forschung gewidmet.

Bei einer Routineüberprüfung tritt eines Tages dieser junge, ehrgeizige FBI-Agent in mein Leben. Er muss wohl von Anfang an geahnt haben, dass ich etwas zu verbergen habe.

Während er nichts unversucht lässt, mein Geheimnis ans Licht zu bringen, vergesse ich in seiner Nähe ab und an, dass ich mich nie wieder verlieben wollte.

Aber kann ich ihm vertrauen?

Endless – Kein Leben ohne dich (Teil 2)

Mein Name ist Kyle Edwards. Mit meinen dreiunddreißig Jahren bin ich einer der jüngsten Special Agents des FBI.

Ein halbes Jahrzehnt ist vergangen, seit mir das Wichtigste genommen wurde, was ich jemals besessen habe: meine geliebte Audrey. Ich habe diesen Verlust nie ganz überwunden. Mein Job war daher während der letzten Jahre mein Ein und Alles. Doch als endlich Frieden in mein Privatleben einzukehren scheint, werde ich auf das Überwachungsfoto einer Kamera in Südafrika aufmerksam. Ich kann nicht glauben, was ich sehe und beschließe, der Sache auf den Grund zu gehen.

S.T.A.R.S. – Shadow

Als ob CIA-Agent Ethan Parker nicht schon genug Probleme am Hals hätte, wird der komplette Flugverkehr über dem nordamerikanischen Kontinent aufgrund eines Vulkanausbruchs eingestellt. Da Ethan dringend von San Diego nach Chicago muss, teilt er sich notgedrungen den letzten vorhandenen Mietwagen mit der Polizistin Madison Delano. Eine Odyssee quer durch die Vereinigten Staaten beginnt. Über eine der aufregendsten Straßen der Welt: die Route 66.

Zwei eiskalte Profis, die mehr als einmal in hitzige Situationen geraten, und sich zuerst so gar nichts zu sagen haben. Bis sie in Erfahrung bringen, dass beide etwas voreinander verbergen.

Ein Wettlauf gegen die Zeit, der die Gefühle zweier Menschen ordentlich durcheinanderwirbelt.

S.T.A.R.S. – Summer

Nach einem verheerenden Zwischenfall ist die Karriere der aufstrebenden Secret Service Agentin Keira Summer zerstört. Sie verfällt in eine tiefe Depression. Erst die Sicherheitsfirma S.T.A.R.S. gibt ihr eine zweite Chance.

Als der egozentrische Millionär Christopher Fleming beinahe einem Attentat zum Opfer fällt, übernimmt Keira die Rolle seiner Leibwächterin. Ohne auch nur zu ahnen, dass sie nicht nur gegen skrupellose Gegner kämpft, sondern obendrein gegen die

Anziehungskraft ihres Schützlings.

Ein Mann, der alles auf der Welt als käuflich erachtet – bis er Keira kennenlernt.

Liebesromane voller Action und prickelnder Leidenschaft.

Dreams - Zauber einer Nacht (Teil 1)

Diamonds are a girl's best friend? Von wegen! In Wirklichkeit gibt es nichts, was die Heidelbergerin Sophie mehr verabscheut als Juwelen. Und den Schmuckkonzern ihres Vaters übernehmen? Niemals!

So flüchtet sie kurzerhand in die USA, wo sie die Bekanntschaft des unnahbaren Hotelbesitzers Oliver macht. Dummerweise entspricht die liebenswerte Chaotin jedoch so gar nicht seinem bevorzugten Frauenbild. Mehr als eine heiße Affäre ist daher für ihn nicht drin. Ihr bleibt nur eins übrig: Um Olivers Herz zu erobern, muss sie endlich ihr Leben in den Griff bekommen.

Eine aufregende Reise durch Amerikas Westen beginnt – geprägt von Spannung und prickelnder Leidenschaft.

Eine junge Frau auf der Suche nach sich selbst – und der großen Liebe.

Dreams – Eines Nachts in Quebec (Teil 2)

Zwei Menschen - zwei Leben! Getrennt durch einen Ozean ahnen sie nichts voneinander, bis das Schicksal sie zusammenführt. Ryan ist einer der populärsten Eishockeyspieler Kanadas und ein richtiger Bad Boy, Samantha hingegen eine aufstrebende Heidelberger Anwältin.

Ihre erste Begegnung gleicht einem Vulkanausbruch. Heiß und explosiv! Doch schnell holt sie der

Alltag ein, denn für beide steht die Karriere im Vordergrund.

So muss zuerst ein Unglück geschehen, und es bedarf eines Richterspruchs, damit die Liebe eine Chance bekommt.

Aber kann eine Romanze über zwei Kontinente hinweg überhaupt funktionieren?

Dreams – Nacht über Miami (Teil 3)

Sie könnten unterschiedlicher nicht sein. Dennoch haben sie eine Gemeinsamkeit: Sie kämpfen beide um die IndyCar-Meisterschaft.

Ginger ist die erfolgreichste Frau im amerikanischen Rennsport und der Liebling der Nation. Aufgewachsen im Sunshine-State Florida, führt sie mit ihrem langjährigen Freund Charly ein zufriedenes Leben.

Nick hingegen hat gerade einen aufsehenerregenden Prozess gegen seine Exfrau verloren, woraufhin er Deutschland den Rücken gekehrt hat.

Doch die Faszination und Hitze des Motorsports ist allgegenwärtig, und plötzlich sprühen nicht nur auf der Rennstrecke die Funken.

Eine junge Frau zwischen zwei Männern. Für wen wird sie sich entscheiden?

Impressum

1. Auflage 2019

c/o Markus Trottnow, Blumenstraße 35, 85774 Unterföhring

Lektorat: http://buchstabensalat-und-wortzauber.de/

Umschlaggestaltung: MT Design Cover-Art
https://www.facebook.com/mtdesign.coverart/?fref=ts

Bildnachweis: ©Volodymyr Tverdokhlib, www.shutterstock.com
©IgorZh, www.shutterstock.com

Print: KDP, Amazon

E-Mail: Amanda.Frost@aol.com
Homepage: http://amandafrost.de
Twitter: http://twitter.com/frostamanda
Facebook:
https://www.facebook.com/amandafrostautor/?pnref=lhc

40884056R00181

Printed in Poland
by Amazon Fulfillment
Poland Sp. z o.o., Wrocław